读客外国小说文库

熊猫君激发个人成长

JAMAICA INN

牙买加旅馆

[英] 达芙妮·杜穆里埃 著
刘国伟 译

DAPHNE
DU
MAURIER

河南文艺出版社
·郑州·

豫著许可备字-2021-A -0103

图书在版编目（CIP）数据

牙买加旅馆 / (英) 达芙妮·杜穆里埃著 ; 刘国伟译 . -- 郑州 : 河南文艺出版社 , 2021.10

ISBN 978-7-5559-1209-5

Ⅰ . ①牙… Ⅱ . ①达… ②刘… Ⅲ . ①长篇小说—英国—现代 Ⅳ . ① I561.45

中国版本图书馆 CIP 数据核字 (2021) 第 173260 号

牙买加旅馆

著　　者　[英] 达芙妮·杜穆里埃
译　　者　刘国伟
责任编辑　梁素娟
责任校对　丁　香
特邀编辑　张靖雯　张敏倩
策　　划　读客文化
版　　权　读客文化
封面设计　陈艳丽
出版发行　河南文艺出版社
印　　刷　三河市龙大印装有限公司
开　　本　890mm × 1270mm　1/32
印　　张　10
字　　数　223 千
版　　次　2021 年 10 月第 1 版　2021 年 10 月第 1 次印刷
定　　价　48.00 元

如有印刷、装订质量问题，请致电 010-87681002（免费更换，邮寄到付）

作者按

时至今日，牙买加旅馆仍矗立在博德明和朗瑟斯顿之间21英里[1]长的道路上。它热情好客，但禁止住客饮酒。

在下面的冒险故事中，我描述的可能是它一百二十多年前的样貌。虽然故事里出现了现存的地名，但其中描述的人物和事件纯属想象。

达芙妮·杜穆里埃

福韦的博登尼克

1935年10月

1　1英里约为1.6千米，21英里约合34千米。——译注

1

那是十一月末，一个阴冷的日子。天气一夜之间就变了。风向逆转，天空呈现一种花岗岩般的灰色，细雨蒙蒙。尽管现在刚过下午两点，冬日青白的暮色似乎已经笼罩了山丘，把它们裹在迷雾之中。到了四点，天就会黑下来。虽然车窗紧闭，但湿冷的空气还是渗透到了马车之内。皮革座位摸起来有些潮湿，车顶肯定有一道小裂隙，小雨滴不时地从裂隙中落下来，弄脏了坐垫，留下宛如墨渍的深蓝色污迹。劲风阵阵，马车拐弯时，风时而将马车吹得摇晃起来。在高地无遮无拦的地方，大风吹得整个车身震颤、摇摆，在高高的轮子上晃动，活像一个醉鬼。

车夫裹着厚外套，连耳朵都裹住了。他坐在座位上，弯着腰，头几乎贴到了脚。他做着微不足道的努力，想用他自己的肩膀遮风避雨。沮丧的马慢腾腾地迈着步子，闷闷不乐地听从车夫的吆喝。马儿都被风雨摧垮了，感受不到在它们头顶上啪啪作响的鞭子。车夫用麻木的手指攥着鞭子，甩动着。

车轮陷入路上的车辙，咯吱作响，发出声声叹息。有时候，车轮溅起柔软的烂泥，把它们甩到车窗上，和不断击打车窗的雨混在一起，乡间的景色因此变得模糊难辨。

车上的几个乘客挤在一起取暖。当马车陷入一道深得不同寻常的车辙时，他们会不约而同地尖叫起来。车上有个老家伙，自打在特鲁罗上车以来，他就抱怨个没完。他怒气冲冲地从座位上站起来，用手摸索着窗，把车窗“啪”地拉下来，结果雨溅在了他自己和他的同伴身上。他把头伸出去，冲着车夫喊叫咒骂，声音之严厉，仿佛是在诅咒一个恶棍或凶犯。他说，如果车夫以这种飞快的速度驾车，那么到不了博德明，他们就都死翘翘了；他们现在就已经喘不上气了，就他个人来说，他再也不会乘马车旅行了。

很难说车夫听没听见他说的话。更有可能的是，他不绝于耳的责骂被风吹跑了。在等了一会儿之后，车内已经凉透，这个老家伙又放下窗，再次缩回他所在的角落，用毯子裹住膝盖，胡子下的嘴在喃喃低语。

离老家伙最近的是一个女人。她红着脸庞，神情快活，披着蓝斗篷。她同情地重重叹了口气，然后冲每个看着她的人挤眉弄眼，头冲着老家伙猝然一扭，说了至少第二十遍，这是她记忆中最风急雨骤的夜晚，她以前也碰到过这样的夜晚；天气就是这个样子，很正常，这次也不会把它错当成夏天。她把手伸进一个大篮子深处摸索，拿出一大块蛋糕，把它塞到她的两排坚固、洁白的牙齿之间。

玛丽·耶伦坐在对面的角落里。涓涓细流从车顶的裂隙渗进来，冷冷的雨滴偶尔会落在她的肩膀上，她不耐烦地伸出手指，把它们擦掉。

她坐在那里，两手托着下巴，眼睛死死盯着溅上泥浆和雨水的车窗，急切地期待着一道光线刺穿厚如毯子的天空。但是，昨天笼罩在赫尔福德之上的湛蓝天空已经消失。它一闪即逝，却预示着命运。

从她曾经生活了二十三年的家到这里，不过四十英里的路程，但她内心的希望已经消失。她曾非常勇敢，在她母亲从染病到死亡的漫长挣扎中，这种勇敢支撑着她。现在，在凄风苦雨里，她的勇敢动摇了。

这个地区让她觉得自己格格不入。来到这里，本身就是一种挫折。透过迷蒙的车窗，玛丽看到的世界与她熟悉的、当日往返的世界是不同的。赫尔福德闪闪发亮的水，绿色的山丘，倾斜的峡谷，还有水边那一幢幢白花花的小屋，现在显得那么遥远，也许再也看不到了。赫尔福德的雨是轻柔的，拍打着树木，迷失在翠绿的草丛中，形成溪流汇入大河，渗进土壤。土壤心怀感激，长出鲜花作为报答。

而这儿的雨却冷酷无情。它狠狠地抽打着车窗，渗入坚硬、贫瘠的土壤。这里只有一两棵树。它们向四面的风伸出光秃秃的枝丫，因经历数个世纪的风暴而弯曲。时间和狂风暴雨让这里变得那么险恶，即使春风吹拂，幼芽也不敢长出枝叶，因为晚霜会杀死它们。这是一片低矮的土地，没有灌木篱墙，没有草地，只有石头、黑石楠和发育不良的金雀花。

这里永远也不会有和煦的季节，玛丽想，要么是像今天这样的凛冽严冬，要么是干燥、火烧火燎的盛夏，永远不会有一个峡谷提供庇荫，只有五月还没过完就枯黄的草。这个地区已随着天气变得灰蒙蒙的，就连路人和村民也变得与他们周围的环境融为一体。在赫尔斯顿，也就是她上第一辆马车的地方，她脚下的土地是那么熟悉。在赫尔斯顿，玛丽留下了许多童年回忆。在那些一去不复返的岁月里，她每个星期都和父亲一起驱车去市场。在他去世之后，母亲坚毅地代替了他的位置，赶着车来回奔忙，无论冬夏，就像他曾经做的那样。她们的马车后面放着母鸡、鸡蛋和黄油；她则坐在母亲旁边，抓着一个和她一样大的篮子，小小的下巴倚在篮子提手上。赫尔斯顿的人们亲切友善。耶伦这个姓氏在镇上为人所知，受到尊敬，因为在丈夫去世后，遗孀独自扛起了生活的重担。她带着一个孩子，还需要打理农场，却一个人过了那么久，从没想过再嫁。世上没多少女人能够做到这一点。马纳坎有个农夫本想鼓起勇气向她求婚，另外一个住在河流上游格威克的农夫也是这样。但他们从她的眼神里可以看出，她不会要他们中的任何一个，她的身心都属于那个已经离开的人。到最后，农场的重活儿把她累垮了，因为她总是不知疲倦。孀居的十七年里，她苦苦支撑着，但当最后的考验到来时，她再也撑不下去了，她的心已离她而去。

她的积蓄一点一点地减少，加之年景不好（反正在赫尔斯顿，人们是这样对她说的），物价大跌，到处无钱可挣，内地也一样。要不了多久，农场就会出现饥荒。紧接着，瘟疫来袭，杀死了赫尔福德周边乡村的牲畜。人们不知道这是什么瘟疫，也找不到对策。这种瘟疫横扫一切，毁灭一切，就像不合时令的晚霜，伴着新月而来，然后又悄无声息地离开，沿途留下遍地死物。对玛丽·耶伦和她的母亲来说，那是一段令人发愁、疲惫的光景。她们眼睁睁地看着她们养的小鸡、小鸭一只只染病、死去，小牛倒毙在牧场。最可怜的是那匹为她们辛劳了二十年的老母马，玛丽曾叉开自己小小的双腿，骑在它宽阔、结实的背上。一天上午，在马厩里，忠诚的它把头靠在玛丽的膝上，死了。她们在果园的苹果树下挖了一个坑，埋葬了这匹母马。她们知道，它再也不会载着她们去赫尔斯顿赶集了。母亲转身对玛丽说："我身上的一种东西已经随着可怜的内尔进了坟墓，玛丽。我不知道那是我的信念，还是别的什么，但我的心累了，我再也活不下去了。"

她进了屋，坐在厨房里，脸色苍白如纸，一下子老了十岁。在玛丽说要去叫医生时，她耸了耸肩。"太迟了，孩子，"她说，"迟了十七年。"母亲开始啜泣。她以前从未哭过。

玛丽叫来了那个生活在茅甘的老医生，他曾经为她接生。在他驾着车和她一起前去时，他冲她摇了摇头。"我告诉你是怎么回事吧，玛丽，"他说，"自打你父亲死后，你母亲从未省心省力过，最终还是垮了。我不喜欢这样，来得不是时候。"

他们沿着通向村庄最高处的农舍，行驶了很久。一个邻居在大门处等候着他们，一脸急切，像是要报告坏消息。"你母亲的情况更糟了，"她喊道，"她刚才从门里出来，像鬼一样瞪大双眼，然后就开始浑身抽搐，倒在了小路上。霍布林夫人跑来帮忙了，还有威尔·塞尔。他们把她抬到了屋里，可怜的人啊。他们说她的眼已经合上了。"

医生毅然推开聚在门口的那一小群目瞪口呆的人，和塞尔一起，抬起玛丽母亲一动不动的身子，抬到了楼上的卧室里。

"中风了，"医生说，"可她还有呼吸，脉搏也稳。我担心的就是这个：她就像这样突然垮了。可都过去这么多年了，为什么是现在？其中原因，恐怕只有上帝和她自己才知道。玛丽，现在你该证明你的父母没有白养你，帮她挺过这个难关。只有你能做到这件事。”

在接下来的六个月或更长的时间里，玛丽照料着她的母亲。这是她母亲第一次生病，也是最后一次生病。然而，尽管玛丽和医生悉心照料，母亲自己却不想康复，她已不再想为自己的生命而战。

玛丽的母亲仿佛渴望解脱，并在暗自祈祷，希望死亡快点到来。她对玛丽说：“我不希望你像我那样拼命，那对人的身心都是一种摧毁。等我死了，你没必要继续留在赫尔福德。你最好去找你住在博德明的姨妈佩兴丝。”

玛丽对她母亲说，她不会死，但这没有用。她的母亲死意已决，再也不想和死亡斗争。

“我没想过离开农场，母亲，”她说，“我生在这儿。在我之前，我父亲也生在这儿。你是赫尔福德的女人。耶伦一家属于这个地方。我不怕穷，不怕农场衰败。你一个人在这里操劳了十七年，我为什么不能呢？我身体结实，男人干的活儿我也能干。你又不是不知道。”

“那不是姑娘家过的日子，”母亲说，“我之所以过了这么多年，是为了你的父亲，为了你。替别人干活儿会让一个女人心平气和，心满意足，可你要是为你自己干活，就是另一回事了。你会感到空落落的。”

“我在镇上也没什么用，”玛丽说，“我只熟悉河边的这种生活。再说了，我也不想去。对我来说，赫尔斯顿这样的城镇就够了。我最好在这里待着，守着我们那几只小鸡、菜园里的菜、那只老猪还有河上那条破船。就算我去博德明找佩兴丝姨妈，又能干什么呢？”

“姑娘家无法一个人生活，玛丽，否则她要么脑子会出问题，要么就会堕落。二者必占其一。你没忘记可怜的苏吧？在月圆夜半时分，她走进教堂墓地，拜访她子虚乌有的情人。你出生前，有个女仆，留下了一个十六岁的孤儿。她跑到了法尔茅斯，和海员们鬼混。

“如果你不能平平安安，那我在坟墓里也不会安宁，你的父亲也是。你会喜欢佩兴丝姨妈的。她爱笑爱闹，心眼儿很大。她十二年前来过，你还记得吧？她的软帽上缀着缎带，她还有一条丝绸衬裙。有个在特雷洛瓦伦干活儿的男人对她情有独钟，但她觉得他配不上自己。”

是呀，玛丽记得佩兴丝姨妈，记得她卷曲的刘海、大大的蓝眼睛，记得她大笑或是闲聊的样子，记得她提起裙子下摆、踮脚走过院子里的泥泞的样子。她漂亮得像个仙女。

“至于你姨父乔书亚属于哪种人，我还真说不上来，”玛丽的母亲说，“我从没见过他，也不知道他究竟是什么样的人。可你姨妈在十年前那个圣米迦勒节嫁给了他。她寄来了一封信，说了一通云里雾里的废话。那就像个小女孩写的信，你想不到写信的是一个三十多岁的女人。”

“他们会觉得我粗野，”玛丽慢吞吞地说，“他们恐怕看不上我的举止。我们可能也没多少话可说。”

“他们会喜欢你的，喜欢的是你这个人，而不是你的神态或风度。答应我，孩子，等我死了，你就给佩兴丝姨妈写信，告诉她你要去找她，说这是我最后的、最殷切的愿望。”

“我答应你。”玛丽说。但一想到自己的命运将发生改变，前途未卜，她心里就沉甸甸的，十分酸楚。她所熟知和喜爱的一切都将离她而去。在艰难的日子即将来临时，就连她所熟悉的、行走过的土地也无法给她带来安慰，什么都帮不了她。

玛丽母亲的身体越来越弱，日甚一日。她的生命力每天都在衰减。她挺过了收获的季节，挺过了采摘果子的时期，挺过了叶子初次落下的时节。但是，当早上轻雾初生，霜降地面，上涨的河水奔向喧嚣的海洋，惊涛骇浪撞击赫尔福德小小的海滩时，她手扯床单，在床上辗转反侧。她用她死去丈夫的名字称呼玛丽，说一些已经逝去的东西，一些玛丽根本不认识的人。她在她自己的小小世界里活了三天。到了第四天，她死了。

玛丽眼睁睁地看着她喜爱、谙熟的东西一个接一个地转入他人之手。牲畜在赫尔斯顿的市场上售出。家具一件件被邻居买走。一个来自卡弗拉克的男子看中了房子，买下了它。他嘴里叼着烟斗，趾高气扬地在院子里走动，指出他要做的改变，说为了视野开阔，他要砍掉一些树。玛丽一边怀着无声的厌恶从窗子里看着他，一边把属于她的小物件放进她父亲的行李箱里。

这个来自卡弗拉克的陌生人让玛丽成了她自己家的一个不速之客。她从他的眼神里看出，他希望她赶快离开。她现在没有别的想法，只想离得越远越好，永不再回头。她又把她姨妈写的信读了一遍。信写在普通纸张上，字迹难辨。写信的人说，她对她外甥女遭受的打击感到震惊；她根本不知道她姐姐病了，毕竟她已经离开赫尔福德很多年了。她接着写道："你也许不知道，我们的情况发生了变化。我不住博德明了，而是住在差不多十二英里之外的地方，在通向朗瑟斯顿的路上。这是一个荒凉的地方。如果你来找我们，那我很高兴冬天有你陪伴。我问过了你姨父，他说如果你口风紧，不爱嚼舌头，那他也不反对；如果有需要，他会提供帮助。他不会给你钱，也不会白养你，你要明白这一点。他希望你在旅馆里帮忙，来交换你的食宿。你是知道的，你姨父是牙买加旅馆的老板。”

玛丽把信折叠起来，放进箱子里。她记忆中常常面带微笑的佩兴丝姨妈，竟写了这样一封不太寻常的表示欢迎的信。

这是一封语气冷淡、内容空洞的信，没有一句安慰的话，除了告诫外甥女千万不能要钱，什么也没透露。佩兴丝姨妈，有一条丝绸衬裙、举止优雅的姨妈，却成了一个旅馆老板的妻子！玛丽断定，她的母亲并不知道这个情况。这封信与十年前那个幸福的新娘写的信迥然有别。

然而，玛丽已经答应母亲了，不能食言。何况她已经变卖了家产，她在这里无处容身。无论自己是否受欢迎，姨妈都是她母亲的妹妹，这也是她需要记住的一点。旧的生活已在身后，其中包括她深爱着的熟悉的农场，以及赫尔福德波光粼粼的水。未来，也就是牙买加旅馆，已赫然在目。

就这样，玛丽坐在咯吱作响、摇摇晃晃的马车里，从赫尔斯顿出发，向北行进，经过了法尔河源头的特鲁罗镇。特鲁罗镇的房屋鳞次栉比，尖塔高耸，鹅卵石铺就的街道十分宽阔，头顶湛蓝的天空仍像南方天气好时的一样。在马车嘎吱嘎吱地经过时，门边的人微笑着挥手致意。但是，当峡谷里的特鲁罗镇被抛到身后，天空变暗，公路两边的乡间呈现出一派崎岖不平、未经开垦的景象。村庄星星点点，农舍门边依偎着几张笑脸。树木稀疏，也没有灌木树篱。然后，风声大作，携雨而来。马车就这样隆隆响着进入了博德明。博德明灰蒙蒙的，令人望而生畏，就像环抱着它的山丘。乘客一个接一个地开始收起他们的行囊，准备下车，只有玛丽坐在角落里一动不动。车夫透过窗户向里面观望，脸上淌着雨水。

“你要去朗瑟斯顿吗？”他说，“要是想今晚驾车穿过沼泽，那可真是疯了。你可以待在博德明，你知道，早上再乘车过去。除了你，马车里没人往前走了。”

“我的朋友还等着我呢，”玛丽说，“我不怕坐车。我也不打算去朗瑟斯顿那么远。你愿意把我送到牙买加旅馆吗？”

车夫好奇地看着她。“牙买加旅馆？”他说，“你去牙买加旅馆干什么？那不是一个姑娘家去的地方。你肯定搞错了，肯定是。”他死死地盯着她，一副难以置信的样子。

“嗯，我听说那个地方挺荒凉的，”玛丽说，“可我从来不住镇里。赫尔福德河边安静，无论冬夏都是那样，我就是打那儿来的，我在那里从不觉得荒凉。”

“我说的和荒凉一点儿关系没有，”车夫回答道，“你可能不明白我说的意思，毕竟你对这里不熟悉。我指的不是那二十多英里的沼泽，虽然那已经足以吓坏大多数女人了。嘿，等一会儿啊。”他回过头，对站在皇家旅馆门口的一个女人喊道。她正在点挂在门廊上的灯，因为天已向晚。

“夫人，”他说，“来和这个女孩子理论理论。我听说她要去朗瑟斯顿，可她却要我把她送到牙买加旅馆。”

那个女人走下台阶，窥视着车内。

“那是个粗鲁、艰苦的地方，”她说，“你要是去找工作，那你在那儿是找不到的，他们不喜欢陌生人出现在沼泽里。你最好在博德明这里下车。”

玛丽冲她笑了笑。“我不会出什么事的，”玛丽说，“我去投靠亲戚。我姨父是牙买加旅馆的老板。”

一阵长久的沉默。借着马车昏黄的灯光，玛丽能够看见那个女人和车夫在盯着她。她突然感到一阵寒意，焦虑不安。她想听那个女人说些让她放心的话，但那个女人没有说。就在此时，那个女人离开了车窗。“我很抱歉，”她最后说，“可这也不关我的事呀。晚安。”

车夫开始吹口哨，脸色通红，好像希望自己摆脱一种尴尬的境地。玛丽一时冲动，把身体向前倾了倾，碰了碰他的胳膊。“你不和我说些什么吗？”她说，“我不介意你说什么。我姨父是不是不讨人喜欢？是这样吗？”

车夫显得非常不自在，他不敢和她对视，粗声粗气地说：“牙买加旅馆的名声不好呀，稀奇古怪的说法满天飞，你知道那是怎么回事。可我不想惹麻烦，说不定那都是胡扯。”

“哪种说法呀？”玛丽问道，“你的意思是那里醉汉很多？我姨父怂恿人学坏？”

车夫不愿意明确表态。“我不想惹麻烦，”他连连说道，“我什么都不知道。反正人们是那么说的。体面人再也不去牙买加了。我知道的只有这些。我们过去经常去那里给马饮水，喂它们马料，进去小吃一顿，小酌一杯。可我们现在再也不在那里停了。我们快马加鞭经过，一刻也不停留，直到抵达五岔口，然后我们也不会停留多久。”

“人们为什么不去那里了？他们的理由是什么？”玛丽追问道。

车夫犹豫了，仿佛在考虑该怎么说。

“他们害怕。”他终于说道。然后，他摇了摇头，再也不想说下去了。也许他觉得自己没礼貌，有愧于她。过了一会儿，他再次透过车窗往里看，对她说了几句。

“走之前，你不在这里喝杯茶吗？”他说，“前面的路还长着呢，再说沼泽地也冷。”

玛丽摇了摇头。她已经没有食欲了。虽然喝杯茶可以暖暖身子，可她不想从车上下来，走进皇家旅馆，因为到了那里，那个女人会盯着她看，人们也会窃窃私语。此外，她心里有个爱唠叨的胆小鬼在低声说：“待在博德明，待在博德明。”她知道，一旦她进了皇家旅馆，她就有可能向那个胆小鬼让步。她答应过她母亲，要去找佩兴丝姨妈，她绝不能食言。

“那我们最好现在就走，”车夫说，“你是唯一今晚要赶路的乘客。再给你的膝头盖一条小毯子吧。等出了博德明，要爬坡的时候，我会快马加鞭的，我从没在夜里走过那条路。我不回到我在朗瑟斯顿的床，我头脑里绷紧的那根弦儿就松不下来。我们中没多少人愿意在冬天过沼泽地，尤其是在天气不好的时候。”他啪地关上车门，登上了他的座位。

马车隆隆地在街上行驶，经过了安全、结实的房屋，不停闪烁的灯，和三三两两急着回家吃晚饭的人。他们弯着腰，顶风冒雨而行。玛丽看到烛光透过百叶窗的缝隙照射出来，那么温暖。壁炉里应该生着火，餐桌上铺着桌布，一个女人和几个孩子坐在那里吃饭，男人则在红彤彤的火焰前暖手。玛丽想到了那个曾和她同行、笑嘻嘻的乡下女人。她想知道，那个女人现在是否正坐在自家的餐桌旁，有孩子们围坐在边上。那个女人该有多么惬意呀！还有她苹果般的脸蛋，她粗糙、磨损的手！她深沉的声音里藏着一个多么安全的世界啊！玛丽想象自己跟着她下了车，恳求与她为伴，向她要一个家。玛丽相信且深信自己不会遭到拒绝。那个女人会冲她笑笑，亲切地伸出手，给她铺一张床。玛丽会为那个女人干活儿，逐渐喜欢上她，与她同甘共苦，和她圈子里的人成为朋友。

马儿现在正在沿镇外陡峭的山坡而上。玛丽坐在车里，透过车窗往外看，只见博德明的灯火在迅速消失，一个接一个，直到最后一丝光亮闪烁、颤动，无影无踪。她现在只有风雨为伴。隔在她和她的目的地之间的是一片十二英里长的贫瘠沼泽。

她想知道，这是否就是一艘船把安全的港湾抛在身后时的感受。没有哪艘船比她更能感到孤独。就算风在索具间呼啸，海浪抽打甲板，一艘船也不可能有她这样的感受。

车里现在变得昏暗，火把发出病恹恹的黄光，从车顶裂缝透进来的气流吹得火焰飘忽不定，有可能烧到皮革坐垫。玛丽觉得最好还是把火把熄灭。她蜷缩在角落里，随着车厢晃动而左右摇摆，她以前从不知道孤独含有恶意。这辆马车曾像个摇篮，把她摇晃了一整天，如今它发出的嘎吱声和呻吟声却透露出凶险。风撕扯着车顶，由于没有山丘遮挡，雨势加大，雨水来势汹汹地拍打着车窗。在道路两旁，荒原延伸向远方，一望无际。没有树木，没有小径，没有一簇簇农舍或村落，只有连绵不绝的、萧瑟的沼泽，黑黢黢的，人迹罕至，像一块不毛之地，向着某道看不见的地平线滚动。玛丽想，没人能在这样一个荒凉的地方生存下来，还保有人性；孩子们生下来就七歪八扭，像发黑的金雀花灌木，被从不停歇的、从东西南北刮来的风吹弯了腰。他们的头脑也会扭曲，他们会有邪恶的想法，因为他们居住在沼泽、花岗岩、气味难闻的石楠和碎石之间。

他们应该出自一个奇怪的祖先，这个祖先以这方土地为枕，睡在这片黑色的天空之下。他们的体内肯定流淌着魔鬼的血液。道路蜿蜒着穿过黑暗、沉默不语的土地，从未有一束光，哪怕摇曳片刻，让车里的旅人看到一丝希望。也许，在这条博德明和朗瑟斯顿之间绵延二十一英里的道路上，根本没有居所；也许，在这条荒凉的道路上，就连贫穷牧人的茅舍也没有——什么都没有，除了一个可怕的地标——牙买加旅馆。

玛丽已经失去了时间和里程的概念。也许是半夜，也许是一百英里，她搞不清楚。她开始依恋马车的安全，至少她对它还算熟悉。她清晨时才结识它，却仿佛已是故友。无论这趟没完没了的旅程有多么可怕，至少还有四堵密闭的墙壁保护她，此外还有破旧、漏雨的车顶，有近在眼前的、让人感到宽慰的车夫。最后，玛丽觉得车夫甚至把马车赶得更快了。她听见他冲着马吆喝，吆喝声随风掠过了她的车窗。

她拉起窗户，向外观望，疾风骤雨使她一时之间什么也看不清。然后，她甩了甩头发，把它们理顺，看见马车正在向山顶飞奔，道路两侧是崎岖的沼泽地，墨一般黑，在迷雾和雨中若隐若现。

在她左前方的山顶，好像有一座建筑矗立在道路旁边。她能够看见高耸的烟囱，在黑暗中显得昏暗模糊。此外再无别的房屋或农舍。也许那就是牙买加旅馆，它独自挺立，勇敢地对抗四面来风，显得非常壮观。玛丽裹紧斗篷，系好扣子。马儿已经停下，汗津津地站在雨中，从它们身上冒出的蒸气腾腾升起。

车夫从车上下来，拎着玛丽的箱子。他显得非常匆忙，不停地回头望着房子。

“到了，”他说，“院子那边就是。你使劲儿敲门，他们会让你进去的。我要继续赶路了，否则今晚到不了朗瑟斯顿。”他立刻回到他的座位，抓住了缰绳。他冲着马吆喝，急匆匆地抽打它们。马车摇晃着，发出隆隆的响声，瞬间就上了路，被黑暗吞噬，很快就消失不见，仿佛从没来过。

玛丽独自站着，箱子放在脚边。她听见身后黑暗的房子里响起抽门闩的声音，门猛地开了。一个硕大的身影大步走进院子，摇晃的灯笼来回摆动。

“谁在那儿？”她听见有人喊道，“你在这儿干什么？”

玛丽向前走去，抬头凝视着那个人的脸。

灯笼发出的光正好照进她的眼睛，她什么也看不见了。那个人在她面前来回晃动灯笼，突然，他笑了起来，一把抓住她的胳膊，粗暴地把她拽进了门廊。

“哦，是你，对吧？”他说，“这么说，你还是来找我们了？我是你的姨父乔斯·梅林[1]，欢迎你来到牙买加旅馆。”他把她拉到屋檐下，再次哈哈大笑，关上门，把灯笼放在走廊里的一张桌子上。然后，他们面对着面，相互打量了起来。

1　乔斯（Joss）与前文玛丽母亲提到的乔书亚（Joshua）均指姨父。（如无特殊说明，本书注释皆为编注）

2

他块头很大，差不多有七英尺[1]高，黑黝黝的额头上满是皱纹，肤色像吉卜赛人。他有一头浓密的黑发，一缕刘海遮住了眼睛，挂在耳朵边上。他看上去力大如牛，肩膀宽阔有力，双臂几乎可以够着膝盖，拳头有屁股那么大。如此硕大的体格在某种意义上让他的头显得很小，陷入双肩之间，加上乌黑的眉毛和茂密的头发，宛如一只半弯着腰的大猩猩。尽管他四肢修长，体格健硕，他的相貌却一点儿也不像猩猩。他鼻子似钩，弯向那张也许曾经完美无缺、但是现在已经塌陷的嘴。虽然眼角有些皱纹，眼袋下垂，眼球上布满红色血丝，但他乌黑的大眼睛仍有几分好看。

他最好看的还是那依然完好、洁白的牙齿。一笑起来，牙齿就和他黄褐色的脸庞形成了鲜明对比，让他看上去像一匹精瘦的饿狼。尽管人的微笑和狼赤裸的獠牙之间有天壤之隔，但就乔斯·梅林来说，它们完美无间地结合在了一起。

“这么说，你就是玛丽·耶伦了。”他终于说道。他的个子比

1 1英尺约等于0.3米。

玛丽高得多。他低下头，想更仔细地打量她："你跑了这么老远，就为了来照顾你的乔斯姨父。我要说，你可真好呀。"

他又大笑起来，带着嘲讽。他的笑声震得房子隆隆响，鞭子一般，抽打着玛丽被刺痛的神经。

"我的佩兴丝姨妈在哪儿？"她问道。她扫视着周围光线暗淡的走廊，冰冷的石板和狭窄、摇晃的楼梯，这一切让她心生忧郁。"这么说，她没盼着我来？"

"我的佩兴丝姨妈在哪儿？"那个男人模仿着她的腔调，重复着她说的话，"我亲爱的姨妈怎么不出来亲亲我、抱抱我、疼疼我呀？你就不能等一会儿再见她？你还没亲过你的乔斯姨父吧？"

玛丽后退了一步。想到要亲吻他，她有些反感。他要么是疯了，要么是醉了，说不定二者皆有。不过，就算这样她也不想惹怒他，那太可怕了。

他明白她在想什么，又哈哈大笑起来。

"唉，算了，"他说，"我没打算碰你。和我在一起，你就像待在教堂里那样安全。我不喜欢黑黝黝的女人，我的宝贝儿。我有更好的事儿要做，没兴趣和我自己的外甥女玩翻绳游戏。"

他轻蔑地嘲笑她，把她当成傻瓜，懒得再和她开玩笑了。然后，他冲着楼梯，抬起了头。

"佩兴丝，"他吼道，"你究竟在干什么？那个丫头片子到了，哭哭啼啼地找你呢。她已经不想瞅我这张老脸了。"

楼梯口轻轻摇晃了一下，一阵拖沓的脚步声传了下来。然后，烛光摇曳，响起一声惊呼。一个女人走下了狭窄的楼梯。她用手挡着烛光，以免晃眼。她头戴一顶褪色的头巾式女帽，头发稀疏、花白，乱蓬蓬地垂在肩上。看得出来，她卷起头发试图重现一头鬈发，但无济于事，发卷已经消失。她的脸庞消瘦，脸皮紧贴着颧骨。她瞪着大大的眼睛，仿佛在不停地追问一个问题。她稍微有些紧张，嚅动着嘴，时而缩起嘴唇，时而放松。她穿着一条褪色的条纹衬裙，它曾是樱桃红色的，现在被洗成了粉红色。她的肩膀上披着一条打了很多补丁的围巾。显然，她刚给帽子系了一条新丝带，想让她的衣物显得光鲜一些，结果反倒让人觉得虚假、不伦不类。那条丝带颜色鲜红，与她苍白的脸色形成了可怕的对比。玛丽默默盯着她，不由得悲从中来。这个衣衫褴褛的女人难道就是她梦中那个迷人的佩兴丝姨妈？她看上去邋里邋遢，比实际年龄要老上二十岁。

小个子女人走下楼梯，步入门厅，与玛丽握了握手，直勾勾地盯着玛丽的脸。“你真的来了，”她小声说，“这真的是我的外甥女玛丽·耶伦？我过世的姐姐的孩子？”

玛丽点了点头。她为她母亲无法看到现在的佩兴丝姨妈而感谢上帝。“亲爱的佩兴丝姨妈，”她轻声说，“我很高兴再次见到你。自打你来赫尔福德看我们，过去了多少年呀！”

那个女人不停地用手抓玛丽，抚摸她的衣物，触碰她，然后突然紧贴住她，把头埋在她的肩上，失声痛哭，上气不接下气。

“哎呀，得了吧，”她丈夫吼道，“哪有这样欢迎人的？该死的傻瓜，你在鬼哭狼嚎什么呢？你没看出来这位姑娘想吃晚餐吗？领她去厨房，给她弄点儿咸猪肉，再弄点儿喝的。”

他弯下腰，毫不费力地扛起玛丽的箱子，就好像它不过是个纸袋子。“我会把这个送到她房间里。”他说，“等到我再下来的时候，你要是还没把吃的摆到桌上，我会让你哭得更惨！还有你，要是你想的话。”他凑近玛丽的脸，然后伸出一根粗大的手指，按住她的嘴唇。“你是会乖乖听话，还是会咬人呢？”他说。然后，他再次哈哈大笑起来，冲着屋顶怒吼一声，脚步咚咚地走上狭窄的楼梯，箱子在他的肩膀上晃晃荡荡。

佩兴丝姨妈强忍着，费了好大劲儿，才挤出了一丝微笑。然后，她以一种玛丽模糊记得的姿势捋了捋她稀疏的头发，紧张地眨了眨眼，动了动嘴，领着玛丽走上另外一条阴暗的走廊，进入厨房。厨房里点着三根蜡烛，一堆低矮的泥炭火在炉床上慢慢燃着。

“你乔斯姨父就是那个样子，你千万别往心里去。”她说。她的神态突然变了，像一条呜咽的狗在摇尾乞怜。由于不断遭受虐待，这条狗已被训得绝对听话，就算遭到拳打脚踢、恶语咒骂，也还是会为了主人像只老虎一样搏斗。“你姨父肯定是在开玩笑，你懂的。他有他的路数，陌生人一下子搞不懂他的。作为一个丈夫，他对我挺好的，自打我们结婚以来，就是这样。”

她无意识地唠叨着，在铺着石板的厨房里来回穿梭，往餐桌上摆着晚饭，从镶板后面那个大橱柜里拿出面包、奶酪和烤油。玛丽则蜷缩在火炉旁，徒劳地想暖暖她冻僵的手指。

厨房里弥漫着泥炭冒出的烟，烟爬上天花板，钻进犄角旮旯，悬在空中，宛如一层薄薄的蓝色云雾。它刺痛了玛丽的眼睛，钻入她的鼻孔，覆盖住她的舌头。

“你要不了多久就会喜欢上你姨父，适应他的路数，”她的姨妈接着说，“他人真不错，挺勇敢的。他在这一带大名鼎鼎，很受尊敬。没人会说乔斯·梅林一句坏话。有时候这里的人会很多，并不总是像这样静悄悄的。你知道的，这条公路车水马龙，每天都有马车路过。老爷们对我们挺有礼貌的，很客气。昨天还有邻居来呢，我给他做了个蛋糕，让他带回家了。‘梅林夫人，’他说，‘在康沃尔的女人里，只有你会烤蛋糕。’他真是这么说的。就连那个大地主本人也待我们很好，你知道吧，就是北山的那个斯奎尔·巴萨特，这一带的所有土地都是他的。有一天，应该是星期二吧，他在这条路上骑马，从我面前经过，他摘下了帽子，‘上午好，夫人。’他说。他在马上冲我鞠了一躬。他们说，他年轻时挺讨女人喜欢的。就在这时候，乔斯从马厩里出来了，他之前一直在那里修理车轮。‘日子过得怎么样，巴萨特先生？’他说。‘好着呢，和你差不多，乔斯。’那个老爷回答说。他们都哈哈大笑起来。”

玛丽咕哝了几句，算是对这段小小的演说的回答，但她感到既痛苦，又担忧。佩兴丝姨妈在说话时不敢直视玛丽的眼睛，并且话语之流畅本身就很惹人猜疑。姨妈说话时就像个孩子，在给自己讲故事，并且颇有几分编故事的天分。看到姨妈演的这出戏，玛丽很伤心。玛丽希望她不要再演下去了，或是干脆保持沉默，因为她的滔滔不绝反倒比流泪更令人害怕。门外传来脚步声，玛丽不由得心头一沉，因为她意识到，乔斯·梅林又下楼了，并且很有可能听见了他妻子说的话。

佩兴丝姨妈显然也听见了他的脚步声，她的脸色变得煞白，嘴巴开始嚅动。他进了厨房，瞅瞅这个，又瞅瞅那个。

“这么说，母鸡已经咯咯地叫上了？”他面无笑容，眯着眼睛说道，“你要是能说话，那要不了多久，你就不哭了。我听见你说话了，你这个唠唠叨叨的傻瓜，咯咯个没完，像只母火鸡。你以为你的宝贝外甥女会相信你说的话？唉，你连个小孩都骗不了，更别说像她这样的娘们儿了。”

他从墙边拉过一把椅子，把它撞向桌子。他重重地坐了上去，椅子在他屁股下嘎吱嘎吱地响。他伸手拿过面包，为自己切了一大块，涂上一层厚厚的烤油，塞进嘴里，油脂顺着他的下巴流下。然后，他示意玛丽到桌边去。“你需要吃东西，我看得出来。”他说完，开始小心翼翼地从面包条上切下薄薄的一片，又把它切成四小块，涂上烤油。整个过程非常细致优雅，与他给他自己切面包时形成了鲜明对比，以至于让玛丽觉得，在他从野蛮粗暴到过分细心的转化中，存在着令人不寒而栗的东西。他的手指中仿佛潜藏着某种力量，让面包从大棒槌变成了敏捷、训练有素的仆人。假设他给她切一大块面包，然后朝她扔过去，她反而不会这么在意，因为那与她对他的印象是一致的。但是，他突然变得这么优雅，手的动作这么敏捷、优美，反倒立刻暴露出几分凶险的意味。之所以说凶险，是因为这种变化让人始料未及，非他这种人所为。她沉着地向他表示感谢，然后吃了起来。

佩兴丝姨妈正在火炉上煎咸猪肉。自打她丈夫进了房间，她就一言不发。没有人说话。玛丽知道，乔斯·梅林正隔着桌子盯着她。她能听到，她身后的姨妈正在用不听使唤的手指笨拙地摆弄着发烫的煎锅柄。过了一会儿，她的姨妈丢下它，沮丧地嘟囔了几句。玛丽从座位上站起来，想过去帮她，但乔斯冲她吼了一声，让她坐下。

“有一个傻瓜就够倒霉了，可千万别弄出来俩，”他嚷道，“坐好了，让你姨妈收拾烂摊子吧。这也不是头一回了。”他又靠回椅子上，开始用指甲剔牙。“你想喝点儿什么？”他问玛丽，

“白兰地，葡萄酒，还是麦芽酒？你在这儿有可能饿肚子，但不可能口渴。在牙买加旅馆，我们的喉咙不会干。”他冲着她笑了笑，眨了眨眼，又吐了吐舌头。

“如果可以的话，我想喝杯茶，”玛丽说，“我不习惯喝烈酒，也不习惯喝葡萄酒。”

“啊，你不习惯？好吧，那你亏大了。你今晚就喝茶吧。不过，上帝做证，用不了一两个月，你就会想喝一点儿白兰地了。”

他把手伸过桌子，抓住了她的手。

“对一个在农场上干活儿的人，你的爪子够好看了，”他说，“我还以为它会又红又粗糙呢。如果这世上还有让男人感到恶心的事情的话，那就是让一只难看的手给他倒麦芽酒。我的顾客不算太出格，但话又说回来，我们牙买加旅馆以前还从没有过女服务生呢。”他开玩笑地冲玛丽鞠了一躬，放开了她的手。

“佩兴丝，我的心肝儿，”他说，“这是钥匙，看在上帝的面儿上，去给我拿一瓶白兰地吧。我渴死了，就是把道兹玛利湖里的水都喝了，也解不了我的渴。”听到他的吩咐，他的妻子匆匆穿过房间，消失在走廊里。然后，他又开始剔牙，还不时地吹吹口哨。玛丽则吃着面包和烤油，喝着他放到她面前的茶。一阵剧烈的头疼勒紧了她的头，差点儿让她倒下，泥炭冒出的烟熏得她眼泪汪汪。她太累了，没精力观察她的姨父，她先前已经察觉到佩兴丝姨妈有些紧张，她们在这里差不多像老鼠掉进陷阱，想逃也逃不掉，而他则像一只穷凶极恶的猫，在玩弄她们。

过了几分钟，佩兴丝姨妈带着白兰地回来了，把它放在她丈夫面前。她煎好咸猪肉，拿给玛丽和她自己吃。姨父则喝起了酒，闷闷不乐地盯着前方，踢着桌腿。突然，他伸出拳头，狠狠地砸在桌子上，把盘子和杯子都震了起来。一个大盘子掉在地上，碎了。

“我把丑话说在前头，玛丽·耶伦，”他嚷道，“在这座房子里，我说了算，我会让你知道这一点的。我让你干什么就干什么，你在这座房子帮忙，伺候好我的顾客，我连一根指头都不会碰你。但是，上帝做证，你要是张开嘴，扯着嗓子乱喊，看我不把你揍得服服帖帖的，就像你姨妈那样。”

玛丽隔着桌子，与他面对着面。她把手放进衣兜里，为的是不让他看见它们在颤抖。

“我知道你说的什么意思，”她说，“我这人天性不好打探，这辈子从来没嚼过舌头。无论你在旅馆里干些什么事，交往些什么人，都与我无关。我会在旅馆里做好我的事，不会给你发牢骚的理由。但是，只要你伤害我姨妈，那我告诉你，我就会马上离开牙买加旅馆，找到治安官，把他带到这儿，让法律收拾你。然后，揍我吧。你要是愿意，可以试试。”

玛丽的脸色已变得非常苍白。她知道，如果他这时候对她大发雷霆，她肯定会垮掉并开始哭泣，他也就会永远主宰她。语言的洪流无视她的意志，从她嘴里奔涌而出，携带着对她可怜的、已经屈服了的姨妈的怜悯，令她无法自已。玛丽不知道，她已经拯救了自己，因为她展示出来的小小勇气给那个男人留下了深刻印象。他又靠回椅背，态度缓和下来。

“说得好，”他说，“老实说，说得非常有道理。我现在知道我们的房客是哪种人了。挠她，她就会亮出她的爪子。好吧，我的宝贝儿，你和我很像，简直超出我的想象。如果要玩的话，那我们就一起玩吧。也许有一天我会让你在牙买加旅馆干活儿，干那种你以前从来没干过的活儿。男人的活儿，玛丽·耶伦，玩儿命的活儿。”玛丽听见她的姨妈佩兴丝在她旁边微微喘息了一下。

“哎呀，乔斯，”佩兴丝姨妈低声说，“哎呀，乔斯，算了吧！”

她的声音非常急切，玛丽吃惊地盯着她。玛丽看见她身体前倾，示意她丈夫住嘴。她的下巴显现出的那种渴望，她眼神里流露出的那种极度痛苦的情感，比那天晚上发生的任何事情都更令玛丽感到害怕。是什么让佩兴丝姨妈这么惊慌？如果让乔斯·梅林接着说下去，他会说什么？玛丽意识到自己其实非常好奇，好奇到了极点。她的姨父不耐烦地摆了摆手。

“去睡吧，佩兴丝，”他说，“不要在我的餐桌旁摇晃你的骷髅头了。这个姑娘和我心有灵犀。”

佩兴丝立即站了起来，朝门口走去，其间无可奈何地回过头瞥了一眼。只见她匆匆地上了楼，厨房里只剩下乔斯·梅林和玛丽。他把空白兰地杯子推到一边，叉起胳膊，搭在桌子上。

“我这辈子有一个弱点，我来给你讲讲这个弱点是什么，”他说，“就是酒。那是祸害呀，我不是不懂，我就是控制不住自个儿。总有一天它会要了我的命，不过这样也好。有时候一连数天，我就像今天晚上这样，只喝那么一点儿。然后，我就会渴得难受，于是只好再把自己泡进酒里，一泡就是几个小时。那是力量，是荣耀，是女人，是天国，全都在酒里了。到了那时，我会觉得自己是个国王，玛丽，我觉得我抓住了世界的权柄。它既是天堂，也是地狱。然后我就会说呀说呀，喋喋不休，直到我把做过的所有恶事都向东西南北风吐尽。我把自己关在房间里，对着枕头喊出我的秘密。你姨妈会把我锁在房间里，等到我清醒了，我就会砸门，她再放我出去。除了我和她，没有人知道这些。我现在已经告诉你了。我之所以会告诉你，是因为我有点儿醉了，管不住我的舌头。不过，我还没醉到脑子彻底不管用，我还没有醉到会告诉你，我为什么生活在这个被上帝抛弃的地方，又是为什么成了牙买加旅馆的老板。”他声音嘶哑，现在的音量和耳语相差无几。炉床上的泥炭火焰已经变低，暗影把长长的手指伸到了墙上。蜡烛也快烧完，微弱的烛光把乔斯·梅林可怕的影子投射到了天花板上。他冲她微笑，傻乎乎、醉醺醺地把他的手指放在她的鼻子上。

“我不会对你说那些东西，玛丽·耶伦。唉，别说，我还有点脑子，有点精明劲儿呢。你要是还想多知道一些，你可以问你姨妈。她会给你胡扯一通。我今晚就听见她胡扯了，对你说什么我们这里有些不错的顾客，说什么老爷向她脱帽致敬了，这是胡扯，全都是胡扯。我会告诉你那些真相，反正你早晚会知道的。斯奎尔·巴萨特都要吓死了，哪敢把他的鼻子伸到这里。他要是在路上见到我，那他就会在胸口画十字，然后鞭打他的马，那些矫情的绅士都会这么干。马车现在都不在这儿停，邮车也是，但我不担心，我的顾客够多了。那些正派人越是不来，我越高兴。唉，这里好歹有酒喝，酒还不少。有些人会在星期六夜里来牙买加旅馆，另一些人则锁上房门，用手指堵着耳朵睡觉。在夜晚，沼泽地里的每座小屋都黑洞洞的，鸦雀无声，方圆数英里，只有牙买加旅馆明晃晃的窗户还有光线透出来。他们说，喊叫声和唱歌声能传到拉夫石山下面的农场那么远。你要是好奇，可以在那些夜晚待在酒吧里，你会看到我们的顾客都是些什么人。”

玛丽一动不动地坐着，手抓着椅子两侧。她不敢动弹，因为她已经发现他现在十分情绪化。她害怕如果动了，会让他一改这种自信、亲密的腔调，而变得严厉、粗鄙、残忍。

“他们全都怕我，”他接着说，“那一大群该死的东西。他们谁都不怕，就怕我。我跟你说，我要是有学问，就会和乔治国王一起横行整个英国。是酒，是酒和我的暴脾气在跟我作对。玛丽，我们所有人都让它害了，梅林家的人还从来没寿终正寝过。

“我老爹在埃克赛特被吊死了，因为他和一个家伙吵架，把对方杀了。我爷爷因为偷盗被割了耳朵，送去了一个罪犯流放地，在热带地区让蛇咬了一口，发了疯，也死了。我们弟兄三个，我是老大。我们全都出生在吉尔玛山的背阴处，那个地方在十二人泽上面。你穿过东沼泽步行去那里，一直走到拉希福德，就会看到一堵大花岗岩峭壁，就像魔鬼伸向天空的手，那就是吉尔玛山。你要是在它的背阴处出生，那你也会染上酒瘾，就像我这样。我弟弟马修掉到特雷瓦萨沼泽里淹死了。我们以为他去当水手了，一直没有他的音信，然后到了夏天，发生了旱灾，一连七个月没有下雨，马修直挺挺地横在沼泽里，手举过头顶，麻鹬绕着他飞。我弟弟杰姆，该死的东西，他最小，我和马修都长大成人了，他还在拽妈妈的裙子。我从没正眼看过他。他太聪明了，嘴跟刀子似的。噢，他们迟早会抓住他，把他吊死，就像他们对付我老爹那样。”

他沉默了一会儿，眼睛凝视着他的空酒杯。他把它拿起来，又放了下去。“不喝了，”他说，“我说过，够了。我今晚再也不喝了。去睡吧，玛丽，省得我拧断你的脖子。这是你的蜡烛，你的房间在门廊上边。”

玛丽一言不发地拿起烛台，正要经过他身边时，他一把抓住她的肩膀，把她扭了个圈儿。

“有时候，你会在晚上听到路上有马车的声音，”他说，“那些马车不再往前，而是停在牙买加旅馆外面。你会听见院子里有脚步声，你的窗户下有人说话。碰到这种情况时，玛丽·耶伦，你要老老实实地待在床上，用毯子蒙住头。懂吧？”

“我懂，姨父。”

“那就好。现在出去吧。如果你敢再问我一个问题，我就打断你身体里的每根骨头。”

她走出厨房，进入黑暗的走廊，撞到了门厅里的长椅，然后上楼，用手摸索着前行。为了判断方位，玛丽转过身来，再次面对楼梯。姨父已经告诉她，房间在门廊上面。她慢慢走过没有点灯的黑暗平台，经过两扇门。她猜测那是客房，在等待着那些如今再也不来的、再也不在牙买加旅馆的屋顶下寻求庇护的旅客。接下来，她又碰到了一扇门，她转动门把，借着摇曳的烛光，发现这就是她的房间，因为她的箱子躺在地板上。

房间的四壁很粗糙，没有贴壁纸，地板光秃秃的。一个倒扣着的箱子充当了梳妆台，台上放着一面有裂纹的镜子。没有水壶，没有脸盆。她觉得她可以在厨房里洗脸。她靠在床上，床咯吱咯吱地响，床上有两条薄毯子，她伸手一摸，有些潮湿。她决定不脱衣服，穿着沾着灰尘的行装躺在床上，用斗篷裹住身体。她走到窗边，向外眺望。风已经停了，雨还在下，蒙蒙细雨顺着房子一侧流淌下来，冲掉了窗格上的污垢。

院子那头传来一阵噪声。那是一种古怪的声音，就像一只动物发出的痛苦呻吟。外面太黑了，让人看得不太真切，但她能够分辨出一个暗影在轻轻地来回摇摆。她一时间如坠梦魇，乔斯·梅林讲的故事点燃了她的想象力，她觉得那是一个绞架，上面吊着一个死人。然后她意识到，那是旅馆的招牌。由于疏于维护，不知怎么的，钉子松了，不再牢靠，现在，哪怕有一丝微风，它也会被吹得来回摇摆。它什么都不是，只是一个可怜的、用旧了的招牌。生意红火时，上面白色的“牙买加旅馆”字迹昂首挺立，如今和旅馆一起经受了风雨的洗礼，早已模糊发灰。玛丽拉下窗帘，爬到床上。她冻得牙齿打战，手脚麻木。她缩成一团，在床上坐了好一阵子，仿佛一只绝望的猎物。她想知道她能否逃出这座房屋，找到路，然后走十二英里，回到博德明；她想知道她是否疲惫到了极点，是否会累瘫在路边，倒头便睡，然而她被晨光唤醒，只见乔斯·梅林庞大的身躯耸立在她上方。

她闭上眼睛，却仿佛看见他一脸笑意地看着她，然后笑容变成了皱起的眉头；他气哼哼地摇头，皱起的眉头变成了一千条皱纹。她看见他那一头浓密的黑发，他的鹰钩鼻，他修长强壮的手指还透着致命的优雅。

她现在觉得自己被困在了这里，犹如笼中鸟，无论怎么挣扎，都逃脱不了。如果她渴望自由，那么她现在就必须离开，从窗户上爬下，沿着那条白色的、在沼泽地里蜿蜒的道路疯狂奔跑。如果到了明天，可就来不及了。

她等待着，直到听见他上楼的脚步声。她听见他的自言自语。让她松了一口气的是，他转而走上了楼梯左边的那条走廊。远处传来关门的声音，一切都归于寂静。她决定不再等了。哪怕在这个屋檐下待上一晚，她的勇气也会离她而去，她会变得不知所措，然后发疯，精神崩溃，就像佩兴丝姨妈那样。她打开门，偷偷潜进走廊。她踮着脚尖，走到楼梯口，然后停下来，聆听着。她把手放在栏杆上，脚踩在最上面的台阶上。就在此时，她听见走廊另一头传来了动静。有人在哭。那个人抽抽搭搭地哭着，并试图用枕头捂住哭声。那是佩兴丝姨妈的声音。玛丽等了一会儿，然后转过身，又回到自己的房间，扑倒在床上，闭上了眼睛。无论她将来要面对的是什么，无论她有多么恐惧，她现在都不会离开牙买加旅馆了。她必须和佩兴丝姨妈在一起。这里需要她。佩兴丝姨妈也许会从她这里获得慰藉，她们会互相体谅。而且，虽然现在她因为太累无法好好计划，但她会保护佩兴丝姨妈，不让乔斯·梅林再欺负她。她的母亲曾一个人生活、操劳了十七年，经历的艰难困苦她也许永远也碰不到。她的母亲不会因为一个疯狂的男人而逃跑，也不会因为一座充满罪恶的房子而感到害怕——就算这座房子孤零零地矗立在风吹雨打的山丘之上，是蔑视所有人和风暴的唯一地标。她的母亲会勇敢地和敌人搏斗。是的，并且终将战而胜之。她的母亲绝不会屈服。

于是，玛丽躺在硬板床上，希望自己能入睡，但她的脑子却开始浮想联翩。每种声响，从她后面的墙壁里老鼠的抓挠声，到院子里的招牌发出的咯吱声，都会刺痛她的神经。她数着时间，整夜难眠。当房子后面的田地里传来第一声公鸡啼鸣时，她不再数了，而是叹了口气，沉沉睡去，仿佛死了一般。

3

玛丽醒来时，西风劲吹，太阳笼罩在一层薄薄的水汽之中。咯吱咯吱响的窗户惊醒了玛丽，她从明晃晃的阳光和天色判断，她起晚了，肯定过了八点钟。她望向窗外，视线越过院子，看见马厩的门开着，外面的泥泞里有新鲜的马蹄印。她不由得长舒了一口气。她意识到，旅馆老板肯定不在家，她可以和佩兴丝姨妈单独在一起了，哪怕一小会儿。

她匆匆地打开箱子，拽出她的厚裙子和五颜六色的围裙，以及她在农场穿的粗重鞋子。不到十分钟，她就下到了厨房，开始在后面的洗涤槽里洗漱。

佩兴丝姨妈从屋后面的养鸡场进来了，围裙里兜着母鸡新下的蛋，脸上露出神秘的微笑。“我想你可能想要一个当早餐，”她说，“昨天晚上我看你太累了，吃得不多。我给你留了一点儿奶油，你可以把它涂在面包上。”今天早上她的举止看起来很正常，除了那通红的眼圈，暗示着昨晚是个不安之夜。显然，她在努力表现得开心一些。玛丽断定，只有在她丈夫在场时，她才会魂飞魄散，宛如惊弓之鸟，一旦他离开，她就会孩子似的把什么都忘了，并且能从微不足道的事情里找到乐趣，例如给玛丽做早餐，给她煮个鸡蛋。

她们都避免提起昨晚的事情，也没说到乔斯。至于他去了哪儿，去干什么了，玛丽既没问，也不关心。只要能摆脱他，她就够开心了。

玛丽能够看出来，姨妈尽量说一些和她自己当下生活无关的事情。她好像挺怕人问她问题，玛丽于是放过了她，开始讲述自己在赫尔福德最后几年的情况，坏年景造成的压力，以及她母亲的病和死。

至于佩兴丝姨妈听没听进去，玛丽看不出来。她倒是时不时地点点头，努起嘴唇，摇摇头，几乎没有说什么。但是在玛丽看来，多年的害怕和焦虑已让她丢失了注意力，内心的恐惧令她对任何交谈都心不在焉。

她们上午干的都是寻常的家务活儿，玛丽因此可以比较彻底地探查旅馆。

这是一个阴暗、布局凌乱的地方，有长长的走廊和奇怪的房间。酒吧有个单独的入口，在房屋一侧。虽然现在酒吧空无一人，但空气里某种非常浓郁的气味让人觉得这里曾经高朋满座：萦绕的旧烟草味儿，酒的酸臭味儿，污渍斑斑的长椅上还留着兴奋、肮脏的人们挤成一堆留下的痕迹。

尽管有这么多接连出现的令人不快的迹象，这个酒吧却是旅馆里唯一有生机的房间，让人没有忧郁、悲伤之感。其他房间好像被忽视或闲置了。就连门廊边的客厅也给人一种寂寞之感，仿佛距离上一个正直的旅人踏进门槛、在熊熊燃烧的炉火前烤暖脊背，已经过去很久了。楼上的客房甚至更糟，看起来急需修葺。一间客房被用作杂物间，墙边堆着一摞箱子，还有被老鼠啃噬、撕裂的鞍褥。对面的房间里，一张坏掉的床上还堆着土豆和芜菁。

玛丽猜测她的房间原本也差不多如此，多亏了姨妈才有了现在这些家具。她不敢沿着更远处的走廊进入其他房间。在这个房间下面，有一条很长的和上面的走廊平行的走廊。朝向与厨房相反的方向，沿着这条走廊走下去，有另外一个房间，门锁着。玛丽走到院子里，想透过窗户往里看，但窗框上钉着一块木板，房间里的情况不得而知。

主屋和外屋从三面围出了一个正方形的小院子，院子中央有一道草坡和一个饮水槽。外面就是一条小道，它宛如细细的白色缎带，沿着两个方向，向远处的地平线延伸。小道两侧都是沼泽，被瓢泼大雨打成了湿漉漉的棕色。玛丽走到路上，极目远眺，但除了黑色的山丘和沼泽，一无所见。矗立着高耸烟囱的灰石板色旅馆虽然看上去令人生畏、杳无人迹，却是整个地区仅有的居所。在牙买加旅馆西边，石山高耸。有些石山平坦似丘陵，草地在时隐时现的冬阳下泛着黄光；另一些却显得狰狞凶险，山顶布满花岗岩与碎石块。太阳不时被云层遮住，长长的影子犹如一根根手指，在沼泽上飞掠而过。山丘的色彩变幻，有时是紫色的，有时墨染一般，有时五色缤纷。紧接着，阳光穿透一片云，有气无力地照射下来，一座山丘便染上了金褐色，附近的山丘依旧在昏暗中独自憔悴。风景随时变幻，东边艳阳高照，沼泽静止如沙漠；而在西边，一片锯齿状的、形似拦路强盗斗篷的云朵飘来，严冬便会降临，把冰雹、雪花、飞沫般的急雨洒在花岗岩山丘上。空气凛冽、香甜，冷如让人觉得置身山间，纯净得不可思议。这对玛丽而言是一个新发现，因为她已经习惯了赫尔福德温暖、和煦的天气，以及高高的树篱和防护林。在那里，就连东风[1]也不令人生畏，海角的狭长港湾庇护了陆地上的生灵，只有河流奔腾不息，裂岸惊涛泛起泡沫。

无论这个新地方多么可怕、可恶，无论它多么荒凉，只有牙买加旅馆独立山丘，抵御四面来风。空气中弥漫着一种挑战的气息，激励玛丽·耶伦去冒险。空气刺痛了她，使她双颊发红，双眼冒火。它戏耍着她的头发，拨弄着发丝拂过她的脸，她深深地呼吸，把它吸进鼻孔，吸入肺里，觉得它比苹果酒的气息更凉，更香甜。她走向水槽，把手放在泉眼下。泉水清冽，哗哗流淌。她喝了一些，觉得这水和她以前喝过的都不一样，有些苦涩、可疑，带着一股挥之不去的泥炭味，就像厨房里的泥炭火冒出的烟。

水的味道虽然浓重，但令人满足，因为她不渴了。

玛丽感到身体复苏了些，情绪也高涨起来。她走回旅馆，去找佩兴丝姨妈。她食欲大增，希望晚饭已经做好了。她狼吞虎咽地吃着芜菁炖羊肉，饥饿感终于消失了。她觉得她的勇气又回来了，于是准备冒险问姨妈几个问题。

“佩兴丝姨妈，”玛丽开口了，“为什么我姨父成了牙买加旅馆的老板？”这一突袭使姨妈猝不及防。她盯着玛丽，盯了好一会儿，一句话也不说。然后，她开始面红耳赤地嚅动嘴唇。“为什么？”她结结巴巴地说，“这里……这里是非常重要的一个地方，就在路上。你能看出来，这是从南边通过来的一条主要道路，马车

1　英国的东风从欧洲大陆北部吹来，寒冷且凛冽。

一个星期经过两次。它们从特鲁罗、博德明这些地方过来，去朗瑟斯顿。昨天你自己不就来了吗？路上人流不断。有旅客、绅士，有时候还有来自法尔茅斯的水手。”

“是呀，佩兴丝姨妈，可他们为什么不在牙买加旅馆停留呢？”

“他们停留呀。他们经常到酒吧讨酒喝。我们这儿的顾客不少呢。”

“你怎么这样说呢？要知道，客厅闲置在那，客房里堆着木材，只适合老鼠住。我都亲眼看了。我以前也去过一些比这里小得多的旅馆。我们老家的村里就有个旅馆，老板是我们的朋友。妈妈和我经常在客厅里喝茶，尽管只有两个房间，但都装备齐全，适合旅客住宿。”

佩兴丝姨妈沉默了一会儿，嘴唇嚅动着，手指在裙兜里扭动。“你姨父乔斯不喜欢人们在这里停留，”她慢吞吞地说，“他说你永远也不知道你的客人都是些什么人。唉，在这个孤零零的地方，我们可能会在我们自己的床上被杀害。这样的路上什么人都有，不安全呀。”

“佩兴丝姨妈，你这话说得没有道理。如果一家旅馆不能在夜里给正经旅客提供床位，那它还有什么用啊？把它盖起来，难道还有别的目的？如果没有顾客，那你们又要靠什么维持生计？”

“我们有顾客呀，”佩兴丝姨妈不高兴地说，“我已经说了。有从农场和偏远的地方来的人。这方圆几英里的沼泽上散布着农场和农舍，人们就是从这些地方来的。有些晚上，酒吧里都是人。”

“昨天的车夫对我说，体面人都不来牙买加旅馆了。他说他们害怕。”

佩兴丝姨妈的脸色变了。她现在脸色惨白，眼神飘忽不定。她咽了口唾沫，用舌头舔了舔嘴唇。

“你姨父乔斯脾气暴，”她说，“你昨天不是没领教过。他很容易被激怒，也不想让人搅和他的事儿。”

“佩兴丝姨妈，一个做正当生意的旅馆老板，人们干吗搅和他的事儿呀？无论一个人多么暴躁，他的脾气也不会把人吓跑。这不是理由。”

佩兴丝姨妈沉默了。她已经无计可施，像一头骡子那样硬挺着坐在那里。玛丽试着问了另一个问题。

“你最初为什么要来这里？我母亲对此一无所知。我们还以为你住在博德明，你结婚的时候，信是从那里寄出的。”

“我在博德明认识了你姨父，但我们从没在那里生活过，”佩兴丝姨妈慢吞吞地回答道，“我们在帕德斯托住了一阵子，然后我们就搬到了这里。你姨父从巴萨特先生手里买下了这家旅馆。这间旅馆先前空了有些年头了，你姨父觉得它正符合他的需要。他想安顿下来。他这辈子没少漂泊，去了很多地方，多得我连名字都记不住。我想他曾经在美洲待过？”

“在这个地方安家似乎挺搞笑的，”玛丽说，“还会有比这里更糟糕的地方吗？”

“这儿离他老家近，”姨妈说，“你姨父的出生地离这里只有几英里，在十二人泽上面。他弟弟杰姆现在只要不在乡间游荡，就会住在那儿的一座农舍里。他有时候也会来这儿，可你姨父乔斯不怎么关心他。”

“巴萨特先生光临过旅馆吗？”

“没有。”

“为什么不来？难道不是他把旅馆卖给了我姨父吗？”

佩兴丝姨妈摆弄着手指，嘴巴嚅动着。

“这里面有些误会，”她回答说，“你的姨父是通过一个朋友买下旅馆的。直到我们搬进来，巴萨特先生才知道你姨父是谁。他对此不太高兴。”

“他为什么不高兴啊？”

“你姨父年轻时住在特雷瓦萨，从那以后他就没见过你姨父。你姨父年轻时很野，粗暴得出了名。但那不是他的错，玛丽，只能怪他运气不好。梅林家的人都挺野的，我敢保证，他弟弟杰姆比他还糟糕。可巴萨特先生听了不少关于你乔斯姨父的不实之词。等他发现他把牙买加旅馆卖给了你姨父，他很生气。好了，情况就是这样。”

佩兴丝又靠回了椅子，这番盘问使她精疲力竭。她眼睛里流露出乞求的神情，希望玛丽不要再问下去。她拉着脸，面色苍白。玛丽看得出来，她的姨妈受够了，但她凭着年轻人那股相当残忍的鲁莽劲儿，又斗胆提了一个问题。

“佩兴丝姨妈，”她说，“我希望你看着我，回答一下这个问题，然后我就不再惹你烦了。走廊尽头那个上了门闩的房间，和夜里停在牙买加旅馆外面的马车有什么关系？”

话一出口，她就后悔了。就像她此前草率脱口的许多话那样，她希望自己没有说这句话。不过，后悔已经来不及了，伤害已经造成。

一种奇怪的表情慢慢爬上了佩兴丝姨妈的脸庞。她大而空洞的眼睛恐惧地瞪着桌子对面，嘴巴颤抖，手无意识地伸向喉咙。她看起来很害怕，忧心忡忡。

玛丽把椅子往后面拉了拉，跪在她的旁边，紧紧地抱住她，吻她的头发。

“我很抱歉，”玛丽说，“不要生我的气。我这人粗鲁，没有礼貌。这事本与我无关，我没有权利问你，我真感到羞愧。请、请你忘了我说的话。”

姨妈把脸埋在手里，一动不动地坐着，没有理睬玛丽。她们默默地坐了几分钟。玛丽抚摸着姨妈的肩膀，亲吻着她的手。

然后，佩兴丝姨妈露出了脸，俯视着玛丽。

她恐惧的眼神消失了，人也平静下来。她抓起玛丽的手，凝视着玛丽的脸。

“玛丽，”她说，声音低沉，几乎像是耳语，“玛丽，我回答不了你的问题，因为有很多问题连我自己都不知道答案。但是，因为你是我的外甥女，是我姐姐的孩子，我必须给你一些忠告。”

她扭过头，瞥了一眼，仿佛害怕乔斯站在门后的阴影里。

“牙买加旅馆发生了一些事情，玛丽，我从来不敢声张。邪恶的事情。我不能告诉你，我甚至对自己都不说。你慢慢就会知道了。生活在这个地方，免不了的。你姨父乔斯和一些奇怪的人混在一起，他们做奇怪的生意。这些人有时候夜里来，从你门廊上面的窗户里，你会听见脚步声，听见说话声，听见敲门声。你姨父会让他们进来，沿着那条走廊，带他们去那个锁着门的房间。他们进到里面，从上面我的卧室里，我能模模糊糊地听见他们的说话声，他们能说好几个小时。天不亮他们就离开了，一点儿痕迹都不留。等他们来了，玛丽，你什么也不要对我说，不要对你姨父乔斯说。你一定要躺在床上，用手捂住耳朵。你千万不要问我，不要问他，不要问任何人，因为你要是能猜到我知道的情况的哪怕一半，你的头发就会变得灰白，就像我这样。你说话会颤抖，夜里会哭泣，你美好而又无忧无虑的青春会死去，玛丽，我的青春就是那样死掉的。”

然后，她从桌子旁站起来，把椅子推到一边。玛丽听见她迈着沉重、蹒跚的步伐上了楼梯，沿着平台走向她的房间，关上了门。

玛丽坐在空椅子旁的地板上，透过厨房的窗户，她看见太阳已消失在最远处的山丘后面。要不了多久，一个阴沉而又怀着恶意的十一月的黄昏就会再次降临牙买加旅馆。

4

乔斯·梅林离家已近一个星期。在那段时间里，玛丽逐渐了解了这片地区的一些情况。

她不用去酒吧，老板不在家时，没有人去那里。在帮着姨妈做完家务、厨房的事之后，她就自由了，想去哪儿就去哪儿。佩兴丝·梅林不喜欢到处走，她不愿意去比旅馆后面的养鸡场更远的地方，也摸不清东南西北。她模模糊糊记得那些石山的名称，因为她听她丈夫提过，至于它们在哪儿，怎样才能去到那里，她就不知道了。于是，到了中午，玛丽会自个儿出去转转。除了太阳和一种可靠的、根深蒂固的常识，没有什么东西指引她。作为一个乡下女人，这种常识似乎是与生俱来的。

沼泽比她最初以为的还要荒凉。它们就像一片浩瀚的沙漠，从东向西展开。偶尔有小径穿越表面，高大的山丘割裂了天际线。

她分辨不出这些沼泽终于何处，除了有一次，她向西走去，在登上牙买加旅馆后面最高的石山后，她看见了银波粼粼的大海。这是一个寂静而辽阔的地方，未曾受到人类活动的影响。在高高的石山上，嶙峋的怪石紧紧挨靠在一起，仿佛一个个哨兵，自上帝之手初创它们以来，就站在那里。

有些石头宛如巨大的家具，形状怪诞、歪歪扭扭。稍小些的碎石躺在山顶上，酷似巨人，巨人庞大、横卧的身躯为石楠和一丛丛杂草投下阴影。一些长石直立着，以一种古怪、不可思议的方式保持着平衡，仿佛斜倚着风；另一些石头平如祭坛，它们光滑、发亮的脸庞仰向天空，在等待永远不来的祭品。野羊栖息在高耸的石山上，还有渡鸦、老鹰。这些山丘是一切形单影只的生灵的家园。

黑牛在下面的沼泽地里吃草。它们的蹄子小心翼翼地踏在结实的地面上，以天生的机敏避开诱人的草丛，因为那根本不是草丛，而是潮湿的沼泽正在叹息连连，窃窃私语。风吹上山丘，穿过花岗岩的裂隙，发出凄厉的呼啸；有时候，这风又战栗得像个饱受疼痛的人。

怪风阵阵，不知道从哪里吹来。这风悄悄拂过草丛，草丛微微颤动。风吹过石头凹处的小水洼，发出阵阵叹息，水洼随之荡起涟漪。有时候，风大吼大叫，吼叫声在裂隙中回荡，接着又呻吟悲泣起来，最后渐渐平息。石山寂静，仿佛属于另一个时代，一个已经过去、消失得无踪无际、仿佛从未有过的时代，一个还没有人、山丘上只有野兽出没的时代。空气里有一种寂静，一种奇怪、古老的安宁。那并非上帝的安宁。

玛丽·耶伦在沼泽里行走，登上石山，在泉水和溪流旁的低坡上休憩。当此之时，她想到了乔斯·梅林，想知道他的童年究竟是什么样子，他是怎样横七竖八地成长，就像矮小的金雀花，被北风吹掉了开在他身上的花朵。

一天，她朝着他第一天晚上给她指的方向，穿越了东沼泽。她走了一段路，来到了一条南北向的山梁。山梁四周都是荒凉的沼泽。她独自站在山梁上，只见地势渐低，伸向一片暗藏凶险的低洼湿地。一条小溪汩汩地流淌着，欢唱着，从湿地中穿过。另一侧的远处，一堵危岩拔地而起，高耸在湿地之外，就像一只五指张开的手，粗大的手指直插天空。危岩粗糙的表面仿佛是在花岗岩中雕刻而成，它的斜坡呈现出一种令人厌恶的灰色。

这应该就是吉尔玛山了。乔斯·梅林就出生在那片坚硬乱石堆中间的某个地方，某个山梁遮住阳光的地方。他的弟弟现在生活在那里。马修·梅林就淹死在她下面的沼泽里。在她的想象中，马修正昂首阔步地走在高地上，吹着口哨，耳边回荡着小溪的低语，不知不觉夜幕就降临了；他转了个弯，步伐踉跄起来。在她的想象中，他停住脚步，思考片刻，轻声咒骂几句，然后耸耸肩，转身投入了暮色之中。他又有了信心。但是，他还没走上五步，就感到地面在脚下一沉。他趔趄了一下，跌了一跤，膝盖以下没入杂草和烂泥里。他伸手去够一簇草丛，但在他的重压之下这簇草也沉了下去。他踢腾双脚，但无济于事。他又踢腾了一次，拔出了一只脚，但就在他轻率、惊慌地向前跳时，脚又踩进了更深的水中。他现在无助地挣扎着，用手击打着杂草。她听见他吓得大叫起来，一只麻鹬从他前面的沼泽中飞起，拍打着翅膀，发出凄厉的叫声。当那只麻鹬飞出视线，消失在山梁后面，沼泽再次归于沉寂。除了一些草茎在风中颤动的声音，四周一片寂静。

玛丽转身，背向吉尔玛山开始奔跑。她穿过沼泽，在石楠和乱石丛中蹒跚而行。她不停地奔跑着，直到沼泽消失在山丘后面，那座危岩自身也隐而不见。她去的地方比她原本打算的要远，回家的路很长。等到她把最后一座山丘抛在身后，牙买加旅馆的烟囱在她前面拔地而起，高耸在蜿蜒的道路之上，仿佛已过去了亿万年。她穿过院子，发现马厩的门开着，矮种马在马厩里面，不由得心里一沉：乔斯·梅林回来了。

她尽可能悄无声息地打开门，但门擦着了石板，发出了咯吱咯吱的响声，仿佛是在表达不满。响声在安静的走廊里回荡。不一会儿，旅馆老板就低着头避过横梁，从后面出来了。他的衬衫袖子卷到了肘部，手里拿着一个玻璃杯和一块布。他似乎兴高采烈，挥动着玻璃杯，冲着她喊叫。

“喂，”他吼道，“别一看见我就把脸拉那么长。你不愿意看见我？你是不是很想我呀？”

玛丽挤出了一丝微笑，问他旅途是否愉快。“愉快个鬼，”他回答说，“但是有钱挣，我只在乎这个。如果你想问我是不是一直和国王待在宫殿里，那肯定不是。”他喊道，还因为他自己开的玩笑而大笑起来。他的妻子出现在他身后，也跟着吃吃地笑着。

他的笑声刚停，佩兴丝姨妈脸上的笑容就不见了，又露出紧张、忧心忡忡的表情。她的眼睛死死地盯着，几乎像个白痴。只要她丈夫在场，她就是这副样子。

玛丽马上就看出来，姨妈一改过去那个星期仅有的一点无忧无虑，又变回了以前那个神经兮兮、心烦意乱的样子。

玛丽正要转身上楼回房间，但乔斯叫住了她。“我告诉你，今晚休想在上面偷懒。酒吧里有活儿，你要和你的姨父一起干。你不知道今天是星期几吗？”

玛丽停下来，想了一会儿。她都要算不清时间了。她乘坐马车是在星期一吗？如果是那样，那今天就是星期六。星期六的晚上。她立即明白了乔斯·梅林的意思：牙买加旅馆今晚有客人。

那些从沼泽地来的人鱼贯而入。他们迅速地悄悄穿过院子，仿佛不想被人看见。他们绕过墙，从门廊下面经过，敲酒吧的门，获准进去。在昏暗的光线里，他们变得模糊，几乎就像影子。一些人提着灯笼，但灯笼飘忽不定的光似乎让他们感到担忧，他们试图用外套盖住灯笼，把光遮住。有一两个人是骑着马进院子的，马蹄踏过石头，急促的嗒嗒声在静寂的夜里响起，显得格格不入。紧接着，马厩的门在门轴上吱呀呀地转动，骑马而来的人低语着把马领进隔间。其他人则显得更加鬼鬼祟祟：既没带火炬，也没带灯笼，而是拉低帽子，外套裹到下巴，飞一样掠过院子。他们的动作之隐秘，恰恰暴露他们不想被人看见的心思。他们鬼鬼祟祟的原因不得而知，但路过的旅人都能看出，今晚的牙买加旅馆将殷勤待客。光线从通常关了窗、上了闩的窗户里照射出来。随着时间流逝，夜色渐浓，叽叽喳喳的说话声越来越响。人们时而歌唱，时而喊叫，时而大笑，仿佛一旦进了屋，和酒吧里的同伴挤在一起，点上烟，倒上酒，那些来时偷偷摸摸、好像见不得人的家伙就不再恐惧，把所有的谨慎都抛之脑后。

他们是很奇怪的一群人，各色人等都有。在酒吧里，他们聚在乔斯·梅林周围。玛丽安全地身处柜台后面，被一排瓶子和杯子半遮着。她能够看见客人，但客人看不见她。他们要么跨坐在凳子上，要么四仰八叉地躺在长椅上，要么靠着墙，要么无精打采地依偎着桌子。有一两个人，他们的脑袋或肠胃似乎不及其他人的，现已直挺挺地躺在地板上。他们大多脏兮兮的，衣衫褴褛，不修边幅，头发蓬乱，指甲开裂。他们要么是流浪汉，要么是无赖，要么是偷猎者，要么是小偷，要么是偷牛贼，要么是吉卜赛人。其中有个由于经营不善和欺诈行为而失去了农场的农民，有个点着了主人干草堆的牧羊人，还有个被逐出德文郡的马贩子。一个家伙是朗瑟斯顿的补鞋匠，利用职业之便进行销赃。地板上躺着一个酩酊大醉、不省人事的家伙，他曾经是帕德斯托一艘纵帆船的船员，却把船开到了岸上。一个小个子男人坐在远处的角落里，啃着他的手指甲。他是伊萨克港的渔民。有传言说，他把金子装进一个长袜，藏在了他小屋的烟囱里。至于金子从哪儿来，却没人说得清。有些人就住在附近石山的背阴处，除了沼泽、湿地和花岗岩，对别的地方一无所知；有个人没带灯笼，从拉夫石山之外的克劳迪沼泽过来，大步穿过了布朗威利山；另外一个来自奇石岭的人坐在那里，将靴子放在桌上，脸埋进了一杯麦芽酒里；一个可怜的、笨头笨脑的家伙坐在他的旁边，这个家伙跌跌撞撞地从道兹玛利沿着小路而来，他有块胎记，从脸的这头延伸到那头，闪着紫光。他不停地用手抓它，脸颊也被拽起。玛丽站在他对面，尽管中间隔着瓶子，但玛丽还是感到恶心，几乎要晕过去。酒吧里弥漫着难闻的酒气、烟草的臭气和久未洗澡的躯体挤成一团的恶臭，玛丽觉得她体内升起一股生理上的厌恶。她知道，如果她要长时间地待在这里，就非得忍受不可。还算幸运的是，她不必在他们中间走动，而只需站在吧台后面，尽可能地藏起来，然后洗洗涮涮，就着酒龙头或酒瓶给杯子倒满酒。乔斯·梅林会亲自把酒杯递给顾客，或拉起吧台挡板，大步走进房间，嘲笑一下这个，唾骂一下那个，拍拍这个人的肩膀，朝那个人伸伸头。酒吧里的这群人起初闹作一团，好奇地盯着玛丽，或是耸肩或是傻笑，之后便不理睬玛丽了。他们相信她是老板的外甥女，或老板娘的女佣，就像老板介绍的那样。当然了，一两个年轻人会和她说话，找她麻烦，但他们也惧于梅林的眼神，唯恐亲密的举动会惹怒他：他把她带到牙买加旅馆，也许是为了供他自己玩弄。于是，没有人打扰玛丽了。她不由得长舒了一口气。不过，假如她知道这些人不敢轻举妄动的原因，想必当晚就会怀着羞愧、厌恶之情离开酒吧。

玛丽的姨妈没有在客人前露面。不过，玛丽知道，她的身影不时在门后出现，她的脚步声也不时在走廊里响起。有一次，玛丽瞥见她从门缝里窥视，眼神惊恐。那一晚仿佛没有尽头，玛丽真希望能早点解脱。空气里弥漫着烟雾，让人很难看清房间里的景象。她用疲倦的双眼半闭地看着，人们的脸模模糊糊，扭曲得不成样，好像只剩下头发和牙齿；而嘴又太大，和身体毫不相称。那些死人一样躺在长椅或地板上的人，肚子里装满了酒，脸埋在手里，再也喝不动了。

而那些清醒得还能站着的人则挤在一个肮脏的无赖边上。他个子不高，来自雷德鲁斯，在那群人里倒是显得诙谐幽默。他曾经工作过的煤矿现在成了废墟。于是他四处流浪，当过补锅匠、小贩、推销员，结果攒了一连串下流的小曲儿。这些小曲儿也许是从曾险些埋葬他的黑土地里刨出来的；现在，凭借着这些“宝贝”，他开始逗牙买加旅馆里的同伴开心。

那些下流小曲儿逗得人们哈哈大笑，笑声震得屋顶都要摇晃起来。而使之达到顶点的，无疑是老板本人吼叫般的笑声。这种邪恶又尖锐的笑声令玛丽毛骨悚然，非但毫无欢乐之意可言，更像人备受折磨时发出的声音，以一种奇怪的方式，在黑暗的石廊里回荡，飘进上面空空如也的房间。小贩正在戏弄那个来自道兹玛利的傻瓜——他喝得发了疯，控制不了自己，无法从地板上站起来，像个动物那样坐着。他们把他抬到桌子上。小贩让他重复下流曲儿里的歌词，并配上动作；众人疯狂大笑。人们的起哄声让可怜的家伙更激动起来。他在桌子上跳来跳去，兴奋地嘶吼，用断裂的指甲扯他紫色的胎记。玛丽再也受不了了。她碰了碰她姨父的肩膀，他转向她。房间里的热气弄脏了他的脸，汗水从他脸上流淌下来。

“我受不了这个，”她说，“你还是自个儿照顾你的朋友吧。我要上楼回房间了。”

他用衬衫袖子擦去额头的汗，盯着她。她吃惊地发现，尽管他整晚都在喝酒，却还没有喝醉。如果他是这个闹腾疯癫的团伙的头目，他也知道他正在干什么。“受够了？”他说，“你觉得你比我们这帮人好得不止一点儿是吧？我以后会给你讲讲这个，玛丽。你待在吧台后面挺舒服的。你应该跪下来，好好谢谢我。只因为你是我的外甥女，他们才没招惹你。我的宝贝儿，但要是没这层关系，你现在恐怕已经被大卸八块了！”他一边嚷着，一边哈哈大笑，还用拇指和食指捏了捏她的脸蛋儿，捏得她生疼。“滚吧，”他说，“反正差不多快半夜了，我也不需要你了。记得今晚锁上门，玛丽，拉住窗帘。你姨妈已经用毯子蒙住头，在床上躺了个把小时了。”

他压低了声音，把嘴贴到她耳朵上，抓住她的手腕别到她身后，直到她疼得喊出声来。

“得了吧，”他说，“先让你尝尝受罚的滋味儿。你知道该怎么做。管好你的嘴，我会像疼小羊羔那样疼你。在牙买加旅馆，可千万别管闲事儿，否则我会让你吃不了兜着走。”他现在不笑了，而是狠狠地瞪着她，皱着眉头，仿佛能猜透她的心思。“你不是你姨妈那样的傻瓜，”他慢吞吞地说，“那就是祸根呀。你长了一张聪明的小猴脸，还有一个喜欢刨根问底的猴脑子，吓住你没那么容易。但我丑话说前头，玛丽·耶伦，你要是有什么坏心思，我会打烂你的头，打残你的身体。现在上楼睡觉吧，今晚别让我们听见你闹出什么动静。”

他转身离开她，仍然皱着眉，从他面前的吧台里拿起一个杯子，在手里转着，用一块布慢慢地擦着它。玛丽轻蔑的眼神肯定惹恼了他，他的高兴劲儿瞬间就不见了。他突然发了脾气，把杯子甩到一边，砸成了碎片。

“扒了那个该死的白痴的衣服，”他怒吼道，“让他光着屁股滚回他老娘那里。说不定十一月的空气能让他的紫脸凉快凉快，治好他的狗毛病。我受够了，把他赶走吧。”

小贩和那伙人高兴地喊叫起来。他们把那个可怜的傻瓜打翻在地，开始扒他的外套和裤子。他被弄糊涂了，伸出手徒劳地反击，发出绵羊那样的叫声。

玛丽跑出房间，啪地关上了门。她用手捂住耳朵，走上摇摇晃晃的楼梯，但还是能听见笑声和荒唐的歌声。笑声和歌声在冷风嗖嗖的走廊里回荡，跟着她到了房间，从地板缝隙里钻了进来。

她感到非常不适，一头倒在床上，用手抱着头。下面的院子里响起嘈杂的声音，还有笑声。一束光从摇晃的灯笼里射出来，投在她的窗户上。她站起来，拉下窗帘，在此之前，她已经看到一个哆哆嗦嗦、赤条条的人影大步蹦跳着穿过院子，像只野兔那样尖叫着。几个人追在后面，一边轰赶，一边嘲笑他。身躯庞大的乔斯·梅林走在最前面，把一根马鞭甩得啪啪响。

然后，玛丽按照姨父的吩咐，匆匆脱了衣物，爬到床上，用毯子蒙住头，用手堵住耳朵，此刻，她只想对楼下的惨剧和狂欢充耳不闻。但就算闭着眼睛，脸紧贴着枕头，她眼前还是会浮现出那个可怜的傻瓜，他那长着紫斑的脸仰对着追他的人；他失足跌进沟渠时发出的细微喊叫声也不绝于耳。

她半睡半醒地躺着，等待进入梦乡。她满脑子都是过去一天发生的事情，乱糟糟的。一些场景和陌生人的脑袋在她面前晃动。有时候她似乎在沼泽里漫游，吉尔玛山使周围的山丘显得矮小，但她还是能够感受到照在她卧室地板上的那一小片月光，听到窗帘不断发出的窸窸窣窣的声响。先前的喧闹现在已经平息。在公路远处的某个地方，曾有一匹马飞奔，车轮辘辘地响着，但现在万籁俱寂。她睡着了。然后，她冷不丁地听到有什么人在厉声说话，打断了包裹住她的宁静。她猛然醒了，坐在床上，月光在她脸上流淌。

她留心听着，刚开始除了她怦怦的心跳，她什么也听不见，但几分钟后，又传来一阵声响。响声是从她的房间下面传来的，好像有人在楼下走廊的石板上拖拽什么重物，重物还撞到了墙上。

她下了床，走到窗户边，把窗帘拉开一道缝。五辆运货马车停在外面的院子里。其中三辆车被蒙着，各套着两匹马；剩下的两辆是敞篷的两轮马车。一辆被蒙着的车就停在门廊下面，马身上还散发着热气。

一些人聚在马车周围。早些时候，他们还在酒吧里喝酒。那个来自朗瑟斯顿的补鞋匠站在玛丽的窗下，正在和马贩子说话。来自帕德斯托的船员已清醒过来，正在拍一匹马的头。那个折磨可怜白痴的小贩已登上一辆敞篷的两轮马车，把一些东西从地板上举起来。院子里还有一些玛丽以前从未见过的陌生人。月光明亮，她能够看清他们的脸，但明亮的月光似乎让那些人感到担心。他们中的一个指了指天，摇了摇头，他的同伴则耸了耸肩。另外一个人好像是个头目，他不耐烦地摆摆手，仿佛在催促他们快点儿。他们中有三个人立即转过身，穿过门廊，走进了旅馆。与此同时，拖拽重物的声响仍在继续。从她站立的地方，玛丽可以毫不费力地判断拖拽的方向：不知什么东西正被人拖着经过走廊，进到走廊尽头的房间——那个窗户被封住、门上了闩的房间。

她开始明白是怎么回事了。马车运来了一些包裹，正在牙买加旅馆卸车。根据马身上的热气判断，马车肯定来自远方，也许是从海岸那里过来的。一卸完车，马车就会离开，迅捷、无声地消失在苍茫夜色中，就像它们来时那样。

院子里的人争分夺秒地干着活儿。一辆被蒙着的马车拉的东西没有被送进旅馆，而是被搬到了停在院子对面水井旁的那辆敞篷马车上。包裹大小不一，种类各异，一些大，一些小，还有一些则是用稻草或纸张裹起来的长卷。等到马车装满，一个玛丽不认识的车夫便登上座位，驱车离开了。

剩下的运货马车也一辆接一辆地被卸了货。包裹要么被装上敞篷马车运出院子，要么被人们搬进房屋。这一切都是悄悄进行的。

这群早些时候又嚷又唱的人现在显得清醒而安静，专心地干着手头的活儿。就连马也仿佛知道要保持沉默，一动不动地站着。

乔斯·梅林走出了门廊，小贩跟在他身旁。尽管天气很冷，他们却都没有穿外套或戴帽子，袖子都卷到了肘部。

“就这些东西了吧？”老板轻声喊着。最后一辆马车的车夫点点头，举起了手，人们便登上马车。一些步行来到旅馆的人也坐车走了。这样一来，漫长的返程中，他们就可以少走一两英里。这些人并非空手离开的，他们都带了点什么走，要么肩上绑着箱子，要么腋下夹着包袱。来自朗瑟斯顿的补鞋匠不仅把马驮着的褡裢塞得鼓鼓囊囊，他自己身上还绑了一些，他那腰比刚来的时候明显粗了很多。

那些马车就这样离开了牙买加旅馆。它们咯吱咯吱地驶出院子，一辆接一辆，仿佛是在出殡，显得很怪异。等它们驶到公路上，有些拐向北，有些拐向南。在它们全都离开后，院子里只剩下一个玛丽从没见过的男人，那个小贩，以及牙买加旅馆老板本人。

然后，他们也都转身走进房屋，院子里空了。她听见他们沿着走廊走向酒吧。然后，他们的脚步声消失，门咣的一声关上了。

四下鸦雀无声，只有门厅里沙哑喘息着的时钟突然发出即将报时的嗖嗖声。时钟响了——已是凌晨三点。然后，它又嘀嗒嘀嗒地走了起来。它呼吸困难，大喘粗气，像个上气不接下气的将死之人。

玛丽离开窗户，坐到床上。透进来的冷风吹到她肩膀上。她打着哆嗦，伸手去够她的围巾。

她现在一点儿睡意也没了。她头脑清醒，每根神经都活跃异常。虽然她对姨父的厌恶和恐惧一如既往地强烈，但愈演愈烈的兴趣和好奇心主宰了她。对他的生意，她多少有了些了解。她今晚在这里目睹的是大规模的走私。牙买加旅馆的位置得天独厚，姨父之所以买下它，肯定也是出于这个原因，那回到故乡的说辞无疑是胡扯。旅馆孤零零地矗立在一条南北走向的路上。玛丽可以看出，以旅馆为停车处和总仓库，对一个有组织能力的人来说，运营一支马车车队把走私物品从海岸运到塔玛尔河岸边绝非难事。

要想走私成功，还需要有密探侦查周边地区——来自帕德斯托的船员，来自朗瑟斯顿的补鞋匠，还有吉卜赛人和那个恶棍小贩，应该都属其列。

暂且不论乔斯·梅林的个性和精力，以及他超人的体魄对同伙产生的震慑，他真的具有领导这样一个团伙所必需的脑子和精明吗？他是亲自策划每个步骤和每次行动的吗？他上个星期离家期间，是不是一直在为今晚的行动做准备？

肯定如此。玛丽想不出别的可能性。此外，尽管她对旅店老板的厌恶越发强烈，却不得不对他的管理能力表示敬意。

整个勾当肯定尽在掌控之中，其中包括那些举止粗鲁、无法无天的密探。否则的话，他们必不可能如此长久地逍遥法外。只要有一个治安官怀疑有人走私，必定会先怀疑旅馆，除非他本人就是密探。玛丽皱着眉，一只手托着下巴。如果不是为了佩兴丝姨妈，她现在就会走出旅馆，去最近的城镇告发乔斯·梅林。他很快就会进监狱，同伙的那帮恶棍也是如此，走私犯罪也会因此被叫停。然而，不考虑佩兴丝姨妈是不行的，她仍像一条狗那样爱着她的丈夫。这样一来，事情就不好办了。就目前来说，问题没法解决。

玛丽把这个问题在脑子里过了好几遍，仍觉得没有把所有事情都弄清楚。牙买加旅馆是盗贼和偷猎者的巢穴，她的姨父显然是这伙人的头头。他们干着一桩有利可图的走私生意，范围从海岸延伸到德文郡。这已经很明显了。但是，她是否只了解了这种勾当的一部分，还需要掌握更多的情况？她想起来，就在她来到这里后的第一个下午，当黄昏的影子爬上厨房门，在一片寂静中，佩兴丝姨妈眼神惊恐地说："牙买加旅馆发生了一些事情，玛丽，我从来不敢声张。邪恶的事情。我不能告诉你，我甚至对自己都不说。"直到上楼回房间时，佩兴丝姨妈还心神不宁，面色苍白，像只又老又累的动物那样拖着脚步。

走私是危险的，充斥着欺诈，为法律所不容。但是，它有那么邪恶吗？玛丽拿不准。她需要建议，却无人可问。她孤身一人，身处一个冷酷非常的世界，几乎没有过上更好生活的希望。假如她是个男人，她就会走下楼去，正面挑战乔斯·梅林和他的狐朋狗友。没错，和他们搏斗，放他们的血，如果她运气好的话。然后，她会从马厩里牵出一匹马，让佩兴丝姨妈骑到马上，再次回到南方，到友善的赫尔福德海岸去，在距离茅甘或格威克不远的地方当个农民，让姨妈为她料理家务。

唉，做梦有什么用呀！她必须面对目前的状况，并且还要勇敢地面对，如果勇敢有好处的话。

玛丽坐在床上，穿着裙子，围着围巾。她只是一个二十三岁的姑娘，除了她的脑子，她没有任何武器可用，而她要对抗的却是一个年龄是她两倍、力气是她八倍的家伙。如果他发现了今晚她从窗户里观察，就会用手掐住她的脖子，只要食指和拇指轻轻挤压，就能终结她的怀疑。

然后，玛丽发起了誓。她以前只发过一次誓。那是在马纳坎，一头公牛追赶着她。她当时发誓的目的和现在一样：给自己鼓气，装出勇敢的样子。

“我不会在乔斯·梅林或任何男人面前表现出恐惧，”她说，“为了证明这一点，我现在就下去，穿过黑暗的走廊，到酒吧里看他们一眼。如果他杀了我，那是我自找的。”

她匆匆穿上衣服，套上长袜，没有穿鞋，然后打开门，站着聆听了一会儿。除了门厅里的时钟缓慢、哽咽般的嘀嗒声，她什么也没听见。

她悄悄潜进了走廊，朝楼梯走去。她现在已经知道，从上往下数第三级台阶会发出咯吱咯吱的响声，最后一级也是这样。她蹑手蹑脚地走着，一只手扶着栏杆，另一只手扶墙以减轻重量。她经由入口的门进入昏暗的客厅。客厅里空荡荡的，只有一把摇摇晃晃的椅子，和那座老爷钟影影绰绰的轮廓。老爷钟像活物一般，嘶哑、粗重的喘息在她耳畔响着，打破了寂静。客厅黑得好似地窖。虽然玛丽知道那里只有她一个人，但那种静寂还是让她感到危险，那扇紧闭的、通向无人使用的客厅的门令人浮想联翩。

沉重的空气散发着霉味，与冰凉的石板形成了奇异的对照。她仅穿着长袜，感到寒冷刺骨。玛丽犹豫不决，正要鼓起勇气继续下去，一束光突然照进门厅后的走廊，还传来了说话的声音。酒吧的门开了，一个人摇摇晃晃地走了出来，进了厨房，过了几分钟才又回去。无论这个人是谁，他都没把酒吧门关严——酒吧里的低语声仍在不断传出，光束也从里照出。玛丽想上楼回到她的卧室，在睡梦中寻求安全感，但与此同时，好奇的魔鬼却在她体内蠢蠢欲动。在好奇心的驱使下，她穿过另一边的走廊，来到距离酒吧门只有几步之遥的地方，靠着墙蹲下。她的手和额头现在汗津津的。最初，除了自己怦怦的心跳，玛丽什么也听不到。从开得够宽的门缝中，她可以看到带铰链的吧台的轮廓、放在一起的瓶子和杯子，以及正前方窄窄的一溜地板。被姨父摔碎的杯子碎片还散落在原地，碎片旁边是一块棕色污迹，应该是谁没端稳杯子，溅出了麦芽酒所致。她看不见酒吧里的人，想必他们正坐在远处墙边放着的长椅上。他们有阵子陷入了沉默。突然，一个男人的声音响了起来，是个陌生人在说话，声音发颤，还有些尖锐。

“不，别再说了，”他说，“我最后一次告诉你，我不掺和这件事。我现在就要和你绝交，老死不相往来，我们的约定到此为止。你是要我杀人啊，梅林先生。这不是别的，这就是谋杀。”

他说话的声音很高，尾音还打着战，仿佛人已被情绪裹挟，管不住自己的舌头。有人低声答话了，肯定是老板本人。玛丽听不清他说了什么，但他的讲话被那个小贩咯咯的笑声打断了。小贩的笑声一向无礼、粗俗，错不了。

小贩肯定暗示了什么，陌生人接着又以自卫的口吻飞快说了起来。“要绞死我，是吧？”他说，“我以前不是没冒过被绞死的风险，我不担心我的脖子。相反，我想到了我的良心，想到了万能的上帝。在公平的战斗中，我从不惧怕任何人，必要的话也愿服从惩罚；可要滥杀无辜，其中或许还有女人和孩子，那可是要下地狱的呀，乔斯·梅林。不光我懂这个，你也懂。”

玛丽先是听到一把椅子刮擦的响声，那个男人站了起来，与此同时，有人用拳头重重地砸着桌子，咒骂着，她的姨父第一次提高了声音。

“别急啊，伙计，”他说，“别急。你在这行的水里已经陷得够深了，水都淹到脖子了，少他娘拿你该死的良心说事儿！我告诉你，你现在没有退路，来不及了。无论是对你，还是对我们大伙儿，都来不及了。我从一开始就不相信你。看看你那个绅士派头，看看你那干净的袖口！上帝啊，我还真是对的。哈里，把门关上，插上门闩。”

突然，一阵扭打声响起，然后是一声喊叫，还有人摔倒的声音。与此同时，桌子倒在地板上，通向院子的门被重重地关上了。小贩再次发出令人厌恶的下流的笑声，并且开始用口哨吹他的一首歌。“咱们是不是应该像对待傻山姆那样给他挠挠痒痒？”他说，然后停顿了一下，“没有漂亮的衣裳，他就是个贱东西。我还可以凑合着要了他的表，还有表链。道上像我这样的穷人可没钱买表。用鞭子给他挠痒痒，乔斯，让我看看他的皮是什么颜色的。”

“闭上你的嘴，哈里，照我说的做，”老板说，“站到门边儿去。他要是敢从你旁边经过，就捅死他。现在，看着我，律师先生，书记员先生。无论你在特鲁罗干什么，你今晚都犯了傻，但你可别想糊弄我。你是不是想走出那道门，骑上你的马，去博德明？没错，到了上午九点，你就会把这一带所有的治安官都领到牙买加旅馆，还有一大队当兵的来查我们的生意。那就是你的如意算盘，对不对？”

玛丽听见陌生人粗重的呼吸。他肯定在打斗中受了伤，因为他说起话来一顿一顿的，声音也比较小，似乎在强忍疼痛。“你们要是非要干这伤天害理的事，那你们就干吧，”他低声说，“我把话撂在这儿，我不会告发你们，可也绝不会和你们同流合污，你们休想逼我。”

一阵沉默接踵而至。然后，乔斯·梅林又开口了。“小心点儿，”他语调柔和地说，“我以前听见有人这么说过一回，五分钟后他的双脚就悬空踢腾了。就吊在绳上，我的朋友，脚指头离地不过半英寸。我问他喜不喜欢离地面这么近的感觉，可他也不搭理我。绳子把他的舌头勒得都从嘴里伸出来了，他活生生咬掉了半个舌头。后来呀，他们说，过了七分四十五秒，他才终于死了。”

在外面的走廊里，玛丽的脖子和额头被汗弄得黏糊糊的，胳膊和腿沉重得像灌了铅，眼前黑斑跳动。恐惧感越发强烈，她意识到，自己可能要昏厥了。

她脑子里只有一个想法：赶快摸索着回到空无一人的客厅，躲到时钟的阴影之处，无论如何都不能倒在这里被人发现。她转身朝着远离那道光束的方向往回走，手扶着长长的墙壁。她的膝盖现在抖个不停，她知道自己随时都会因此倒地。一阵恶心感袭来，玛丽顿时感到头晕眼花。

姨父的声音从远处传来，听上去像是用手捂着嘴说话那样。“你走吧，让我一个人和他待会儿，哈里，”他说，“牙买加今晚用不着你了。骑着他的马滚吧，把马丢在卡姆尔福德那儿。这件事我来解决。”

玛丽不知不觉中已回到了客厅。她转动客厅门的把手，跌了进去，几乎没有意识到自己在干什么。然后，她瘫在地上，头耷拉在双膝之间。

她肯定彻底晕迷了一两分钟，因为她眼前的黑斑此时已聚成很大的一块，她的世界变得漆黑一团。若不是她意识到自己身处何处，绝不可能这么快就清醒过来。她很快就坐了起来，用一个胳膊肘支撑着身体，倾听着从外面院子里传来的嗒嗒的马蹄声。她听见有人在呵斥那匹马，让它站着别动。不用说，这个人就是小贩哈里。然后，他肯定骑上了马，用脚后跟踢了踢马肚子，只听见马蹄声渐远，出了院子，上了公路，消失在远处的山坡。现在酒吧里只剩下姨父和受害者。玛丽想知道她能不能找到路，在通向道兹玛利的道路上找到最近的住处，寻求帮助。而这意味着，她要先沿着一条沼泽小径走上两三英里，才能抵达第一座牧羊人的小屋。早些时候，那个可怜的傻瓜就是沿着这条小径，逃到了某个地方，说不定现在正在水渠旁哀号，口歪眼斜。

她对小屋里住的人一无所知。他们说不定和她姨父是一伙儿的。如果是这样的话，那她就等于自投罗网了。佩兴丝姨妈在楼上睡觉，帮不上忙，能不添乱就不错了。无论这个陌生人是谁，他的处境都极为不妙，眼前似乎没有逃脱的可能，除非他愿意跟乔斯·梅林妥协。如果他足够狡诈，也许能够战胜她姨父。既然现在小贩已经离开，他们在人数上已势均力敌。当然了，姨父在体力上会大占上风。玛丽开始感到绝望。只要有一杆枪，或一把刀，她就有可能打伤或捅伤她的姨父，或至少让他不敢轻举妄动，那个可怜的男人就可趁机逃离酒吧。

她现在已顾不上自己的安全了。无论如何，她被发现都是迟早的事。再说了，蜷缩在这空荡荡的客厅里也没多大意义。她先前的昏厥只持续了一瞬间，她为自己的软弱感到失望极了。她从地板上站起来，双手放在门闩上以减轻动静，把门打开了一道缝。除了时钟嘀嗒走动的声音，客厅里再无响声。后面走廊里的光束也消失不见。酒吧的门肯定关了。在这一刻，陌生人也许正在为他的生命而搏斗，在乔斯·梅林的大手里奋力呼吸，在酒吧的石头地板上来回扭动。不过，她什么也听不见。无论那扇紧闭的门后面发生了什么，都无声无息。

玛丽正要再次走进门厅，从台阶上爬到远端的走廊，一阵响声从她上方传来。她停下脚步，抬起了头。那是一块木板在咯吱咯吱地响，然后停了。又过了一会儿，她的头顶上响起轻轻的脚步声。佩兴丝姨妈睡在走廊尽头的房间里，在房屋的另一端。而玛丽亲耳听闻，小贩哈里十分钟前就骑马离开了。姨父和陌生人在酒吧里，自打她下楼之后，便没有人上楼。然而，木板又咯吱咯吱地响了，轻轻的脚步声还在继续。有人在楼上的空客房里。

玛丽的心脏开始怦怦直跳起来，呼吸也随之加快。无论藏在上面的人是谁，他都藏了很久。他肯定自傍晚以来就躲在那里，等待着。当玛丽上床睡觉时，他肯定就已经躲在门后了。如果他后来离开了，那她应该能够听见他下楼的脚步声。也许，他也像她那样，透过窗户看到了货运马车的抵达，看见那个傻瓜尖叫着，跑上了那条通向道兹玛利的小径。她和他曾经仅仅有一墙之隔。他肯定听见了她的一举一动，包括她倒在床上，后来的穿衣声响，以及开门的动静。

因此，这人肯定希望自己继续躲藏下去，否则当她来到楼梯平台时，他就会在那儿拦住玛丽。假如他是酒吧里那伙人中的一员，那他肯定会质问她在这里干什么，是谁让他进来的？他是什么时候进入房间的？他藏在那里，肯定是为了避免被走私者看见。因此，他不是他们的同伙，而是她姨父的敌人。脚步声现在停了。虽然她屏住呼吸，用心聆听着，但她什么也听不见。不过，她判断得没错，她相信她的判断是对的。有人一直藏在紧挨着她房间的那间客房里。他也许会是一个伙伴，能和她一起拯救酒吧里的陌生人。她的脚刚踏上楼梯最下面的一级台阶，光束就再次从后面的走廊照射出来。她听见酒吧的门吱吱呀呀地开了。她的姨父正走进客厅，很快就要经过拐角。玛丽已没时间上楼，于是她被迫快步走回客厅，站在门后，用手抵着门。客厅里很暗，他根本不可能发现门没上闩。

她浑身颤抖，既感到刺激，又感到恐惧。她在客厅里等待着，只听见旅馆老板穿过客厅，走上楼梯，向上方的楼梯平台走去。他在她头顶上方的客房门外停住脚步，等待了片刻，仿佛也在倾听某种反常的动静。然后，他轻轻地敲了两下门。

木板再次咯吱咯吱地响起来。有人走过客房地板，打开了门。玛丽的心沉了下去，最初的绝望又回来了。这个人肯定不是她姨父的敌人。最初让他进来的也许正是乔斯·梅林本人，在傍晚的时候，趁着她和佩兴丝姨妈在收拾酒吧待客，他就躲在那里等着，直到所有人都离开。他应该是老板私下的朋友，不愿意掺和老板今晚的事儿，甚至连老板娘都躲着不见。

她姨父应该知道那个人一直在这儿。这也是他把小贩打发走的原因：他不希望小贩看见他的朋友。她不由得暗自庆幸自己没有上楼去敲客房的门。

假如他们走进她的房间，看看她是不是在那里睡觉，结果会怎样呢？一旦他们发现她不在房间，她就几乎没有希望了。她扭过头，瞥了一眼后面的窗户：窗户关着，上了闩，无路可逃。他们现在正在下楼，然后在客厅门外停了一会儿。玛丽一时间觉得他们会进来。他们离她太近了，她几乎能透过门缝碰到她姨父的肩膀。姨父张口说话了，仿佛几乎是贴着她的耳朵说的。

“你说吧，”他说，“你说了算，而不是我。我会照你说的做，要不我们俩一起做。你下命令吧。”

由于被门遮挡着，玛丽既看不见她姨父这个新出现的同伙的模样，也听不见他说话。即使他做了什么姿势或手势，她也看不见。他们没有在客厅外逗留，而是转过身，沿着门厅顺着远端的走廊，朝着外面的酒吧走去。

然后，酒吧的门关上了。她再也无法听见他们的声音。

她先是出于本能，想抽掉门闩，跑到路上，离他们远远的；但转念又一想：这么做并没有用。据她所知，小贩或其他人很可能会沿着公路，每隔一段设置一个岗哨，以防不测。

这个新出现的人虽然整晚都躲在上面的房间里，但似乎并没有听见玛丽离开房间的声响。假如他听见了，他现在应该已经把这一情况告知她的姨父，他们就会开始寻找她。除非他们认为她根本无关大局，无论怎样都难掀起波澜。酒吧里的那个人才是他们首先关注的对象。至于她，以后再收拾也不迟。

玛丽肯定站了十分钟或更长的时间，等待着某种声响或信号，但一切都静悄悄的。只有门厅里的时钟在嘀嗒嘀嗒地走着，慢吞吞地喘着气，无动于衷，成了老态龙钟和漠不关心的标志物。她一度觉得自己听见了一声喊叫，但它很快就消失了，如此微弱、遥远，怪异非常，仿佛一切都出自她的想象，由她自夜半以来目睹的一切幻化而成。

然后，玛丽走了出来，穿过客厅，走向那条黑暗的走廊。酒吧门缝下没有光线漏出，蜡烛肯定被吹灭了。他们三个是不是正坐在房内的黑暗之中？一想到他们，玛丽的脑海里就升起一幅丑陋的景象：他们组成了一个沉默的、凶恶的团体，被某种她不明了的目的主宰着。而正是由于烛光熄灭了，那种寂静才显得越发可怕。

她冒险来到门边，把耳朵贴在门板上，但什么也听不见——无论是低语声，还是有呼吸的活人发出的真真切切的动静。那种陈旧、发霉的酒味儿曾整晚都在走廊里弥漫，但如今已完全消失，钥匙孔里透出一股稳定的气流。玛丽按捺不住一时的冲动，拉起门闩，打开门，走进了房间。

房间里空无一人。通向院子的门开着，十一月清新的空气在房间里弥漫。正是因此，走廊里才有了气流。长椅空着。在第一次打斗中倒地的桌子仍躺在那里，三条桌腿指向天花板。

不过，那些男人已经离开。他们肯定在厨房外面左拐，然后径直走向了沼泽，因为假如他们横穿公路，她应该能够听见。此刻，她觉得风凉凉的、甜甜的，吹拂过她的脸颊。姨父和那些陌生人已经离开，房间再次显得无害、冷清。恐怖气氛已经消失。

月亮的最后一道光线在地板上投下一个白色圆圈，一个手指状的黑影移动到了圆圈里。那是一个影子的投射。玛丽抬头看向天花板，只见一根绳子从梁上的钩子垂下来。形成白色圆圈里的黑色斑块的，正是绳头。在从敞开的门进来的气流的吹拂下，它不停地摇来荡去。

5

随着时间流逝，玛丽·耶伦的决心越发坚定，她已逐渐适应了牙买加旅馆的生活。显然，她不能丢下姨妈一个人过冬。但也许，等到春天来临，在她的不断劝说下，佩兴丝·梅林能看清真相，同意离开沼泽，和玛丽一起前往安宁、祥和的赫尔福德河谷。

至少玛丽是这么希望的。与此同时，她必须充分利用未来那可怕的六个月。如果可能的话，她会下定决心最终战胜她的姨父，让他和他的同伙受到法律制裁。她虽然厌恶走私和它臭名昭著的欺诈性质，可如果仅仅是走私，她只会耸耸肩作罢。但截至目前，她看到的一切都趋于证明，走私本身满足不了乔斯·梅林和他的同伙。他们是一群铤而走险的家伙，天不怕地不怕，即使杀人也毫不在乎。那个星期六晚上发生的事件一直萦绕在她的脑海，从梁上悬下来、晃晃悠悠的绳头无声地透露了实情。玛丽认定那个陌生人已被她姨父和另外一个人杀死，他的尸体被掩埋在了沼泽里的某个地方。

然而，她的推测尚无法得到证实。此外，考虑到那天后来的情况，她的推测又显得非常离谱。那晚，在发现绳子后，她就回了房间，因为酒吧的门开着，姨父随时都会回来。此外，她看到的一切让她精疲力竭，她肯定睡着了，在她醒来后，已是艳阳高照，她听见佩兴丝姨妈在下面的客厅里啪嗒啪嗒地走着。

那天晚上发生的事情没有留下任何痕迹。酒吧已被打扫干净，家具被放回原处，打碎的杯子被拿走，曾经悬在梁上的绳子也不见了。老板一上午都待在马厩和牛棚里，把马粪、牛粪抛到院子里，像个牧牛人似的干着养牛该干的活儿。到了中午，他来到厨房，狼吞虎咽地吃了很多东西，其间还询问了玛丽赫尔福德的牲畜的情况，还问她该怎么料理一头生病的小牛，丝毫没提起前一个晚上发生的事情。他好像心情不错，甚至忘了咒骂他的妻子。佩兴丝姨妈像往常那样在他周围徘徊，观察着他的眼神，活似一条讨主人欢心的狗。他表现得像个完全清醒的正常人，让人很难相信就在几个小时前，他杀了一个同伴。

当然了，他也可能没有杀人，动手的是他那个不知名的朋友。但玛丽至少目睹了他穿过院子追着那个赤身裸体的傻瓜，听见傻瓜在挨他的鞭子时发出的叫喊；她看见他俨然是酒吧里那伙恶人的头目，听见他威胁那个不肯听话的陌生人。而现在，他坐在这里，坐在她的面前，塞了一嘴炖菜，为了一头生病的小牛摇头晃脑。

她一边用“是”和“不是”回答她的姨父，一边喝着她的茶，顺着她的杯沿观察着他。她的视线从那一大盘热腾腾的炖菜移到了他的手指上。他的手指虽然修长、有力，但令人不寒而栗。

两个星期过去了，那个星期六的情形没再出现过。也许上次的收获已让老板和他的同伙感到满意，鉴于玛丽没再听见过货运马车的声响，他们兴许会消停上一阵子。虽然她近来睡得很香，但她敢肯定，车轮发出的声响会把她惊醒。姨父似乎并不反对她在沼泽地里到处转悠。日子一天天过去，她对周围的环境越来越熟悉，还偶然发现了一些她起初没有注意到的小径。她沿着这些小径一直走到了高地，发现它们最后都通向了那些石山。与此同时，她还学会了避开低洼处那些潮湿草地。这些地方看上去毫无恶意，让人想一探究竟，但实际上是充满危险的沼泽边界。

尽管孤独，但她还算开心。这些在午后灰白光线中进行的漫游至少可以锻炼身体，在一定程度上缓解了牙买加旅馆漫漫长夜造成的忧郁和压抑。在那样的夜里，佩兴丝姨妈会坐在那里，双手放在膝头，盯着泥炭火焰；乔斯·梅林则要么把自己关在酒吧里，要么骑上他的马，去某个未知的地方。

同伴是不存在的，也没有人会来旅馆休息或用餐。那个车夫曾对玛丽说，他们现在从不在牙买加旅馆停留，看来所言非虚。她会站在院子里，观察一个星期经过两次的客运马车，它们一闪而过，辘辘地驶下山丘，爬上远处的另一座山丘，驶向五岔口；车夫从不拽缰绳，也不停下来喘口气。有一次，玛丽认出了那位曾载过她的马车车夫，便向他挥手，但他根本没有注意到她，只是更加凶狠地抽打他的马。她无可奈何地意识到，在他人眼里，她肯定和她姨父是一路货色，就算她步行逃去博德明或朗瑟斯顿，人们也不会接待她，而是会当着她的面把门关上。

大多时候，前景非常暗淡，尤其是因为佩兴丝姨妈几乎一点儿也不想交流。尽管她偶尔会拉住玛丽的手，轻轻拍打一会儿，告诉玛丽说，她很开心有玛丽在屋里陪她，但在多数情况下，她活在梦里，麻木机械地做着家务，很少说话。一旦开口，她就会胡扯一通，说什么假如不是连遭背运，她的丈夫会成为一个了不起的人。任何正常的交流其实都无法进行，于是玛丽只好迁就她，像对待孩子那样柔声细语，而所有这一切都在考验着玛丽的神经和耐心。

一天上午，由于前一天刮风下雨，玛丽无法出门冒险，于是她情绪糟糕并决定清洗房子后面那条和房子一样宽的石头走廊。这种累活儿虽然可以锻炼她的肌肉，却无法改善她的情绪。等活干完了，她对牙买加旅馆和旅馆里的人的厌恶之情也到了极点，以至于她差点冲进厨房后面的菜园，把她装着脏肥皂水的桶扔到她姨父脸上；他此时正在那里干活儿，丝毫不顾落在他蓬乱头发上的雨点。直到玛丽看见她的姨妈，她才打消了这个念头。姨妈正弯着腰，用一根棍子捅着烧得不旺的泥炭火。玛丽正要开始清洗门厅的石板，却听见院子里响起了嗒嗒的马蹄声。没过多久，有人就开始咚咚地擂着酒吧紧闭的门。

此前从没有人靠近过牙买加旅馆，因此敲门声本身就很不寻常。玛丽赶回厨房，去通知佩兴丝姨妈，但她不在那里。玛丽透过窗户往外看，只见姨妈匆匆穿过菜园，朝她丈夫走去。他正从泥炭堆上把泥炭装进一辆手推车。他们两人都离得太远，因此谁也没听见来人的敲门声。玛丽在围裙上擦了擦手，走进酒吧。酒吧的门肯定先前就没有上锁，玛丽意外地发现，一个男人跨坐在一把椅子上，手里端着满满一杯麦芽酒，酒是他自己在龙头那里接的。他们相互打量了几分钟，没有说话。

他给人一种似曾相识的感觉，玛丽怀疑自己以前可能在哪里见过他。他下垂得有些厉害的眼睑，嘴巴的曲线，下巴的轮廓，甚至他打量她时的那种无礼、不加掩饰的傲慢眼神，都让她觉得熟悉，并且绝不喜欢。

看着他一边上下打量她一边喝麦芽酒的样子，玛丽不由得火冒三丈。

“你以为你在干什么？”她口气严厉地说，“你凭什么在这儿为所欲为？还有，老板不欢迎陌生人。”她说的话像是在维护她的姨父。如果换作其他时候，听见自己这样说话，玛丽肯定会哈哈大笑。但擦洗地板的工作已让她丧失了幽默感，哪怕只是暂时的；另外，她还觉得她必须拿离她最近的人出出气。

这个男人喝完了手里的酒，伸出杯子来还想再要。

“牙买加旅馆什么时候养了这么个酒吧女招待啊？”他问道。他从口袋里摸出一个烟斗，点上，朝她脸上吐了一大口烟。玛丽被激怒了，她向前倾，从他手里抢过烟斗，朝身后的地板摔去。烟斗掉到地上，碎了一地。他耸耸肩，开始吹口哨，但吹得很不着调，让她更是怒火中烧。

“他们就是这么训练你给顾客服务的？”他说，中间停顿了一下，“我想不出他们为什么会选你。朗瑟斯顿懂礼貌的女服务员多得是，并且都漂亮得像画儿上的人。我昨天还在那里呢。你究竟会不会打扮呀？看你那垂到背上的头发和脏兮兮的脸。”

玛丽转过身，朝门口走去，但他叫住了她。

“给我续酒。你在这儿不就是干这个的吗？”他说，“我一吃完早餐就骑了十二英里来这里。我渴了。”

“你就是骑了五十英里也不关我的事，”玛丽说，“既然你知道怎么来这儿，那也就能给自己续酒。我会告诉梅林先生你在酒吧。要是他愿意，他可以亲自伺候你。”

“哎，就别烦乔斯了。白天这个时候，他熊脾气大着呢。”他回答说，“再说了，他从来都不急着见我。他老婆怎样了？他没有把她赶出来给你腾地方吗？要我说，那个可怜的女人也挺不容易的。换作是你无论如何都不可能和他过十年。”

“你要是想见梅林夫人的话，她在菜地里，”玛丽说，“你可以从这个门出去，向左拐，就可以找到那片菜地和鸡场。”

“嗯，不要激动。时间有得是。”他回答说。玛丽看到，他仍在上下打量着自己，似乎想知道她为何是这种态度。他那似曾相识、多少有些怠惰的傲慢眼神激怒了她。

“你到底要不要找老板？”她终于问道，“我不能一整天站在这儿听你使唤。你要是不想见他，那么等你喝完酒，你可以把钱放在柜台上，走人。”

那个人哈哈大笑起来。他的笑容和闪亮的牙齿拨动了她记忆中的一根弦，但她还是想不出那种相似究竟来自何处。

“你也这么吩咐乔斯吗？”他说，“你要是也这么做的话，那他真是换了个人。那家伙可真是奇怪呀。我根本没料到他除了干别的，还养了个小妞儿。你们到了晚上是怎么对付可怜的佩兴丝的？你们俩是把她赶到地板上，还是你们仨一起睡？”

玛丽面红耳赤。“乔斯·梅林是我姨父，”她说，“佩兴丝姨妈是我母亲唯一的妹妹。如果你想知道的话，我叫玛丽·耶伦。上午好。门在你后面。”

她离开酒吧，走进厨房，和老板撞了个满怀。“你在酒吧里和谁说话呢？”他吼道，“我记得我警告过你，把你的嘴闭上。”

他洪亮的声音在走廊里回荡。“哎，”酒吧里的那个人说，

“别揍她。她摔碎了我的烟斗，还拒绝为我服务。一看就是你训练出来的，是不是？进来，让我瞅你一眼。我倒希望这个女招待对你有点什么用。”

乔斯·梅林皱皱眉，把玛丽推到一边，走进了酒吧。

“啊，是你呀，杰姆，真是你吗？今天是哪阵风把你吹到牙买加的？如果你想让我买你的马，我可买不起。情况不妙呀，我穷得像只碰上了坏年景的田鼠。”他关上门，把玛丽留在了外面的走廊上。

她一边走回前厅，去找她的水桶，一边用围裙擦去脸上的污渍。这么说，这个人就是杰姆·梅林，她姨父的弟弟。她无疑注意到了两人之间的相似性，但就是像个傻瓜一样想不起来。在此前的对话中，他自始至终都让她想起她的姨父，但她却没有意识到这一点。他的眼睛和乔斯·梅林的很像，只是眼里没有血丝，眼下没有眼袋；他的嘴和乔斯·梅林的嘴很像，嘴唇都鼓鼓的，只是乔斯·梅林的下嘴唇比较薄窄，他的下嘴唇则有些耷拉。他也许就是十八或二十年前的乔斯·梅林，只是体格略小，个头略矮，穿着打扮也略整洁些。

玛丽把水泼到石板上，双唇紧抿着，开始狠狠地擦拭。

梅林家的这兄弟俩该有多么邪恶啊！瞧他们那刻意做出的傲慢粗鲁的样子和野蛮残忍的行径。单看他嘴的形状，玛丽就知道，这个杰姆和他哥哥一样残虐不堪。佩兴丝姨妈曾经说过他是梅林家族中最坏的一个。尽管他比乔斯矮一头还多，身宽也只有乔斯的一半，但他身上有某种乔斯所不具备的力量。他看上去既强壮，又敏捷；而老板的下巴周围都已下垂，似乎连自己的肩膀都让他不堪重负。他的力量仿佛以某种方式被消耗了不少，业已退化。玛丽知道，酗酒是罪魁祸首。只有拿乔斯与他从前的模样比较，玛丽才知道是什么让乔斯变成了现在的样子。这正是因为她看见了他的弟弟。老板已经原形毕露。如果当弟弟的还有点儿脑子，那他就该振作起来，以免走他哥哥的老路。不过，他也许根本不在乎。这种不思进取、不求上进的劣根性或许才是梅林家族的厄运。他们的过往劣迹斑斑。“没什么好和人血液里的恶念作对的，”她的母亲过去常说，“它最后总会冒出来。你尽可以和它抗争，但它会击败你。也许两代人都活得清清白白，这种恶念有可能被清除干净，但到了第三代却又极有可能突然发作，故态复萌。”这该是怎样一种无可奈何啊，无可奈何又令人遗憾！可怜的佩兴丝姨妈也和梅林一家同流合污，她的韶华和欢愉一去不返。如果直面真相，那么老实说，她比道兹玛利的那个傻瓜强不了多少。佩兴丝姨妈原本可以嫁给格威克的一个农夫，有她自己的儿子，有房有地，过着正常的幸福生活，做着一切幸福的琐事：和邻居扯扯家长里短，礼拜天去教堂，每星期驾车赶集，摘水果，收庄稼——这才是她本会喜欢做的事，有底线的事。她本可以获得安宁，平平静静地过日子，踏踏实实地干活儿，泰然自若地享受，在岁月的流逝中双鬓渐斑。但她将这种美好前景弃若敝屣，和一个畜生、醉鬼生活在一起，像个无可救药的懒妇。女人为什么这么傻，这么目光短浅，这么愚不可及？玛丽一边想，一边带着恨意擦拭着门厅的最后一块石板，仿佛借此就可以洗刷干净这个世界，抹去姨妈那类女人不检点的劣迹。

她逐渐变得怒不可遏，转身离开门厅，开始打扫昏暗、多少年没见过一把扫帚的客厅。一股尘埃扑面而来，她狠狠地击打着又脏又烂的垫子。她专心致志地干着这讨厌的活儿，连石子砸在客厅窗户上都没听见。直到石子雨点般落下，砸得玻璃噼啪响，她才分散了注意力。她望向窗外，发现杰姆站在院子里，身旁立着他的矮种马。

玛丽冲他皱了皱眉，便又背过身，但他又甩了一阵石子，并且这一回是真的在砸玻璃，砸得一小块玻璃掉在地板上碎了，碎玻璃边躺着一个石子。

玛丽打开门闩，推开沉重的入口大门，走进了门廊。

"你这是要干什么？"她问道，并突然意识到自己没有扎头发，围裙也皱巴巴、脏兮兮的。

他仍然低着头，好奇地看着她，但那种傲慢的态度已经消失。他还是有风度的，多少露出了些许歉疚之意。

"请原谅我刚才的粗鲁无礼，"他说，"我没料到会在牙买加旅馆见到女人，至少是你这样的姑娘家。我以为乔斯是在某个镇子找到你，把你带到这儿当情妇的。"

玛丽的脸又红了。她还气恼地咬着嘴唇。"我没什么稀奇的，"她轻蔑地说，"我系上旧围裙，穿上大鞋子，就是到了镇上，看上去也很正常不是吗？我觉得吧，只要是脑袋上长眼睛的人，都能看出我是个乡下姑娘。"

"哎，我不知道，"他漫不经心地说，"你要是穿上一件漂亮的裙子，配一双高跟鞋，头发里插一把梳子，我敢打赌，就是到了埃克赛特那样的大地方，你也会被当成一个大家闺秀。"

"我简直要受宠若惊了，"玛丽说，"非常感谢，但我宁可穿我的旧衣服，看上去像我自己。"

“当然，你肯定能穿得比那还糟糕。”他一边表示同意，一边抬起头来。玛丽看见他正在嘲笑自己，便转过身，要回到屋里去。

“喂，别走呀，”他说，“我知道，我那样对你说话，活该遭白眼，可你要是像我那样了解我哥哥，你就会明白我为什么会那样了。牙买加旅馆有了个女招待实在是太奇怪了。你最初为什么要来这儿？”

玛丽站在门廊的阴影里，端详着他。他现在表情严肃，和乔斯的相似之处瞬间消失。她真希望他不是梅林家的人。

“我来这儿投奔我姨妈佩兴丝，”她说，“我母亲几个星期前死了，我也没别的亲戚。梅林先生，我要告诉你一件事，我母亲没有活着看到她妹妹现在这个样子，我真是谢天谢地。”

“我猜，和乔斯结婚绝不是什么好事，”杰姆说，“他的脾气从来没好过，他简直就是个魔鬼。他喝起酒来就像鱼喝水。你姨妈嫁给他图什么？自打我记事以来，他就是那个样子。我小的时候，他经常揍我。至于现在，只要他有那个胆量，他还会揍我。”

“我觉得她被他明亮的眼睛欺骗了，”玛丽轻蔑地说，“我母亲过去常说，佩兴丝在赫尔福德就像只花蝴蝶。她不肯嫁给向她求爱的农夫，而是去了内地，结果在那里碰见了你哥。那绝对是她这辈子最倒霉的一天。”

“看来你对老板评价不高嘛。”他嘲笑地说道。

“当然不怎么样，”她回答说，“他是个恶霸，是个畜生，简直坏透了。他让我姨妈从一个无忧无虑的女人变成了一个不幸的奴隶。因为这个，只要我还有一口气就绝不会原谅他。”

杰姆不成调子地吹起口哨，还拍了拍马的脖子。

“我们梅林家的男人向来如此，”他说，“我还记得我父亲揍我母亲，揍得她站都站不起来。可她一辈子都没离开过他。等他在埃克赛特被吊死了，她一连三个月没和人说过话，被打击得头发都白了。我记不起我祖母了，但我听说有一次在卡林顿附近，当兵的来抓我爷爷，她和他并肩战斗。我祖母咬住一个家伙的手指，一直咬到骨头。我搞不懂她为什么非得爱我爷爷，因为他被抓后几乎从没要求过见她。就连他的积蓄，他都留给了塔玛尔那边的一个女人。”

玛丽沉默了。杰姆声音里的那种漠不关心吓到了她。他谈起这些时毫无羞耻之心和后悔之意。她觉得，他可能天生就是个冷血的家伙，和他们家其他人没有两样。

“你打算在牙买加旅馆待上多久？”他突然问道，“在这儿做女招待简直就是浪费青春，对吧？这儿又没什么人和你做伴。”

“我没办法，”玛丽说，“除非可以带我姨妈一起，否则我不会走。我绝不会把她一个人丢在这儿，尤其在我看到这一切之后。”

杰姆弯下腰，擦去马屁股上的一块泥巴。

“你来这儿时间不长，都了解到了什么？”他问道，“凭良心说，这里够僻静的。”

玛丽可没那么容易被人牵着鼻子走。在她看来，肯定是姨父怂恿他和她聊天，想用这种方式套她的话。不，她才没那么傻呢！她耸耸肩，避开了这个话题。

“有个星期六的晚上，我在酒吧里给我姨父帮忙，”她说，“我瞧不起他的那些顾客。”

“我也觉得你会瞧不起他们，”杰姆说，“那些来牙买加旅馆的家伙从没学过礼貌。他们在郡监狱里吃牢饭的时间太长了。我很好奇，他们是怎么对待你的。想必他们也犯了和我一样的错误，指不定眼下正把你的名声传遍乡下。我敢打赌，乔斯下次会拿你当赌注掷骰子。他要是输了，你就会发现自己坐在后鞍上，前面是个肮脏的、来自拉夫石山那边的偷猎者。”

“这种可能性不大，”玛丽说，“除非他们把我揍得不省人事，否则谁也甭想带走我。”

“到了那份儿上，无论有意识还是没意识，女人都差不多。”杰姆说，“博德明的偷猎者从来都不知道差别在哪儿。”他又大笑起来，看上去跟他的哥哥一模一样。

“你靠什么糊口？”玛丽问道。她突然感到好奇，因为在他们聊天期间，她逐渐发现，他比他哥哥说话中听些。

“我是个盗马贼，”他口气和蔼地说，“不过说真的，这行没多少钱可赚。我一直囊中羞涩。你在这儿应该骑马吧。我搞到了一匹矮种马，非常适合你骑。它目前在特雷瓦萨。你干吗不和我一道回去，瞅它一眼？”

“你不怕被抓吗？”玛丽说。

“偷盗是一件很难被证明的事情，”他对她说，“假如一匹马从栅栏里溜了出来，它的主人去找它。那么，你自己也看到了，这些沼泽里有的是野马和野牛，主人要找到他的马没那么容易。假如这匹马鬃毛长，有个白色的蹄子，耳朵上有个钻石记号，这就缩小了寻找的范围，不是吗？马主人于是动身去了朗瑟斯顿集市，眼睛瞪得大大的，但没有发现他的马。我告诉你，他的马真就在那儿，它被一个马贩子买走了，然后又被卖到了内地。只是它的鬃毛被剪短了，四个蹄子一个颜色，它耳朵上的记号是个豁口，不是钻石。它的主人甚至不会看它两遍。够简单，是吧？”

“既然这么简单，我怎么没见你坐在自己的马车里经过牙买加旅馆，马车踏板上再站个马夫？”玛丽语速飞快地说。

“啊，好吧，真有你的，”他一边说，一边摇摇头，“我一碰见数字就发蒙。你要是知道钱从我的指头缝里漏出去的速度有多快，准会吃惊的。实话告诉你，我上个星期口袋里还装着十英镑，到今天只剩下一个先令。这就是我希望你买下那匹矮种马的原因。”

玛丽情不自禁地哈哈大笑起来。他说起自己干的坏事毫不避讳，弄得玛丽对他也没有脾气了。

“我可不能把我积攒的那几个钱花在买马上，”她说，“我要留着养老。再说了，我要是哪天离开了牙买加旅馆，那每个便士都派得上用场，你等着那天吧。”

杰姆·梅林一脸严肃地看着她，然后突然朝她弯下腰，目光先是越过她的头顶，望向了她身后的门廊，然后他说：

“听着，我现在是认真的。你大可忘掉我先前说的所有废话。但你记着，牙买加旅馆不是女招待该待的地方，甚至不是任何女人该待的地方。我和我哥哥从来都不是朋友，我想怎么说就可以怎么说他。我们各走各的，谁都看对方不顺眼。但是，无论如何你都不应该卷进他肮脏的勾当里去。你为什么不赶紧逃呢？我会在去博德明的路上等你。”

他的话听起来很有说服力，玛丽几乎要相信他了。但是她还是无法忘记，他是乔斯·梅林的弟弟，随时可能出卖她。她不敢把他当成心腹之交，至少现在不敢。时间会证明他究竟站在哪一边。

“我不需要别人帮忙，”她说，“我可以照顾自己。”

杰姆纵身上马，脚插进了马镫。

“好吧，”他说，“我不操你这份心了。你要是哪天想找我，我的小屋就在柳条溪对面。特雷瓦萨沼泽那边，十二人泽脚下。不管怎样，我会在那里待到春天。再见。”玛丽还没来得及回话，他就沿着公路离开了。

玛丽慢慢地回到屋里。假如他不姓梅林，那么她会相信他的。她的确急需一个朋友，但也不至于急到去和老板的弟弟交朋友。说到底，他不过是个盗马贼，是个狡猾的恶棍，比小贩哈里和其他人强不了多少。仅凭他那让人丧失戒心的微笑和还算中听的话语，她差点儿都要相信他了。他说不定一直在偷偷地嘲笑她。他身体里流淌着不良的血液。他这辈子每天都在干着违法乱纪的勾当。无论玛丽怎么看，都存在着一个改变不了的事实：他是乔斯·梅林的弟弟。他说他们之间没有瓜葛，但那样的话也可能只是谎言，意在博取她的好感。就连那番对话本身，也许都是老板在酒吧里怂恿的结果。

不，无论发生什么，她都必须在这件事上保持独立，谁也不能相信。牙买加旅馆的墙壁都散发着罪孽和欺诈的气味，即使在它听得到的范围内低声说话，也会招致灾难。

屋里黑洞洞的，再次安静下来。老板已经返回位于花园尽头的泥炭堆，佩兴丝姨妈在厨房里。杰姆·梅林的意外来访引发了小小的兴奋，打断了漫长、无聊的日子。他带来了外部世界的东西。

这个世界既没有完全被沼泽束缚起来，也没有受到花岗岩石山的压制。他现在已经离开，白天最初的光亮也随他而去。天空变得阴暗。早有预兆的雨从西边横扫过来，将山丘笼罩在迷雾之中。黑石楠被风吹得弯下了腰。从上午起就淤积在玛丽心里的烦闷现已消散，因疲倦和失望而产生的麻木不仁取而代之。经年累月没有尽头的日子在她面前延伸，显得无限冗长。除了那条长长的、诱惑着她的白色道路，以及石墙和亘古矗立的山丘，她一无所见。

她想起了杰姆哼着歌，脚后跟夹着马肚子策马而去的样子。他骑马的时候没戴帽子，无惧风雨，只顾赶路。

她想起了那条通向赫尔福德的小径。它盘旋着，蓦然就绕到了水边。在涨潮之前，鸭子在泥水里嬉戏。一个男人召唤他的牛从上面的田地里下来。所有这些东西都不曾停下，是生活的组成部分。它们在走它们自己的路，根本想不到她，而她却被一个无法打破的承诺困在这里。佩兴丝姨妈在厨房里来回走动。她轻快的脚步声既是一种提醒，也是一种警告。

在玛丽的注视下，细密的雨点将客厅的窗户打得模糊。她独自坐在那里，手捧着下巴。眼泪和着雨水，从她的脸颊流下。她任由它们滑落，实在无心把它们拭去。她忘了关门，进来的气流吹皱了墙上的一长条撕裂的纸。上面曾有一种玫瑰图案，但业已褪色，有些发灰；由于受潮，墙壁自身有些地方也染成了深棕色。她转过身，离开了窗边。牙买加旅馆寒冷、死气沉沉的空气将她团团包围。

6

那天晚上，货运马车又来了。玛丽被门厅时钟两点的报时惊醒，并且几乎立即就听见了从门廊下传来的脚步声。她还听见有人压低了声音，轻轻说着什么。她爬下床，走到窗边。没错，就是他们。这一次只有两辆马车，其中只有一匹马上了马具。院子里站着四五个人。

在昏暗的光线中，马车显得阴森森的，像是灵车。那些人看起来也活似幽灵，不属于日常的世界。他们无声无息地在院子里移动，宛如梦魇中的怪物。这些人趁着夜色偷偷而来，显得有些恐怖；就连盖着布的马车自身，也散发着凶险的意味。这个晚上，他们留给玛丽的印象比之前更加深刻，也更挥之不去，因为她已经知道这究竟是什么勾当。

这是一群铤而走险的人。他们在这条路上谋生，将货物护送到牙买加旅馆。上次他们把马车带进院子时，一个同伙被谋杀了。今晚也许还会有罪案发生，缠绕的绳子会再次从横梁上垂下来。

院子里的场景让玛丽看得入了迷，无法离开窗户。这次马车是空着来的，上次留在旅馆里的货物被装回车上。玛丽推测，这应该就是他们的运作方式：旅馆每次都会充当几个星期的仓库，然后等时机成熟，马车会再次出发，把货物运到塔玛尔岸边，并分送出去。这一定是个非常庞大的走私组织，覆盖了整个地区。密探到处都是，随时保持警戒。被牵涉进来的人也许有几百个，从南边的彭赞斯和圣艾夫斯，到德文郡边界上的朗瑟斯顿。在赫尔福德，人们很少谈及走私；就算真的说起，也不过眨眨眼睛，脸上露出宽容的微笑，仿佛偶尔享用来自法尔茅斯港一条船上的烟斗和白兰地只是无害的奢侈，没什么好因此良心有愧的。

然而，这种走私是不同的。它是一桩残忍的生意，一桩可怕而血腥的生意，玛丽先前会看到的微笑和眨眼几乎不再与此相伴。只要有人感到良心不安，那他就会被绳索套住脖子，受到惩罚。在从海岸延伸到边界的链条上，不存在不牢固的环节。这也就解释了悬在梁上的那根绳子的作用：那个陌生人提出异议，于是他就遭遇了不测。玛丽突然感到一阵失落。她在想，杰姆·梅林今天上午到牙买加旅馆来，究竟是不是另有隐情。他前脚刚走，马车后脚就到，这未免太巧了！他说他从朗瑟斯顿来，而朗瑟斯顿就矗立在塔玛尔岸边。她生他的气，也生自己的气。不管怎么说，在睡觉之前，她最后想到的都是和他成为朋友的可能性。但她要是现在还指望着这个，那她就是个傻瓜。两件事之间肯定存在联系，意图也显而易见。

杰姆也许和他哥哥不睦，但他们在一条贼船上。他骑马到牙买加旅馆来，是为了提醒他哥哥车队晚上会来。这不难理解。然后，也许他还有点儿良知，于是建议玛丽去博德明。这不是女招待该待的地方，他是这么说的。作为同伙，没有人比他更了解这个勾当。它绝对是一桩卑鄙、该死的生意，毫无希望可言，在这里她已完全卷入其中。佩兴丝姨妈则像个孩子，还需要她呵护。

现在两辆马车都装好了，车夫和他们的同伙已登上座位。今晚的过程持续得不算太久。

玛丽现在能够看到姨父硕大的头和他那和门廊一般齐的肩膀，他的手里提着一个灯笼。灯光被一个活动遮板挡着，显得有些暗淡。然后，马车隆隆驶出了院子，并且正如玛丽预料的那样，马车向左拐走，朝着朗瑟斯顿的方向。

她离开窗户，爬回床上。不久之后，玛丽听见姨父上楼的脚步声。他沿着远端的走廊，走向了他的卧室。今晚客房里没有藏人。

接下来的几天风平浪静，道路上只有去朗瑟斯顿的客运马车隆隆地驶过牙买加旅馆，好似一只受惊的蟑螂。一天清晨，天气晴朗，地上结霜，太阳在无云的天空中闪耀。湛蓝的天空映衬着清晰可见的石山。沼泽里那向来潮湿的褐色草丛如今结了霜，白花花一片。院子里的水井结了薄薄一层冰。被牛踩踏过的泥泞已经干了，蹄印周围宛如山脊。这些山脊直到下次降雨都不会塌陷。凛冽的清风呼啸着从东北方向吹来。

玛丽一看见太阳就情绪高涨，于是开始清洗衣物。她把袖子挽到肘部以上，胳膊伸到桶里。热乎乎的肥皂水泛着泡沫，轻抚着她的肌肤，与寒冷刺骨的空气形成了强烈对比。

她心情不错，一边干活，一边唱歌。姨父骑马去了沼泽中的某个地方。只要他不在，玛丽就觉得自由。她站在房屋后面，多少能避避风，宽敞结实的房子起到了屏障的作用。她拧干亚麻布被单，把它摊在一棵矮小的金雀花灌木上；充足的阳光洒在被单上，被单到中午就能晒干。

一阵急促的敲窗户声传了过来。玛丽抬起头，看见佩兴丝姨妈在向她示意；姨妈脸色煞白，显然受到了惊吓。

玛丽在围裙上擦了擦手，跑向房子的后门。她刚走进厨房，她姨妈就用颤抖的手抓住了她，开始语无伦次地说了起来。

“冷静点，冷静点，”玛丽说，“我听不明白你在说什么。来，拜托，拿把椅子坐下来，喝点水。好了，说吧，发生什么了？”

可怜的女人在椅子上前前后后地摇晃着，嘴巴紧张兮兮地嗫嚅着，不断抬头看着门的方向。

“我说的是北山的巴萨特先生，”佩兴丝姨妈低声说，“我从客厅窗户里看见他了。他是骑马来的，还跟着另外一个绅士。啊，我亲爱的，我亲爱的，我们该怎么办呀？”

她还没说完，大门处就传来了重重的敲击声。停了一会儿，接着又雷鸣般地响起来。

佩兴丝姨妈大声叹息着，咬着指尖，撕着指甲。“他怎么来了？”她嚷道，“他以前从没来过。他总是躲得远远的。他听说了什么，我就知道他听说了什么。啊，玛丽，我们可该怎么办呀？我们要怎么说呀？”

玛丽的脑子飞快地旋转着。她现在的处境进退两难。如果来人真的是巴萨特先生，并且此人代表着正义，那么她就有机会告发姨父了。她可以给他讲讲那些马车，把她来到这儿后的所见所闻和盘托出。她低下头，看着在她身旁抖个不停的姨妈。

“玛丽，玛丽，看在亲爱的主的份儿上，告诉我该怎么说。”

佩兴丝姨妈恳求着。她抓起她外甥女的手，放到自己的胸口。

敲门声继续不停地响着。

“听我说，”玛丽说，“我们得让他进来，要不然他会把门砸坏。打起精神来。我们什么都不需要说。就说乔斯姨父不在家，你什么都不知道。我陪着你去。”

佩兴丝姨妈望着她，焦灼的眼神中流露出绝望。

“玛丽，要是巴萨特先生问你什么，你千万不要回答他。我可以相信你的，是吗？你不会给他说那些马车吧？要是乔斯遭遇了什么不测，我也不活了，玛丽。”

这样的话姨妈都说出了口，也就没什么好争论的了。玛丽宁可自己撒谎下地狱，也绝不愿让姨妈难受。无论她眼下的立场带有多少讽刺意味，她都必须应付这个局面。

“和我一起去开门吧，”玛丽说，“我们别让巴萨特先生在这儿待太久。你不必担心，我什么都不会说的。”

她们一起走进了门厅。玛丽抽出沉重的大门的门闩。外面的门廊上有两个男人，其中一个已下了马，也就是那个雨点一样砸门的人；另一个人块头很大，粗壮结实，穿着厚厚的大衣，披着斗篷，骑在一匹良种栗色马上。他的帽子被拉得几乎遮住了眼，但玛丽能够看见他的脸上皱纹深深，饱经风霜。她估摸着此人的年纪在五十岁。

“你们真够磨蹭的，我说得没错吧？”他喊道，“你们好像不太欢迎旅客呀。老板在家吗？”

佩兴丝姨妈伸手捅了捅玛丽。

“梅林先生不在家，先生。”玛丽开口了，“你们想喝点儿什么饮料吗？你们要想去酒吧坐坐，我可以为你们服务。”

"去他的饮料吧！"他回答说，"我可不会为了这个来牙买加旅馆。我想和你的老板说话。喂，你，你是老板娘吗？你估计他什么时候回来？"

佩兴丝姨妈微微行了个屈膝礼。"对不起呀，巴萨特先生，"她说，她声音响亮、清晰得有些不自然，像挨了训的孩子一般，"我丈夫吃过早饭就出去了。至于他能不能在天黑之前赶回来，我还真说不上来。"

"哼，"乡绅生气地说，"真倒霉。我想和乔斯·梅林说一两句话。现在你听着，老板娘，你的宝贝丈夫先是背着我用流氓的手段买下了牙买加旅馆，这个我们现在就不细究了。可有一件事让我无法容忍：因为这一带发生的龌龊、欺诈之事，我在这附近成了笑柄。"

"老实说，我不知道你是什么意思，巴萨特先生。"佩兴丝姨妈说。她嚅动着嘴，手拧着衣服："我们在这里老老实实地过日子，真的是这样。不信你问我外甥女，她说不出两样的话。"

"哎哟，得了吧，我才没那么傻呢。"乡绅回答说，"我的眼睛盯着这个地方也不是一天两天了。一个房子的名声不会无缘无故地臭了，梅林夫人，牙买加旅馆的名声啊，从这儿一直臭到了海边。你别想糊弄我。来，理查兹，牵住这匹烦人的马，好吧？"

另外那位先生上前牵住缰绳，从穿着打扮上来看像是个仆人。巴萨特先生吃力地从马上爬了下来。

"既然来了，那我也得四下瞅瞅，"巴萨特说，"我现在就告诉你们，拦我可没有用。我是治安官，有委任状。"他把两个女人推开，走进了小小的门厅。佩兴丝姨妈做了个动作，似乎想阻止他，但玛丽摇了摇头，皱了皱眉。“随他的便吧，”玛丽低声说，“我们要是现在阻止他，他只会更生气。”

巴萨特先生厌恶地看着他的四周。“上帝呀，”他大叫道，“这地方闻起来像座坟墓。你们究竟干了什么呀？牙买加旅馆的墙壁一向都是粗粉刷的，朴素大方，价格亲民，现在这副模样绝对是丢人现眼呀。究竟为什么啊？这地方光得只剩墙壁，连个家具都没有。”

他啪地推开客厅门，用马鞭指着发潮的墙壁。“你们要是继续这样，屋顶非塌下来不可，”他说，“我这辈子就没见过这种事。往前走，梅林夫人，领我们上楼。”佩兴丝面色苍白，露出焦急之色。她转身走向楼梯，望向外甥女的眼睛，想从中找到慰藉。

楼梯平台上的房间被彻底搜查了一遍。乡绅瞅了瞅灰扑扑的犄角旮旯，扯了扯旧袋子，又戳了戳土豆，同时还一直在愤怒、厌恶地大声嚷嚷。“你们也好意思把这儿叫作旅馆？”他说，“天哪，这儿甚至没张适合猫睡的床。这地方真是烂掉了，烂透了。你们是怎么想的，啊？你的舌头丢了吗，梅林夫人？”

可怜的女人已经答不上话来了。她不停地摇着头，嚅动着嘴唇。玛丽知道，她和姨妈此时都在想，等他们走到下面走廊里那个钉了木条的房间，会发生什么。

“老板娘看样子暂时成了聋子和哑巴，”乡绅冷冷地说，“你呢，小姑娘？你有什么要说的吗？”

“我来这儿还没多长时间呢，”玛丽回答说，“我母亲去世了。我来这儿是为了照顾我姨妈的。她身体不太好，你也能看得出来。她有点神经兮兮的，容易心烦意乱。”

"我不怪她，生活在这么个破地方，难免的。"巴萨特先生说，"好了，这上面没什么可看了，劳驾你们再领我下楼，带我去看看那个窗户钉了木条的房间。我在院子里就注意到它了，我想到里面看看。"

佩兴丝姨妈舔了舔嘴唇，看着玛丽，一句话也说不出来。

"我很抱歉，先生，"玛丽回答说，"可如果你指的是走廊尽头那个杂物间，那恐怕门是锁着的。钥匙一直由我姨父保管，我不知道他把它放在哪儿了。"

乡绅怀疑地看了看玛丽，又看了看佩兴丝。

"你呢，梅林夫人？你也不知道你丈夫把钥匙放哪儿了？"

佩兴丝姨妈摇了摇头。乡绅哼了一声，转过身去。"听着，这很容易解决，"他说，"我们可以把门卸下来，费不了多大工夫。"他走进院子，去喊他的仆人。玛丽拍了拍姨妈的手，把她拉近了一些。

"尽量别打哆嗦，"玛丽口气严厉地低声说道，"是个人都能看出来，你藏着什么东西似的。你只能假装毫不在乎，随他去看这房子里的东西，别阻拦他。"

不久之后，巴萨特先生和那个名叫理查兹的男人回来了。也许是想到可以搞搞破坏，理查兹脸上笑意盈盈，手里还拿着一根他在马厩里找到的旧木棒，显然是想把它当大槌来用。

如果不是为了姨妈，玛丽可能会对即将发生的场景感到高兴。她将有机会一窥那个钉了木条的房间。然而，如果有什么发现，那么她姨妈，甚至包括她自己，都会受到牵连。这让她心里不由得五味杂陈。她第一次意识到，要想彻底证明她们是清白的，将会极其困难。鉴于佩兴丝姨妈定会盲目维护她的丈夫，谁都不大可能相信她们的辩解。

然后，巴萨特和他的仆人分站两边，一起抱着木棒，猛撞门锁。玛丽看着他们，心里有些激动。有那么几分钟，门锁抵挡住了他们的进攻，撞击声在整个房屋内回荡。接下来，只听得木头被啪啦一声撞开的声音，门开了。佩兴丝姨妈发出一声苦恼的轻呼。乡绅推开她，进入了房间。理查兹拄着木棒，擦着额头的汗。玛丽隔着他的肩膀，能够看到房间里面的情况。当然，屋里黑洞洞的。钉了木条的窗户上蒙着麻袋，光线因此无法照进房间。

“谁给我拿一根蜡烛，”乡绅大声说道，“这里面黑得像个地窖。”仆人从口袋里掏出一截蜡烛，点着后递给了乡绅。乡绅把它举过头顶，走到了房间中央。

一时间无人说话。乡绅转过身，让光线照进了每个角落。然后，他气恼又失望地打了个响舌，转过身，面对着另外三个人说道：

“什么也没有，简直是空无一物。老板又把我耍了。”

房间基本是空的，只有一个角落堆着一摞麻袋。房间里积了厚厚一层灰尘，墙上结着比巴掌还大的蜘蛛网，什么家具都没有，炉床用石头堵着。地板和外面的走廊一样铺着石板。

麻袋顶上放着一根缠在一起的绳子。

然后，乡绅耸耸肩，再次转过身，走进了走廊。

“好吧，乔斯·梅林先生这回赢了，”他说，“那个房间里连证明杀了猫的证据都没有。我认输了。”

两个女人跟着他走到外面的门厅，然后又走到门廊。仆人则去马厩牵他们的马了。

巴萨特先生用鞭子轻轻敲了敲他的靴子，闷闷不乐地盯着前方。“你们还算走运，梅林夫人，”他说，“要是让我在你们那个破烂房间里找到我希望找到的东西，明天你丈夫就会被关进郡监狱。事实上……”他再次气恼地打了个响舌，话只说了一半。

“你能不能快点儿呀，理查兹？”他喊道，“我上午的时间再也经不起浪费了。你在干什么？”

仆人出现在马厩门口，身后牵着两匹马。

“现在，听我说，”巴萨特一边说，一边用鞭子指着玛丽，“你这个姨妈的舌头不管用，脑子也丢了，但我希望，你能听懂直白的英语。你是不是打算告诉我，你对你姨父的生意一无所知？无论白天还是晚上，就从来没人来过这儿吗？”

玛丽直视着他的眼睛。“我从没见有人来过。”她说。

“在今天之前，你往那个钉木条的房间里瞧过吗？”

“没，这辈子都没有过。”

“你知不知道他为什么把那个房间锁上？”

“不知道，一点儿都不知道。”

“你晚上听见过院子里有车轮的响声吗？”

“我一向睡得很死。什么也惊醒不了我。”

“如果你姨父离开家，他会去哪儿？”

“我不知道。”

“在国王公路边上开个旅馆，然后再把房子封死，根本不开门纳客，你自己难道不觉得这很奇怪吗？”

“我姨父是个非常奇怪的人。”

“他的确够怪的。老实说，他奇怪得要死。他要是不像他老爸那样被吊死，这一带一半的人都睡不踏实。你可以告诉他，说这是我说的。”

“我会的，巴萨特先生。”

“你生活在这里，看不见邻居的人，听不见邻居的声音，只有这个疯疯癫癫的女人做伴，你难道不害怕吗？”

“习惯了就好。”

“你的嘴巴可真严呀，是不是，小姑娘？我可不羡慕你有这样的亲戚。我宁愿看着我的女儿进坟墓，也不愿意让她在牙买加旅馆，和乔斯·梅林这样的男人生活在一起。”

他转过身，骑上马，双手握住缰绳。“还有一件事，”他坐在马鞍上喊道，“你见没见过你姨父的弟弟杰姆·梅林？就是住在特雷瓦萨的那个。”

“没有，”玛丽坚定地说，“他从没来过这儿。”

“啊，他真的没来过？好吧，我今天上午就想问你这么多。再见啦，二位。”他们骑着马嗒嗒地出了院子，上了道路，朝着远方坡顶奔去。

佩兴丝姨妈已经先于玛丽去了厨房，正坐在椅子上，瘫成一团。

“哎，打起精神来，”玛丽不耐烦地说，“巴萨特先生已经走了，他来这儿一无所获，因此非常生气。如果他发现那个房间散发着白兰地的气息，那情况就大不一样了。看样子，你和乔斯姨父已经逃过一劫了。”

玛丽给自己倒了一大杯水，一饮而尽。玛丽几乎要发脾气了。她为保住姨父撒了谎，而她其实十分渴望揭发他的罪行。她曾看过那个钉了木条的房间，想到几天前的夜里有马车来过，它空无一物的状态也就没什么好意外的了。但是，当玛丽看到那条令人厌恶的绳子时，她差点就没有忍住，她马上认出，这正是她见过的那根从梁上垂下来的绳子。而为了她的姨妈，她不得不一声不吭地呆呆站着。好吧，她已经犯了罪，现在无路可退了。无论是好是坏，她都已经成了牙买加旅馆犯罪团伙的一员。在喝第二杯水时，玛丽悲观地想，她有可能和她姨父一起被吊死。她想到，她不仅为救他撒了谎，还为帮助他的弟弟杰姆撒了谎。玛丽越想越气。杰姆也应该好好感谢她才是。她搞不懂自己为什么要为杰姆撒谎，他也许永远也不会知情；就算他发现了，也会将其视作理所当然。

佩兴丝姨妈仍在炉火前呜咽抽泣。玛丽没心情安慰她。她觉得单是今天一天，她为姨妈一家做的事就够多了。这整件事都让她感到不安。如果再在厨房里待下去，她怕是会恼怒地大叫出来。她走回放在养鸡场边菜园里的洗衣盆旁，将双手猛地插进现在已冰冷如石的灰色肥皂水里。

快到中午，乔斯·梅林才回来。玛丽听见他从房前走进厨房，他的妻子一见着他就喋喋不休地说起来。玛丽待在洗衣盆旁，决定让佩兴丝姨妈以她自己的方式解释发生的事情。如果他喊她求证，那她也有充足的时间进屋。

玛丽听不清他们说了什么，只听见姨妈的声音又尖又高，她的姨父则不时插嘴，严厉地提问。没过多久，他就透过窗户向她招手示意。她走了进去。姨父站在炉床边，两腿叉得很开，一脸凶相。

“过来！”他嚷道，“说吧。你来说说是怎么回事。你姨妈话倒不少，但我一句也听不明白，喜鹊都比她强些。究竟发生了什么？我就想知道这个。”

玛丽语气平静，略加斟酌，三言两语就把上午发生的事情说清楚了。除了巴萨特先生询问乔斯弟弟的事情，她将一切和盘托出。最后，她重复了巴萨特先生说的话：除非乔斯步他父亲的后尘，被吊死，否则人们夜里睡不踏实。

老板默默地听着。等她说完了，他用拳头狠狠砸了一下餐桌，咒骂起来，还飞起一脚，将一把椅子踢到了房间的另一侧。

“那个偷偷摸摸的狗杂种！”他咆哮道，“他根本没权利走进我的房子，谁都不行。他那治安官的委任状完全是在吓唬人，你们这两个傻瓜真是笨得出奇。根本就没这回事。上帝做证，要是我在这儿，我会让他回北山的时候连他老婆都认不出他来；就算她认出了，也会觉得他一无是处。娘的，看我不打爆他的狗眼！我要让这位巴萨特先生知道这一带谁是老大，要让他给我跪地求饶。他吓着你们了吧？他要是再敢玩他那套把戏，看我不烧了他的房子才怪！”

乔斯扯着嗓子喊着，那声音震耳欲聋。玛丽倒不怕他这个样子，这不过是他在虚张声势，是在做做样子。她知道，他压低声音轻声说话的时候，才会要人的命。像这样暴跳如雷，是因为他害怕。她看得出来，他的信心已严重动摇。

“给我弄点儿吃的，”他说，“我又要出去了，没时间浪费。别晃了，佩兴丝，再晃我非扇你的脸不可。玛丽，你今天干得不错，我不会忘的。”

玛丽直视着他的眼睛。

“你不会以为我那么做是为了你吧？”

“我懒得管你为什么那么做，结果都一样，”他回答说，“巴萨特那样的睁眼瞎无论如何都发现不了什么异常。他生下来脑袋就长错了地方。给我切一大块面包，闭上你的嘴，坐到桌头你们该坐的地方去。”

两个女人默默地坐下了。午餐进行得没什么波折。老板一吃完就站起身来，一声不吭径直去了马厩。按照玛丽的预想，他会再次牵着马出来，然后骑马上路。但一两分钟后，姨父又回来了。他穿过厨房，走到菜园的尽头，登上地里的阶梯。玛丽看着他跨过沼泽，走上了通向托尔博拉夫石山和科达石山的那个陡峭的斜坡。她犹豫了一会儿，脑子里突然冒出的一个计划让她左右为难。就在这时，头顶响起了姨妈的脚步声，玛丽终于打定了主意。她一直等到卧室门关上，然后才摘下围裙，从墙上的钉子上取下她厚厚的围巾，跟着姨父跑进了田地。等到了墙根底下，她蜷缩在石墙边，直到他的身影越过地平线，消失不见。然后，玛丽再次一跃而起，循着他走过的路，在杂草和石头间穿行。这无疑是一次疯狂而不明智的冒险，但她顾不了那么多了。在经历了上午的沉默之后，她需要发泄一下。

玛丽打算让乔斯·梅林保持在自己视线之内，当然同时又不能被他看见。通过这种方式，她也许会对他的秘密使命了解一二。她确信乡绅到访牙买加已改变了老板的计划，他这次突然步行横穿西沼泽的行动应该与此有关。现在还不到下午一点半，接下来的时间非常适合步行。玛丽穿着结实的鞋子和及踝的裙子，几乎顾不上崎岖不平的地面。脚下足够干燥，霜冻使地面变硬了。此外，她已习惯了赫尔福德海滩的潮湿和沙砾，以及泥泞的农家庭院，在沼泽里行走似乎不在话下。此前的漫游也让她学精明了。她尽可能走在高处，努力追寻着姨父留下的足迹。

在行走了数英里后，玛丽才开始意识到她任务艰巨。她不得不和姨父保持适当的距离，以免被看到，而他却大步流星。没过多久，玛丽就发现自己跟不上了。姨父已经越过科达石山，现在转身向西，朝着布朗威利山脚下的低地走去。虽然他个子不算矮，但看上去像贴在棕色沼泽地上的一个小黑点。

想到要攀登一千三百英尺左右的高山，玛丽不由得吃了一惊。她停了一会儿，擦了擦淌着汗的脸。她放下头发，想更舒服一些，并任由它们拂过脸庞。她搞不清牙买加旅馆的老板为何觉得必须在十二月的下午攀登博德明沼泽的最高点，但既然跟了这么远，她绝不能让自己的苦白吃。她又出发了，并且加快了速度。

脚下的地面现在浸着水，早霜已融化成水。由于是冬天的雨，她面前整片低洼的原野都发软、发黄，冰凉的湿气渗透到她鞋子里，黏糊糊的；她裙子的下摆溅上了泥点，有些地方已经裂开。玛丽把裙子提起来，用发带把它系在腰间，继续追踪着姨父留下的足迹。但他凭借长期锻炼出的快得不可思议的速度，越过了低地最难行的地段，玛丽只能勉强从黑石楠和布朗威利山脚下的大圆石中辨认出他的身影。然后，一堵拔地而起的花岗岩峭壁遮挡住了姨父的身影，她再也看不见他了。

要想找到姨父穿越沼泽时行走的路是不可能的了。他一闪就不见了。玛丽尽其所能地跟着，每走一步都踉踉跄跄。她知道这样做很傻，但她凭着一股执拗的蠢劲儿继续着。她不知道她的姨父究竟怎么走才能鞋袜不湿地穿越沼泽，但她很明智地绕了一大圈，以避开危险之地。就这样，她朝着错误的方向足足行走了两英里，才得以相对安全地穿行过去。她现在已落后得太多，赶不上了，想要再次发现姨父的踪影已经不可能了。

虽然如此，她还是开始攀登布朗威利山。在潮湿的苔藓和石头间，玛丽不断滑倒或跌倒，想爬上嶙峋的花岗岩的顶端也都徒劳无功。不时会有一只野绵羊被她弄出的动静吓到，从大圆石后面跑出，一边盯着她，一边跺它的蹄子。云朵正从西边升起，向下面的原野投下变化不定的影子，太阳躲到了云朵的后面。

山丘一片寂静。有一次，一只渡鸦嘶叫着，从她脚边跳起。它拍打着巨大的黑翅膀飞向空中，然后又发出刺耳的表示抗议的叫声，俯冲向下方的地面。

当玛丽抵达山顶时，晚云已在她头顶的高空聚集，世界灰蒙蒙一片。远处的地平线被渐浓的暮色抹去，薄雾从下面的沼泽升起。她花了差不多一个小时，才从最陡峭、最难攀爬的一面接近了石山。黑暗很快就会降临。她的鲁莽之举几乎毫无意义，她极目四望，不见任何活物。

乔斯·梅林早就消失得无影无踪。据她所知，他也许根本没有攀登石山，而是绕着山脚，从丛生的石楠和碎石间穿了过去。然后他开始独自行走，直到玛丽再也看不见他。无论他去了东边还是西边，都已被远处起伏的山丘吞没。

玛丽此刻恐怕不可能再找到他了。她现在最好以最快的速度，沿着尽可能短的路，从石山上下去，否则她很可能要在冬天的沼泽地里待上一夜，以黑黢黢的石楠为枕，除了突出的花岗岩峭壁再无其他避身之处。她现在觉得自己真傻，居然在一个十二月的下午冒险走这么远。经验表明，博德明沼泽上的暮光即将消失不见；黑暗来临时迅捷而突然，没有预警，太阳会立即消失；迷雾也充满危险，它们会从潮湿的地面升起，宛如云朵，白栅栏一样把沼泽围住。

玛丽感到既气馁又沮丧，所有的兴奋劲儿都消失了。她从石山陡峭的表面爬下，一边要警惕着下面的沼泽，另一边又要留意着即将降临的黑暗。她的正下方有一个池塘或泉眼，据说是奔流入海的福伊河的源头。她无论如何都要绕开那个地方，因为它周围的地面像沼泽般松软潮湿，危机四伏，泉眼本身也深不可测。

无论发生什么，她都必须镇定自若，不能向愈演愈烈的恐慌感低头。除了迷雾，这个夜晚还算不错，至少还不太冷。此外，她也并非绝无可能发现一条最终通向居民点的小径。

只要她始终在高地上行走，就不会遭遇来自沼泽的危险。于是，玛丽再次束起裙子，用围巾紧紧裹住肩膀，坚定地向前走去；在她拿不准的时候，就小心地感知一下地面，避开那些柔软的在她脚下屈服的草丛。她不知道她的目的地在哪里，但很显然，她只走了几英里，路便突然被一条溪流截断了。她先前并没有碰到过这条小溪，如果沿溪而行，那她只会再次回到那片低洼区域和沼泽。于是，玛丽不计后果地跳进溪流，水没到了膝盖以上。她并不担心鞋袜浸湿，只希望自己运气足够好，溪流不会更深，不然的话她只能游过去，浑身都会湿透。渐渐地，她面前的地面好像有所升高，真是太好了。玛丽坚定地走着，大胆穿越高高的丘陵，走向一个似乎遥不可及的地方，最后来到一条小径上。小径崎岖不平，向右前方延伸。这条小径上肯定曾行驶过两轮马车。玛丽可以跟着车辙，抵达马车可能去的地方。最糟糕的时刻已经过去。她的焦虑感现在也已消失。玛丽感到软弱无力，疲惫不堪。

她双腿发沉，仿佛在拖着不属于她的东西。她的眼睛似乎深陷到了她的脑袋里。她步履沉重地走着，大张着嘴，手耷拉在身体两侧。在玛丽看来，牙买加旅馆高高的烟囱自存在以来，也许是第一次，成了一种令人感到高兴、给人以慰藉的景象。小径变宽了，还与另外一条左右延伸的岔路交叉。玛丽犹豫不决地站了一会儿，不知道该走哪条路。就在此时，她听见了一声马发出的嘶鸣。马的嘶鸣声是从她左边的黑暗中传出来的，仿佛是因被骑得太久而感到不满。

马蹄踩在草皮上，发出一阵沉闷的嗒嗒声。玛丽站在道路中间，神经因为马的突然到来而绷得很紧。马从她面前的迷雾中出现，上面还骑着一个人。在昏暗的光线中，马和骑手幽灵般的身影让人感觉不像是真的。骑手看见了玛丽，连忙转向，并拉住马，以免撞到她。

“喂，”他喊道，“谁在那儿？出什么事了？”

他从马鞍上俯下身，注视着玛丽，大声惊叫起来。“一个女人！”他说，“你究竟在这里干什么？”

玛丽抓住缰绳，让倔强的马安静下来。

“你能把我带到大路上吗？”她问道，“我离家有好几英里，彻底迷路了。”

“老实点儿，”他对马说，“站着别动，行吗？你打哪儿来呀？我要是能帮你，肯定会帮的。”

他的声音低沉、温和。玛丽看得出，他是个有涵养的人。

“我住在牙买加旅馆。”她说。话刚出口，玛丽就后悔了：他现在肯定不会帮她了。仅仅这个名字就够让他丢下她策马离开，他也许会让她自己尽其所能地寻路。这么说真是太傻了。

不出她所料，那个人沉默了一会儿，但等他再次开口时，他的声音没有变化，还是一如既往地平静温和。

“牙买加旅馆呀，”他说，“那恐怕你走了不少冤枉路。你肯定是走反了方向。你知道吗，你现在在亨德拉丘陵这一带呢。”

“你说的我根本不懂，”她告诉他，“我以前从没走过这条路。在冬天的下午冒险走这么远，我也真够傻的。如果你能给我指出正确的路，我将感激不尽。一旦上了大路，用不了多久，我就能回到家了。”

他考虑了一会儿，然后翻身下马。“你累坏了，”他说，“再走一步恐怕都不行。况且我也不会让你那么做，我们离村子不远，你可以骑马到那里去。把脚伸过来，我帮你上马。”没多久，她就坐在了马鞍上。他站在下面，手抓着马勒。“这样好些，是吧？你肯定在沼泽地里走了很久，吃了不少苦头。你的鞋子都湿了，裙摆也是。你应该和我回家，烤干衣服，再休息一会儿，吃些东西，然后我会亲自把你送回牙买加旅馆。”他的声音里透着关怀，语调平静，却又不容置疑。玛丽放松了心情，叹了口气，暂时把所有负担都抛在一边，放心地把自己交给了他。他调整了一下缰绳，让她坐得更舒服些。就在他抬头看着玛丽时，玛丽才第一次看见了他帽檐下的眼睛。他的眼睛有些奇怪，玻璃一样透明，颜色淡得近乎白色，看起来有些不对头，她以前从没见过这样的眼睛；它们盯着她，细细地打量她，仿佛就能看穿她的想法。在他面前，玛丽觉得很放松，便任由他看了，况且她也并不在乎。他头戴一顶黑色的铲形帽，帽子下的头发也是白色的。玛丽有些不知所措地盯着他，他脸上不见皱纹，声音听起来也不像老人。

然后，玛丽感到一阵窘迫——她明白了这反常之处的原因，便移开了视线——他是个白化病患者。

他摘下帽子，在她面前露出了他的头。

“也许我最好自我介绍一下，”他微笑着说，“无论我们的见面有多么非同寻常，自我介绍都是免不了的。我叫弗朗西斯·戴维，是奥特尔南的教区牧师。”

7

房子静得出奇，很罕见，让人捉摸不透。就像是老故事中的一座房子，在一个仲夏夜被主人公发现。房子边上应该围了一圈荆棘，主人公用刀在荆棘间砍出一条路来。然后，他眼前出现一丛似锦繁花，硕大的花朵从没有人碰过。巨大的蕨类植物在窗下疯长，白色的百合花攀在长长的茎上。在故事中，常春藤应该爬满墙，堵住入口，房屋应该已沉睡一千余年。

玛丽幻想着，不由得笑了。她再次把手伸向了炉火。寂静令她感到惬意，舒缓了她的疲倦，带走了她的恐惧。这是一个与牙买加旅馆不同的世界：牙买加旅馆里的寂静令人感到压抑，充满恶意，房间因为被忽视而散发着臭味；这里则不同，她身处的房间有着那种在夜里被造访的客厅的静谧。家具，摆在中间的桌子，墙上的画，这一切让人觉得非常陌生，仿佛它们不属于这个时代，而是一些在子夜被人意外发现的正在酣睡的东西。有人曾居住在此，他们是一些快乐而又温和的人。其中应该有老迈的教区牧师，腋下夹着发霉的书；窗边应该有一个头发花白的女人，穿着一件蓝袍子，正弯着腰做针线活儿。这都是猴年马月的事了。这些人现在应该安眠在大门外的教堂墓地里，镌刻在他们墓碑上的名字已被苔藓覆盖，模糊难辨。在他们故去后，这座房子便与世隔绝，寂寥十分。而现在住在这里的那个人则承袭了故人的品性，使一切依然如故。玛丽看着那人为晚餐摆放餐具，不禁想到，他让自己与房间里的氛围融为一体，实在是明智之举。如果换作别人定会觉得这寂静令人局促不安，也许会试图闲聊，或者碰碰杯子。她用眼睛扫视着房间，发现墙上全无与圣经主题有关的东西，锃亮的书桌上也没有纸张和书籍，和她印象中教区牧师的客厅完全不同。不过她并没觉得有什么不妥。角落里放着一个画架，画布上是画了一半的道兹玛利湖。应该是在一个阴天画的，空中有雨云，水面上没有粼粼波光，灰蓝灰蓝的，没有风。画中的景色吸引了她的眼球，令她痴迷。她对绘画一窍不通，但那幅画很生动，她几乎能感到雨落在了自己的脸上。他肯定注意到了玛丽的视线的方向，他走向画架，把画翻了过去。“别看那个，”他说，“画得匆忙，我都没时间画完。如果你喜欢画儿，应该看画得更好的。不过，我要先招呼你吃晚饭。坐着别动，我把桌子给你搬过来。”

对玛丽来说，让人伺候真是新鲜。但他看起来沉着自然，几乎不露痕迹，显得大大方方，仿佛每天都是这样。她也丝毫不觉尴尬。“汉娜住在村子里，”他说，“她每天下午四点离开。我更愿意靠我自己。我喜欢给自己做晚餐，然后我就可以自由安排时间。幸运的是，她今天做了苹果馅饼。我希望你能多吃点，虽然她做的馅饼水平一般。”

他给她倒了一杯热气腾腾的茶，往里面添了一小勺奶油。她还没习惯他的白头发和白眼睛，它们与他的声音形成了鲜明对比，黑色的牧师服则让它们更引人注目。她仍有些疲惫，对周围的环境也仍感到陌生。他也尊重她想保持沉默的想法。玛丽大口吃着晚餐，不时从茶杯后面瞄他一眼，但他似乎立即就能感觉到她在看他。他会把他的白眼睛转向她，冷冷地盯着，就像一个盲人的凝视那样无动于衷却具有穿透力。玛丽只好把眼睛移开，扭过头看房间石灰绿色的墙壁或角落里的画架。

“我今晚能在沼泽上遇见你，可谓神意。”他慢吞吞地说。玛丽已把盘子推到一边，再次蜷缩在椅子上，一只手捧着下巴。房间里的暖意和热茶令她昏昏欲睡，他温和的声音听起来显得很遥远。

“因为我的工作，我有时候会去偏远的茅舍和农场，”他接着说，“今天下午我帮着接生了一个孩子。这个孩子会活下去，孩子的母亲也是。这些沼泽里的人吃苦耐劳，什么都不在乎，你可能自己也已经注意到了。我十分敬重这些人。”

玛丽一言不发。在她的印象中，那伙去牙买加旅馆的人并不值得尊重。空气中弥漫着玫瑰花的香气。她想知道它来自哪里。就在此时，她第一次注意到，在她的椅子后面的茶几上，摆着一碗晒干的花瓣。他又开始说话了，口气还是那么温和，但透着一丝坚持。

“你今晚为什么在沼泽地里乱跑？”他说。

玛丽清醒过来，盯着他的眼睛。他低头凝视着，眼神里流露出无限怜悯，让她不由得想闯进他眼里的柔情。

她几乎不知道是怎么回事，只听见自己正在回答他的问题。

“我遇上了大麻烦，”她说，“我有时候想，我会像我姨妈那样变得神智不清。你在奥特尔南肯定也听过一些传言，可能你不过耸耸肩便置之不理。我来牙买加旅馆才一个多月，但好像已经过了二十年。让我揪心的是我姨妈。我要是能让她和我一起离开就好了，可她不会离开乔斯姨父，尽管他待她一点也不好。每晚睡前我都在想，马车的响声会不会惊醒我。头一回有六七辆马车，运来了大包和箱子，那些人把它们搬进了走廊尽头那个钉了木条的房间。那晚有一个男人被杀了。我看见绳索悬在楼下的梁上……”她突然停了下来，脸变得通红，“我从没给任何人说过，”她说，“这话自己从我嘴里跑出来了，我再也不能保守秘密了。我真不该说这些。我干了一件蠢事。”他没有回答，而是沉默了一会儿，想让她平静一下。然后，当她恢复过来，他开口了。他语调温和而缓慢，就像父亲安慰受到惊吓的孩子。

“别害怕，”他说，“我会替你保守秘密的。除了我，谁也不会知道这个。你也知道，你太累了。是我不好，我不该带你来这个暖和的房间，逼你吃东西，应该先让你睡上一觉才是。你肯定在沼泽地上待了好几个小时。再说了，这里和牙买加之间有些地方很不好走。沼泽地在每年的这个时候总是最危险的。等你休息好了，我会把你送回那个牢笼。你要是愿意，我还可以亲自为你向老板解释。”

“啊！你千万不要那么做！”玛丽连忙说，“如果他对我做的事情有半点怀疑，他就会先杀了我，再杀了你。你不明白。他是个亡命之徒，绝不会收手的。算了，到了万不得已的时候，我就从门廊爬进我卧室的窗户。这样的话，他肯定永远不会知道我来过这里，还见过你。”

“你是不是想得有些多了？”教区牧师说，“我知道，我肯定显得没有同情心，还有点冷酷无情。但这是十九世纪，人们不会无缘无故地相互杀戮。我相信我和你姨父一样有权把你赶到国王公路上。既然说了这么多，你难道不觉得最好把剩下的情况也给我讲讲吗？你叫什么名字？你在牙买加旅馆生活多长时间了？”

玛丽抬起头，看着他苍白脸庞上那双苍白的眼睛，和他那剪成平头的白发周围的光晕。她再次觉得，这个人的性格是如此奇怪。他也许才二十一岁，也许已经六十岁了。如果他有心问她，他那温和、循循善诱的声音会使她道出她隐藏的所有秘密。她可以信任他，至少这一点是肯定的。尽管如此，她还在犹豫该怎么说。

“说吧，”他微笑着说，“我又不是没听过别人的忏悔。不是在奥特尔南这里，而是在爱尔兰和西班牙。你要讲的故事，对我来说不会像你以为的那样离奇。牙买加旅馆之外的世界可大着呢。”

他的话语令她觉得自己微不足道，还有些困惑。尽管他把握着分寸，态度也和蔼可亲，却仿佛在嘲笑她，在内心深处认为她歇斯底里、少不更事。于是，她一股脑地讲起她的故事，其中难免有些颠三倒四，从她在酒吧的第一个晚上开始，又倒回来讲到她是如何来到旅馆。她讲的故事听起来平淡无奇，难以令人信服，就连知道真相的玛丽本人也这么认为。此外，她非常疲倦，讲起故事来很吃力，时常不知所言，不得不停下来思考再接着讲下去，重复前面已经说过的事。他耐心地听她讲完，没有发表看法，也没有提出疑问，但她觉得他的白眼睛始终注视着自己。时不时地，玛丽可以出于本能地感受到，甚至等待着，他喉结活动的动作。玛丽继续说起她所承受的恐惧、苦闷和怀疑，可就算在她自己听来，也仿佛出自一个过度兴奋的头脑的天马行空，姨父和那个陌生人在酒吧里的对话变成了精心设置的废话。她感觉到，而非发现，教区牧师对她说的话有些怀疑。她不顾一切地想使她现在有些荒唐、过度渲染的故事变得温和一些，结果发现原是故事中大反派的姨父，却成了一个普普通通的乡下恶棍，酗酒成性，每个星期揍他妻子一次；那些马车也变得不再危险，和邮递员的马车差不多，为了加快送达而在夜里行驶。

北山的乡绅今天早些时候的到访倒有些说服力，但那个空空荡荡的房间又使高潮突降。故事中唯一听起来有些真实的部分，是她下午在沼泽中迷失了方向。

等她讲完了，教区牧师从椅子上站起来，开始在房间里踱步。他轻声吹着口哨，不停地摆弄他外套上的一个扣子。扣子松了，悬在一根线上。然后，他来到炉床边，停下脚步，背对着火，低头看着她。但是，从他的眼神里，她什么也看不出来。

“我相信你，毫无疑问，”过了一会儿他说，“你的神色不像是在说谎。我怀疑你是否知道歇斯底里是什么意思。但你的故事在法庭上行不通，至少你今晚这个讲法肯定不行。它太像虚构的故事了。还有就是，尽管我们都知道，走私是一件不光彩的事，一种严重犯罪，但它在整个地区都很猖獗，一半的治安官都心知肚明。这让你感到吃惊，对吧？可我向你保证，这是实情。如果法律更严格，监管力度更大，你姨父在牙买加旅馆的那个小巢穴早就被捣毁了。我见过巴萨特先生一两回，相信他是个可靠、诚实的人，但不瞒你说，他有点儿傻。他喜欢吓唬人，说大话，仅此而已。除非我猜错，否则他会对今天上午的搜查守口如瓶。他实在犯不着走进旅馆，搜查房间，如果人们知道他这么大费周折却一无所获，他就会成为这一带的笑柄。不过，我可以告诉你，他的到访会吓坏你姨父，你姨父现在会老实一阵子，暂时不会有马车去牙买加旅馆了。我觉得你大可以放心。”

玛丽听着他的推理，有些疑虑。她曾希望，一旦她的故事的真实性得到认可，他就会大吃一惊，但他现在显然无动于衷，根本没有把它当回事。

他发现了她脸上的失望表情，又开口了。

“如果你不反对的话，我可以见见巴萨特先生，”他说，“把你讲的东西给他讲讲。但是，除非他能够当场抓住你姨父，也就是说，院子里有马车，否则定你姨父罪的可能性很小。这一点你必须牢记。我知道我说的话听起来没有什么用处，但无论从哪方面看，局面都比较困难。还有就是，你不想让你姨妈牵涉进去，但如果要定罪的话，我看不出她究竟怎样才能置身事外。”

“那么，你会给我提什么建议？”玛丽无助地问道。

“如果我是你，我会伺机而动，”他回答说，“密切关注你姨父的动向，等马车真的又来了，你可以立即向我报告。然后我们可以一起决定怎样采取行动为好。也就是说，如果你还愿意相信我的话。”

“那个消失的陌生人怎么办？”玛丽说，“他被杀害了。我可以肯定。你是不是想说，我们对此无能为力？”

“恐怕是这样的，除非他的尸体被发现，可这根本不可能，”教区牧师说，“就此而言，他很可能根本没有被杀。请原谅我，但我觉得你的想象力有些过于丰富了。记住，你看到的不过是一根绳子。如果你确实看到那个人死了，就算受伤了也行，那么情况就完全不同了。”

“我听见我姨父威胁他，”她坚持说，“这还不够吗？”

“我亲爱的孩子，人们一年到头天天相互说狠话，也就是说说而已。现在，听我说，我是你的朋友，你可以相信我。如果你什么时候感到担忧或困惑，我希望你来找我说说。从你今天下午的表现来看，你不怕走路。沿着公路走，奥特尔南也才几英里远。如果你来的时候我不在，那么汉娜会在这里，她会照顾你的。啊，这是我们之间达成的协议，对吧？”

“非常感谢。”

“现在穿上你的袜子和鞋子吧，我去马厩把马车套上。我会把你送回牙买加旅馆。”

玛丽不愿意回去，可又不得不面对现实。这个房间气氛安宁，烛光淡淡，炭火温暖，椅子宽阔，与牙买加旅馆寒冷、阴森的走廊，以及她自己那个位于门廊上的斗室，形成了鲜明对比。她无论如何都要避免做这种对比。她脑子里牢记着一件事，那就是只要她愿意，她可以随时回到这里。

夜色晴朗。傍晚的乌云已消失，天空繁星点点。玛丽挨着弗朗西斯·戴维，坐在双轮马车高高的座位上，身上裹着一件天鹅绒领面的厚大衣。拉车的马不是她在沼泽上遇见他时他骑的那一匹，而是一匹灰色的马，这匹马在马厩里充分休息过，因而精神抖擞，跑起来风驰电掣。那真是一段奇异又令人畅快的行程。风吹着玛丽的脸，吹痛了她的眼睛。因为山丘陡峭，他们从奥特尔南开始的上坡路最初行驶得很缓慢，但现在驶上了公路，朝着博德明奔去。教区牧师用鞭子抽着马匹，直打得它耳朵平贴，疯了一样飞奔。

马蹄在坚硬的白色公路上嗒嗒地响着，路面上扬起尘埃，晃得玛丽朝她的同伴身上摔去。他并没有试图勒住他的马。她抬头瞥了他一眼，发现他在微笑。“快跑，”他说，“快跑，你可以比这跑得更快。”他的声音低沉，透着兴奋，仿佛在自言自语，让人觉得不正常，有点儿吓人。玛丽感到有些困窘，仿佛他已进入另一个世界，忘了她的存在。

玛丽坐在那里，得以第一次观察他的侧面。她发现他的相貌轮廓很清晰，细细的鼻子挺立显眼。也许就是那与生俱来的特质，从一开始就把他创造成了白色，使他与她以前见过的人都不一样。

他看上去像只鸟。他缩在座位上，黑色的斗篷大衣被风吹起，双臂宛如翅膀。她分辨不出他究竟有多大，任何岁数都有可能。就在此时，他俯下头，冲她笑笑，看上去又像个人了。

“我喜欢这些沼泽，”他说，“当然了，你刚接触它们时印象不好，因此可能无法理解。如果你像我这样了解它们，见过各种氛围中的它们，无论冬夏，那么你也会喜爱它们。它们有一种和这里任何地方都不同的魅力。这些沼泽已经存在很久了。我有时候觉得，它们是另外一个时代的幸存者。沼泽是第一批被创造出来的东西，然后才是森林、峡谷、海洋。你哪天日出前登上拉夫石山，听听石头缝间的风声，就会明白我说的是什么意思。”

他说话的时候，玛丽一直在想她家乡的教区牧师。他是个快活的小个子，有一长溜和他长得一模一样的孩子。他的妻子会做蜜李酱。他总是在圣诞节说同样的布道词，他的教民可以随时给他提词。她想知道弗朗西斯·戴维在自己的教堂里会说什么。他会说起拉夫石山，或是道兹玛利湖上的光吗？他们现在到了公路上的那个低洼处。密密的树丛生长在福伊河边上，形成了一个微型河谷。在他们的前面，是向上延伸、无遮无拦的高地。玛丽已能够看见天空映衬下的牙买加旅馆高高的烟囱。

旅程的终点到了，欣悦的心情也离她而去。那种对姨父的恐惧和厌恶又回到了玛丽的心头。教区牧师在院子不远处勒住马，把车停在草坡的避风处。

“看上去没有人啊，”他平静地说，“就像座死人的房子。你想让我敲门吗？”

玛丽摇了摇头。“门闩总是上着，”她低声说，“窗户钉了木条。我的房间在门廊下面，如果你让我踩着你的肩膀的话，我可以爬上去。在老家的时候，我爬过比这还糟糕的地方。我的窗户就在上面，是开着的。一旦上了门廊，就容易多了。”

“你会在石板上滑倒的，”他回答说，“我不能让你这么做。太荒唐了。就没有别的法子进去吗？后门怎么样？”

“酒吧门会上闩，厨房也会，”玛丽说，“你要是愿意，我们可以悄悄走一圈，确定一下。”

玛丽领着路，到了房屋的另一侧。突然，她转向他，将一根手指放在自己的嘴唇上。“厨房里有亮光，”她低声说，“说明我姨父在那儿。佩兴丝姨妈一向睡得早。窗户没窗帘。要是我们经过，他会看见我们的。”她斜倚着房屋的墙壁。同伴示意她别动。

“很好，”他说，“我会小心不让他看见我的。我过去看看窗户里面。”

玛丽看着他走到窗子一侧。他在那里站了几分钟，凝视着厨房里面，然后示意她跟上来，脸上又露出那种她曾见过的紧张的微笑。在他的黑色铲形帽的映衬下，他的脸显得非常苍白。“今晚不用和牙买加旅馆的老板发生争执了。”他说。

玛丽顺着他的视线，凑近窗户。厨房里只亮着一根斜插在瓶子里的蜡烛，蜡烛已烧了半截，大滴的蜡油积在一侧。风从敞开的通向菜园的门里钻了进来，烛火摇曳，发出噼里啪啦的声响。乔斯·梅林躺在桌子上，酩酊大醉，粗壮的双腿大叉着，帽子扣在后脑勺上。他的眼睛盯着淌着蜡油的蜡烛，目不转睛，像死了一样。桌子上还躺着一个瓶子，瓶颈碎了。瓶子旁边放着一个空玻璃杯。泥炭火已经熄灭。

弗朗西斯指着敞开的门。“你可以走进去上楼睡觉，”他说，“你姨父甚至看不见你。进去后闩好门，吹灭蜡烛，不需要点着灯。晚安，玛丽·耶伦。如果你什么时候遇到麻烦需要我的话，尽管来吧，我会一直在奥特尔南等你。”

说完，他便转过房屋的一角离开了。

玛丽蹑手蹑脚地走进厨房，关上门，上好闩。如果她乐意，她甚至可以把门一摔，即使那样也不会惊醒姨父。

他已经去了他的天国，小小的世界对他来说已不复存在。她吹灭他旁边的蜡烛，把他一个人留在了黑暗之中。

8

乔斯·梅林一连醉了五天，大部分时间都不省人事，四仰八叉地躺在厨房里的一张床上。那张床是玛丽和姨妈临时铺成的。他睡觉时大张着嘴，鼾声在楼上的卧室都能听见。到了大约傍晚五点，他会醒来半个小时左右，像孩子一样哭嚷着要白兰地。这时，他的妻子会立即走到他身边，放好他的枕头，再给他喝点儿度数低的、掺水的白兰地，像对待一个生病的孩子那样轻声和他说话，把酒杯举到他的唇边。他会瞪着充血的眼睛，打量着四周，自言自语地咕哝几句，像条狗那样抖个不停。

佩兴丝姨妈变了个样，她显得非常冷静，颇有头脑，令玛丽深感意外。她全心全意地照顾她的丈夫，尽职尽责地为他做这做那。玛丽看着姨妈给他更换毯子和衣物，内心感到非常厌恶——她甚至不愿意靠近他。佩兴丝姨妈把这视为理所当然，他劈头盖脸的咒骂和喊叫似乎并未吓到她。只有在这种时候，她才能控制他，他也才会毫无怨言地让她用毛巾和热水擦拭他的额头。然后，她会把新毯子塞到他身下，梳理他乱糟糟的头发。不一会儿，姨父就会再次睡去，脸色发紫，嘴巴大张，舌头伸着，鼾声如牛。厨房里没法长期住人，于是玛丽和姨妈将那个不用的小小客厅改造成了她们的临时居所。佩兴丝姨妈第一次像个同伴的样子了。她会愉快地讲起她在赫尔福德度过的日子，当时她和玛丽的母亲都正值青春。佩兴丝姨妈轻快、敏捷地在房子里忙上忙下。有时候，在她进出厨房时，玛丽会听见她哼一些老圣歌的片段。乔斯·梅林好像每两个月就会如此大醉一场，以前间隔的时间要长一些，现在则变得越来越频繁，佩兴丝姨妈永远拿不准他什么时候会醉成这样。眼下这次醉酒显然是巴萨特先生的到访造成的。佩兴丝姨妈对玛丽说，他当时非常生气且不安，傍晚六点从沼泽回来，便径直去了酒吧。在那时，她就知道会发生什么了。

佩兴丝姨妈欣然接受了外甥女在沼泽里迷路的解释。她只让玛丽千万当心那些沼泽，就没再说什么。玛丽不由得长舒了一口气。她不想细说这次冒险，下定决心对她和奥特尔南教区牧师的相遇只字不提。在乔斯·梅林不省人事地躺在厨房的五天里，两个女人的日子过得还算安宁。

天气寒冷，天色阴沉，玛丽不想离开房子。直到第五天上午，风停了，太阳露出了脸。尽管几天前才遭遇过危险，但玛丽还是决定再次勇闯沼泽。老板在九点醒了，开始扯着嗓子喊叫。伴随着他闹出的动静，一股从厨房飘出的气味弥漫到了房子其他地方。玛丽看见佩兴丝姨妈胳膊上搭着毯子匆匆奔下楼来的样子，不由得对这一切感到恶心。

玛丽深感惭愧。她用手帕包了一块面包，溜出房屋，跨过公路，向沼泽走去。她这次决定朝吉尔玛方向的东沼泽行进。她有整整一天时间，不用担心迷路。她一直在想弗朗西斯·戴维，那个奇怪的奥特尔南教区牧师。她意识到，他没有讲多少他自己的情况，却用一个晚上就了解完了她的一生。玛丽心想，在道兹玛利的水边画画时，他一定看上去非常奇异，也许没戴帽子，白发的光晕笼罩在他的头的周围；还会有海鸥从海上飞到内陆，在湖面上掠过。他看上去就像是荒野里的以利亚[1]。

她想知道他为什么会当上牧师，又是否为奥特尔南的人们所喜爱。现在已临近圣诞，家乡赫尔福德的人们会用冬青树、常青树和槲寄生进行装饰。人们还会烤很多馅饼和蛋糕，还有肥腻的火鸡和鹅。那个小个子教区牧师会一脸喜气洋洋，对着他的教众眉开眼笑。到了圣诞节前夕，在喝过茶之后，他会去特雷洛瓦伦喝上一杯黑刺李杜松子酒。弗朗西斯·戴维也会用冬青树装饰他的教堂，为人们祈福吗？

有一件事可以肯定：几乎不会有欢乐的气氛存在于牙买加旅馆。

玛丽走了一个多小时后才停住脚步，一条小溪挡住了她的去路。小溪在山谷间穿过，周围湿地环绕。她对这一带并不熟悉，当她越过前面石山光滑的绿色表面向远处望去，看见吉尔玛石山宛如一只叉开的手，手指直插天空。玛丽再次凝望着特雷瓦萨沼泽。她第一个周六曾在那里游荡，但这一次她转向了东南方向。在明媚的阳光照耀下，那些山丘仿佛改变了模样；小溪在石头上汩汩地欢快流淌，清浅的溪流对面有一道可涉水而过的水闸。沼泽向她的左侧延伸。在轻风吹拂下，草丛波浪般起伏，一起颤动、叹息，沙沙作响。一派诱人的浅绿间夹杂着一丛丛杂草，粗壮的草叶泛黄，叶尖

1　《圣经》中一位神秘的以色列先知，“法力”无边，能让人起死回生。

呈现出褐色。

这一丛丛杂草其实是危险的沼泽岛，就宽度而言看似坚实，但重量上轻如蓟花冠毛，一旦有人踏上去就会下沉。石板色的小水潭零零落落，泛着涟漪，腾起泡沫，变成黑色。

玛丽背向沼泽，蹚过水闸，到了小溪对岸。她在高地上沿着山谷间蜿蜒的小路走着，下面是流淌着的小溪。今日天空云朵不多，投下的阴影自然也少。沼泽翻滚而去，在阳光照耀下犹如沙滩。一只形影相吊的麻鹬站在溪流旁，望着自己的倒影，若有所思。然后，它以迅雷不及掩耳之势，把长长的喙扎进芦苇，刺中软泥，一扭头，一缩腿，飞到空中，悲鸣着，向南飞去。

肯定有什么惊扰了它。不一会儿，玛丽就见到了惊扰它的东西：几匹矮种马从远处的山丘嗒嗒跑下，冲进溪流里喝水。它们欢腾地在石头间跳跃，相互推挤，尾巴在风中飞扬。这些马儿肯定是从左侧的一道水闸过来的，这道水闸就在前面不远处，很宽，被一块参差不齐的石头支撑着，通向一条崎岖不平、满是泥巴的田间小径。

玛丽靠在水闸上，观察着那些矮种马。透过眼角的余光，她看见一个男人在小径上走着，两手各拎着一个桶。她正要动身，绕过山丘的转弯处继续前行，却见那个男人把一个桶举起来挥动，冲她喊叫。

原来是杰姆·梅林。躲是来不及了。她站在那里，直到他走近。他上身穿着一件可能压根儿没见过洗衣盆的肮脏衬衫，下身是一条脏兮兮的棕色马裤，马裤上沾满马毛和来自户外厕所的脏东西。他既没戴帽子，也没穿外套，下巴上胡子拉碴的。他对着玛丽咧着嘴笑，他哥哥二十年前看起来也准是这副模样。

“这么说，你还是来找我了？”他说，“我没料到你来得这么快，否则我会烤面包招待你。我三天没洗澡了，一直靠吃土豆活着。喂，拿住这个桶。”

她还来不及反对，他就把一个桶塞到了她手里，然后下到水里去追矮种马了。“给我回来！”他喊道，“你们给我回来，别把我喝的水弄脏！回来呀，黑不溜秋的大魔鬼！”

他用桶底击打着那匹最大的矮种马的屁股。马群从水里出来，尥着蹶子奔向山丘。“都怨我没有关好水闸，”他冲玛丽喊道，“把另外那个桶拎过来，小溪那边的水挺清的。”

她拎着桶走向小溪。他给两个桶都装满水，然后扭过头，冲着她咧嘴一笑。“要是我不在家怎么办？”他一边说，一边用袖子擦了擦脸。玛丽忍不住笑了。

“我压根不知道你住在这儿，”她说，“说真的，我虽然走了这条路，却从来没想过找你。要是知道的话，就向左转了。”

“我才不信你的鬼话，”他说，“你肯定动身时就想着见我，装也没用呀。好了，你来得正是时候，可以给我做做晚饭。厨房里有一块羊肉。”

他领着她走上那条泥泞的小径，拐了个弯，来到了一座建在山丘旁的灰色农舍前。农舍后面有一些附属建筑，以及一块种着土豆的地。一缕细烟从低矮的烟囱里冒出。“火还烧着，炖碎羊肉花不了多长时间。你会做饭吧？”他说。

玛丽上下打量着他。“你是不是经常这样使唤别人？”她问道。

“我哪有那么多机会呀，”他对她说，“可你既然来了，不妨停停再走。自打我母亲死后，饭都是我自己做的。从那时候起，这座农舍就没见过一个女人。进来吧，愣着干吗？”

她跟着他进了屋。门很矮，他进去时低着头，她也跟着照做了。

房间很小，方方正正的，只有牙买加旅馆厨房的一半大，角落里有个开口的大壁炉。地板上肮脏不堪，散落着垃圾：土豆皮、卷心菜茎、面包屑。房间里到处都是零零碎碎的杂物，所有东西上都落了一层泥炭火的灰烬。玛丽沮丧地环视着四周。

“你从来都不打扫卫生吗？”她问他，“这厨房都变成猪窝了。你也不觉得丢人吗？把那桶水给我留下，再给我找一把扫帚。在这么个地方我可吃不下饭。”

玛丽立即开干。她爱整洁的天性被污垢和肮脏激发了出来。不到半个小时，她就把厨房收拾得焕然一新，石头地板潮湿而闪亮，垃圾被清理得干干净净。她在橱柜里找到了餐具和一块桌布，并把它们摆放在桌面上。与此同时，羊肉在火上的锅里炖着，锅里还有土豆和芜菁。

气味很好闻。杰姆走进门来，像条饿狗那样嗅着。“我真该养个女人，”他说，“我算是看明白了。你愿不愿意离开你姨妈，过来照顾我？”

“那你得付我好大一笔钱才行，”玛丽说，“我开的价格你肯定付不起。”

“女人一向抠门儿，”他一边说，一边坐在桌子旁，“我不知道她们是怎么花钱的，她们好像从不花钱。我母亲就是那样。她过去常常把钱藏在一只旧袜子里，我连钱是什么颜色都不知道。赶快吃晚饭吧。我肚子饿得像被虫子咬过。”

“你等不及了是吧？”玛丽说，“你连一句感谢的话都不说给做饭的人听？把手拿开，这盘子烫手。”

她把热气腾腾的羊肉端到他面前。他咂巴起了嘴。“你还是从你来的地方学了点东西的嘛，”他说，“有两样事情女人天生就会，做饭就是其中之一。给我拿一壶水，好吗？大水罐在外面。”

但玛丽早已给他倒好了一杯。她默默地把这杯水递给了他。

“我们都是在这儿出生的，”杰姆一边说，一边抬头仰向天花板，“在上边的房间里。乔斯和马修都成年了，我还是个拽着母亲裙子的小屁孩儿。我们几乎没见过父亲，但只要他在家，我们肯定就会知道。我记得他有一回朝母亲扔了一把刀，刀划破了她眼睛上面的地方，血从脸上流了下来。我吓坏了，跑到角落里的炉火旁躲了起来。母亲什么也没说，只是用水洗了洗眼睛，然后给我父亲做了晚饭。我真觉得她是个勇敢的女人，尽管她话不多，也从没让我们吃上过饱饭。在我小时候，她还算宠我，可能是因为我是最小的孩子。只要她不看着，我的哥哥们就会揍我。他们可从来不像你想的那样亲切，我们算不上什么相亲相爱的一家人。我曾经见过乔斯揍马修，直到把他揍趴下。马修是个搞笑的魔鬼。他爱静，更像我母亲。他淹死在那边的沼泽里了。在那种地方，你就算使劲儿喊，把肺喊炸，除了一两只鸟和一匹迷路的马，也没人能听得见你的声音。我自己就差点儿在那儿把小命儿丢了。”

“你母亲去世多久了？”玛丽问道。

“到今年圣诞就七年了，”他一边回答，一边又给自己捞了一些炖羊肉，“我母亲看着我父亲被吊死，马修淹死了，乔斯去了美洲，我又像鹰一样野，后来她就变得很虔诚，一到时间就在这儿祈祷，呼求着主。我受不了那个，于是躲得远远的。我在帕德斯托的一艘纵帆船上干了一段时间，但航海不合我的胃口，于是我就回家了。我发现母亲瘦得皮包骨头。‘你应该多吃点儿。’我对她说，可她不听我的，于是我又离开了，在普利茅斯待了一阵子，用我自己的法子弄一两个先令。等到了圣诞节我回到这儿吃圣诞晚餐时，才发现这地方被闲置了，门锁着。我气坏了。我那时已经整整一天没吃东西了。我回到北山，他们告诉我，我母亲死了，三个星期前就给埋了。要是我一直待在普利茅斯，说不定还能吃上一顿圣诞晚餐。你后面的橱柜里有一块奶酪。你不吃一半吗？里面有蛆，不过你吃了也不碍事。”

玛丽摇了摇头。她让他站起来，自己去拿。

“你怎么了？”他说，“你看上去就像个生了病的母牛。羊肉都让你觉得反胃了？”

玛丽看着他回到座位，把那一大块干奶酪抹在一块不太新鲜的面包上。“在康沃尔这地方，如果梅林家的都死绝了，倒是一件好事，”她说，“一个地区就算有病，也比有你们这家人强。你和你哥哥天生就既偏执又邪恶。你就从没想过你母亲遭了什么罪吗？”

杰姆还没把面包和奶酪送到嘴边就停住了，吃惊地看着她。

“我母亲挺好的呀，”他说，“她从不抱怨。她习惯我们了。你瞧，她十六岁就嫁给了我父亲。根本还顾不上受罪，一年后乔斯就出生了，然后是马修。她把时间都花在了养育他们上。等到他们长大成人了，我又出生了，一切又要从头再来。我就是个意外，我就是的。父亲在朗瑟斯顿的集市上卖了三头不属于他的牛，然后喝醉了。要不是因为那样，我现在也不会坐在这里和你说话。把水壶递过来。”

玛丽已经吃完了。她站起来，默默地收起盘子。

“牙买加旅馆的老板怎样了？”杰姆一边说，一边靠回椅子，看着她把盘子浸到水里。

“醉着呢，和他父亲一个德行。”玛丽简单地回答道。

“乔斯会被那个毁了，”杰姆严肃地说，“他把自己喝得不省人事，像根木头一样一躺好几天。他早晚非喝死不可。真是他娘的傻瓜！这一回持续了多久？”

“五天。”

“噢，那对乔斯来说根本不算什么。如果你由着他，他能躺一个星期，然后他会醒过来，像个刚生下的牛犊那样颤颤巍巍地站起来，嘴乌青得和特雷瓦萨沼泽有一拼。等他把酒喝得差不多了，剩下的也被身体吸收了，那你可要当心他。他到那时又成了个害人的家伙。你自己可千万要小心。”

“他碰不了我，我会当心的，”玛丽说，“他有的是烦心事儿，多得够他忙活了。”

“别神神秘秘的，都暴露了，瞒也瞒不住啊。牙买加旅馆出什么事了？”

“这要看你怎么看了。”玛丽说。她一边擦拭盘子，一边看着他：“我们上个星期招待了从北山来的巴萨特先生。”

杰姆啪地把他的椅子撞在地面上。“你们干的这叫什么事呀！”他说，“那个乡绅对你们说了什么？”

“乔斯姨父不在家，”玛丽说，“巴萨特先生非要走进旅馆，搜查了那些房间。他把走廊尽头的那道门砸坏了，他和他的仆人一起干的，但房间里什么也没有。他好像很失望，非常意外的样子，然后就怒气冲冲地骑马走了。他还顺便打听了你的情况。我对他说，我压根儿就没见过你。”

在玛丽讲述相关情况时，杰姆吹着不着调的口哨，面无表情。但当她就要把话说完，提到他的名字时，他眯起了眼睛，然后哈哈大笑。“你干吗对他撒谎呀？”他问道。

“在当时那种情况这么做好像能少惹一些麻烦，”玛丽说，“如果让我再考虑一会儿，我肯定会把真相和盘托出。你没干什么见不得人的事，对吧？”

“没什么大不了的，除了你在小溪边见到的那匹黑色矮种马，那是他的，”杰姆满不在乎地说，“它上个星期还是灰色的，身上有斑，对那个乡绅来说值一小笔钱，他亲自把它养大的。我要是运气好的话，能用它在朗瑟斯顿换几个英镑。来瞅瞅这匹马吧。”

他们走到屋外的阳光下面。玛丽用围裙擦了擦手，在屋门口站了一会儿，杰姆则走到马那里去了。房屋坐落于柳条溪之上的山坡上。柳条溪在山谷绵延，消失在更远处的山丘之中。房屋后面是一块开阔、平坦的草地，草地的另一头一直延伸到那些大石山处，像一片放牛的牧场，一望无际，只有陡峭、危险的吉尔玛山巍然屹立在那儿。这肯定是那个名叫十二人泽的地方。

玛丽想象着，还是个孩子的乔斯·梅林从这里的门口跑出来，蓬乱的刘海垂在眼睛上；他母亲瘦削、孤单的身影站在他后面，抱着胳膊，疑惑地看着他。在这座小屋的屋顶下，肯定有过一个悲伤、沉默、愤怒和痛苦的世界。

只听得一声喊叫，马蹄声响起，杰姆骑着那匹黑色矮种马，转过房屋的角落，向她奔来。“这就是我想卖给你的那个家伙，”他说，“可你就是太不舍得花钱了。它能把你驮得稳稳当当的。那个乡绅养它，就是为了让他老婆骑。你确定不改变主意吗？”

玛丽摇摇头，哈哈大笑。“我觉得，你想让我把它拴在牙买加的马厩里，”她说，“等到巴萨特先生再来拜访，他不大可能认出它，对吗？谢谢你不怕麻烦把它骑过来，可我还是宁可不冒那个险。我这辈子替你们家撒的谎够多了，杰姆·梅林。”杰姆拉长了脸，下了马。

“你拒绝了你这辈子可能碰到的最好的交易，”他说，“我不会再给你机会。它圣诞节前夕就要去朗瑟斯顿了。那里的贩子会把它吞了。”他用双手拍了拍矮种马的屁股：“滚吧你。”受了惊的矮种马冲向了溪岸的缺口。

杰姆折断一片草叶，一边嚼它，一边斜视着他的同伴。“巴萨特先生想在牙买加旅馆找到什么？”他问道。

玛丽直视着他的眼睛。“你应该比我清楚。”她回答说。杰姆若有所思地嚼着草叶，然后把嚼碎的草叶吐到了地上。

“你知道多少？”他突然说，扔掉了草茎。

玛丽耸了耸肩。“我来这儿不是为了让人问东问西的，”她说，“我受够了别人问巴萨特先生的事儿。”

“幸好乔斯把东西转移走了，”杰姆平静地说，“我上个星期就对他说，他快要暴露了。他们迟早会逮住他的。他却只会借酒浇愁，那该死的傻瓜。”

玛丽没有回答。如果杰姆正试图通过实话实说对她旁敲侧击，那他恐怕要失望了。

“你从门廊上头那个小房间往外看，肯定能看个一清二楚，”他说，“他们没把你从甜蜜梦乡中惊醒吗？”

“你怎么知道那是我的房间？”玛丽连忙问道。

她的问题似乎让他感到惊诧。她看到他的眼睛里闪过吃惊的眼神。然后，他哈哈大笑，又从溪岸上扯下一片草叶。

“那天上午我骑马进院时，窗户大开，”他说，“窗帘的一角在风里飘。我以前从没见过牙买加旅馆开着窗户。”

他的理由貌似合情合理，但不足以让玛丽信服。她脑海里升起了一种可怕的怀疑：杰姆难道是那个星期六晚上在空客房里躲着的人？她倒抽了一口凉气。

“为什么一说到这儿，你就不说话了？”他接着说，“你以为我会跑去对我哥哥说，‘听着，你的那个外甥女，她管不住自个的舌头？’去他娘的吧！玛丽，你不瞎不聋。就算是个孩子，在牙买加旅馆住上一个月，也会感觉不对头。”

“你想让我告诉你什么？”玛丽说，“我知道多少和你有什么关系？我只想尽快带着我姨妈离开那个地方。你去旅馆的时候我就告诉你了。说服她可能要花些时间，我不得不耐着性子。至于你哥哥，他可以喝死，我才不管他呢。他的命是他自己的，他的生意也是这样。和我没有任何关系。”

杰姆吹着口哨，用脚踢了一块松动的石头。

“这么说，走私居然没有让你感到害怕？”他说，“你会任由我哥哥在牙买加的每个房间都摆上一罐罐白兰地和朗姆酒，而你却一言不发，是不是？可假如他犯了别的事，假如事关生死，也许是谋杀，那你怎么办？”

他转过身来，面对着她。她能够看出来，他这次不是和她开玩笑。他那种满不在乎、一笑置之的态度不见了，眼神变得严肃起来，但她搞不懂他在想什么。

“我不知道你说的是什么意思。”玛丽说。

他看了她很久，一言不发，仿佛在思考一个问题，并且只能在她的表情里找到问题的答案。他和他的哥哥之间的相似之处都消失了。突然之间，他变得严厉起来，一下子老了很多，就像换了一个人。

“你也许还不知道，”他终于说，“可如果你待的时间够长，你会知道的。你的姨妈为什么看上去像个活着的鬼魂，你能给我说说吗？等下次刮西北风的时候，不妨问问她。”

他又开始轻轻地吹起口哨，手插在兜里。玛丽默默地盯着他。杰姆说的话令人费解，但是否吓着了她，还真不好说。她能理解也能接受的是那个以盗马为生的杰姆，那个满不在乎、身无分文的杰姆，但他此刻就像换了个人。她拿不准自己是否也会喜欢他现在的样子。

他又哈哈笑了几声，耸了耸肩膀。“乔斯和我之间总有一天会出现麻烦，但后悔的肯定是他，而不是我。”他说。在说完这句令人莫名其妙的话后，他转过身，跟着矮种马朝沼泽走去。玛丽若有所思地看着他，将双臂塞进围巾里。这么说，她的直觉是对的，走私背后果然另有隐情。酒吧里的陌生人那天晚上曾谈起谋杀，现在杰姆自己又印证了那番话。无论奥特尔南的教区牧师怎么看她，她都不是傻瓜，也没有歇斯底里。

很难说杰姆·梅林在这一切中扮演了什么角色，但玛丽毫不怀疑他牵涉其中。

如果杰姆就是那晚鬼鬼祟祟跟着姨父下楼的人，那他肯定清楚玛丽那晚离开了她的房间，并藏在某个地方偷听他们说话；他也肯定比任何人都记得悬在梁上的那根绳子，并猜到在他和老板去了沼泽后，玛丽也看见了它。

如果杰姆真的是那个人，那他问那些问题就有了充分的理由。“你知道多少？”他曾这样问她，但她没有回答。

他们的对话已经给她的这一天投下了阴影。她想现在就离开，摆脱他，一个人想她的事情。她开始慢慢走下山丘，朝柳条溪走去。就在她走到小径尽头的水闸时，她听见杰姆从后面跑着追上来。他率先冲到了水闸那儿，看上去像个混血的吉卜赛人，胡子拉碴，屁股肮脏。

“你为什么要走？”他说，“还早着呢。四点后天才黑。我会把你送到拉希福德大门那儿。你怎么了？”他用双手捧住她的下巴，盯着她的脸，“我觉得你害怕我，”他说，“你觉得我楼上那些小小的老客房里藏着一桶桶白兰地，还有一卷卷的烟草，是不是？我要给你展示那些东西，然后再割断你的咽喉。你就是那样想的，对不对？我们梅林家的都是亡命之徒，而我杰姆则是那一伙里最坏的一个。你不就是那样想的吗？”

她不由自主地冲他笑了。“差不多吧，”她承认说，“可我不怕你。你没必要那样想。要不是你让我想起了你哥哥，我甚至会喜欢上你呢。”

“那没办法，”他说，“我比乔斯好看多了，你肯定同意这一点。”

“哎哟，你那个自恋劲儿足够弥补你缺乏的其他品质了，”玛丽赞同道，“我不否认你相貌英俊。大概只要你愿意，你想伤多少女人的心就能伤多少。现在让我走吧。回牙买加旅馆的路还长着呢，我可不想又在沼泽里迷路。”

“你什么时候迷过路？”他问道。

玛丽眉头轻蹙。她说漏嘴了。“我去西沼泽的那个下午，”她说，“那天雾下得早。我迷了一会儿路，然后才找到回去的路。”

“去那里散步简直就是犯傻，”他说，“在牙买加旅馆和拉夫石山之间的有些地方，一群牛都能被生吞进去。像你这样瘦不拉叽的小东西，更是不在话下。对女人来说，那可不是闹着玩的。你去那里干什么？”

“我想去伸伸我的腿。我被关在房子里好几天了。”

“好吧，玛丽·耶伦，等下次你想伸伸你的腿的时候，你可以朝这个方向伸。只要你穿过水闸，你就不会走错。别再像你今天那样离开你左手边的沼泽了。你圣诞节前夕和我一起去朗瑟斯顿吗？”

“你又要去朗瑟斯顿干什么，杰姆·梅林？”

“就是帮着巴萨特先生把他的小黑马卖了呀，亲爱的。如果我对我哥哥的了解不错的话，你那天最好别待在牙买加旅馆。那时候，他刚好从醉酒状态中恢复过来，会找人麻烦的。要是他们已经习惯了你在沼泽地闲逛，那么即使那天你不在旅馆，他们也不会说什么。我会在半夜把你送回去。答应我吧，玛丽。”

“要是你在朗瑟斯顿和巴萨特先生的马一起被逮着，怎么办？那你看起来就会像个傻瓜，对吧？他们要是把我和你一块儿关进监狱，那我看起来也会像个傻瓜了。”

“没人会逮我的。至少暂时不会。冒个险吧，玛丽。你难道不喜欢找刺激吗？你就这么爱惜你自己那层皮？他们肯定是按照赫尔福德的法子，把你培养成了个软蛋。”

玛丽被激怒了，像条鱼那样咬了他布下的鱼饵。

“那好吧，杰姆·梅林，你不要以为我胆怯。反正在牙买加旅馆里生活，我迟早也会进监狱。我们怎么去朗瑟斯顿？”

“我会用马车把你载到那里，巴萨特先生的小黑马跟在我们后面。你知道怎么穿过沼泽去北山吗？”

“不，我不知道。”

“你跟着感觉走就行。你沿着公路走一英里，会来到小山山顶，在那儿的树篱缺口处向右拐。你前面是瓦雷石山，右边不远是老鹰石山。只要你一直往前走，就不会迷路。我会在半路上等你。我们要尽可能靠着沼泽走。到了圣诞节前夕，路上车会比较多。”

“那我什么时候出发？”

“我们让其他人先走，他们在中午前就会抵达。对我们来说，下午两点之前，街上的人太多了。如果你愿意的话，可以在十一点离开牙买加旅馆。”

“我可不能打包票。你要是见不着我，就自己去吧。你忘了，佩兴丝姨妈说不定需要我。”

“好吧。你就找借口吧。”

“小溪那边就是水闸了，”玛丽说，“你不用再送我了，我能找到路的。翻过那座山就行，对吧？”

“你要是愿意的话，可以代我问候老板，告诉他，我希望他改改他的脾气，说话也客气点儿。问问他，要不要我把一束槲寄生挂在牙买加旅馆的门廊上？当心水。你想让我背着你过水闸吗？你会把你的脚弄湿的。”

“就算水浸到了我的腰也没事儿。再见，杰姆·梅林。”玛丽一只手支撑着水闸，大胆地跳进了奔腾的溪流。衬裙浸到了水里，她只好把它提了起来，不让它挡着道。她听见杰姆在另一侧的溪岸上发出笑声。她径直走向了山丘，没有回头望，也没有挥手。

她想，让他和那些从南边来的男人比试一下吧，和那些来自赫尔福德、格威克、马纳坎的家伙比试比试。康斯坦丁有个铁匠，分分钟就能把杰姆干趴下。杰姆·梅林实在没什么可扬扬得意的。他不过是个盗马贼，是个普普通通的走私犯，说不定还是个恶棍，是个凶手。这片沼泽可真是能培养出好男人啊。

玛丽不怕他。为了证明这一点，她要在圣诞节前夕和他一起驾车去朗瑟斯顿。

当玛丽跨过公路，走进院子时，夜幕已经降临。就像往常那样，旅馆看上去黑暗一片，仿佛无人居住，门上了闩，窗户上钉了木条。她绕到房屋后面，敲了敲厨房的门。佩兴丝姨妈立即打开了门。她显得面色苍白，焦虑不安。

“你姨父找你找了一整天，”佩兴丝姨妈说，“你去哪儿了？都快五点了。你可是上午就出去了啊。”

“我一直在沼泽地里逛荡呢，”玛丽回答道，“这没什么啊。

乔斯姨父为什么找我？”她多少有些害怕，看了看他摆在厨房角落里的床。床是空的。“他去哪儿了？”她说，“他好点儿了？”

“他想坐在客厅里，”姨妈说，“他说他厌倦了厨房。他在窗边坐了一个下午，等着你回来。你现在一定要迁就他，玛丽，对他好言好语，别和他对着干。这时候是不好过，他正在慢慢恢复……他会一天天强壮起来，会变得非常固执，非常粗暴也难说。你和他说话要当心着点，可以吧，玛丽？”

佩兴丝姨妈又回到了以前的状态，手足无措，嗫嚅着，一边说话一边往身后瞄。她这样子真让人同情。此外，玛丽还感到她有些焦虑。

“他为什么想见我？”玛丽说，“他根本没什么话要对我说。他想干什么？”

佩兴丝姨妈眨了眨眼，动了动嘴。“谁知道他在想什么呀，”她说，“他只是在低声咕哝，自言自语。在这种时候，你千万不要在意他说了什么。他自己怕是都不知道。我去告诉他你回来了。”她出了房间，沿着走廊向客厅走去。

玛丽越过房间，走到餐具柜那里，从水壶里给自己倒了一杯水。她的喉咙很干。杯子在她手里颤抖，她骂自己是个傻瓜：刚才在沼泽地还那么大胆，谁知一进旅馆就颤抖得像个孩子，失去了勇气。佩兴丝姨妈回到了房间。

“暂时安生了，”她低声说，“他坐在椅子上睡着了。这一睡，估计一晚上也不会醒过来。我们要早点儿吃晚餐，把事情做完。我还给你留了一些冷馅饼。”

玛丽一点儿也不觉得饿，却不得不逼自己把食物往肚子里咽。

她喝了两杯滚烫的茶后，就把盘子推开了。她们俩谁都不言语。佩兴丝姨妈一直朝门口看着。等吃完了晚餐，她们又默默地清理了东西。玛丽把一些泥炭扔在火上，蜷缩在火旁。难闻的蓝烟升了起来，刺痛了她的眼睛，可闷燃的泥炭没能给她带来温暖。

在外面的门厅里，时钟突然当当地响了起来，说明六点已到。玛丽屏住呼吸，数着时钟的敲击声。钟声不慌不忙地打破寂静，在最后一下响起前仿佛已过了一世。钟声在房屋里回荡，然后消失了。时钟继续嘀嗒嘀嗒地走着。客厅里什么动静都没有，玛丽的呼吸又恢复了正常。佩兴丝姨妈坐在餐桌旁，就着烛光做针线活儿。弯腰干活儿时，她努起嘴，额头也皱了起来。

漫长的夜晚过去了，客厅里的老板仍没发出呼叫。玛丽打起了盹儿，头一顿一顿的，眼睛不听使唤地闭上了。在那种似睡非睡、似醒非醒的麻木且迟钝的状态中，她听见姨妈悄悄从椅子上站起来，把手中的活计放在餐具柜旁的橱柜里。她在梦里听见佩兴丝姨妈凑到她耳边说："我要去睡了。你姨父现在不会醒。他肯定会安生一晚上。我就不去打扰他了。"玛丽喃喃了几句作答。在半清醒的状态中，她听见外边的走廊响起轻快的脚步声，然后便响起楼梯咯吱咯吱的声音。

在上面的楼梯平台上，一扇门轻轻地关上了。玛丽感到睡意昏沉，头在手里埋得更深了。时钟缓慢的嘀嗒声在她头脑里形成了一种模式，就像在公路上迟缓走动的脚步声……一下……两下……一下……两下……一声跟着一声。她身处奔涌的小溪边的沼泽里，携带的东西非常沉重，沉重得令人无法忍受。如果她能暂时把这包袱放在一边，在溪岸边休憩一下，睡上一觉……

然而，真冷呀，太冷了。她的脚被水打湿了。她必须往溪岸高处再爬一下，离溪水再远些……火熄灭了。再也没有火了……玛丽睁开眼睛，看见自己躺在地板上，身旁是泥炭火的白色灰烬。厨房很冷，光线昏暗。蜡烛已燃烧得所剩无几。她打了个哈欠，身上抖得不行。玛丽伸了伸僵硬的胳膊。她抬起眼睛——厨房的门开了。门开得很慢，一点一点的，一次只开一英寸。

玛丽一动不动地坐着，手撑在冰凉的地板上。她等待着，但什么也没有发生。门又动了，然后猛地被推开，撞在了后面的墙壁上。乔斯·梅林站在房间的门槛处，伸着胳膊，双脚摇摇晃晃。

她最初以为他没有注意到她。乔斯·梅林的眼睛死死地盯着他前面的墙壁。他站在那里一动不动，没有贸然再往房间里走。玛丽低低地蜷缩着，头不高过桌面，除了她有节奏的心跳什么也听不见。他慢慢地朝她所在的方向转过身，一言不发地盯了她一会儿。然后，他说话了。他声音紧张、嘶哑，几乎像是耳语。“谁在那儿？”他说，“你在干什么？你为什么不说话？”他一脸阴沉，全无平日的风采。他充血的眼睛紧盯着她，却没有认出她来。玛丽没有动。

“放下刀子，”他低声说，“把刀放下，我和你说话呢。”

她的一只手贴着地板向前伸，指尖触到了一把椅子的腿。除非她移动身体，否则无法握住它。就差那么一点儿，她够不着。玛丽屏住呼吸，等待着。他走进了房间，低着头，双手摸索着，慢慢地朝她爬过去。

玛丽盯着他的手，直到它们离她仅有一步之遥。她甚至能感受到他呼到她脸颊上的气息。

“乔斯姨父，”她轻声说，“乔斯姨父……”

他蹲了下来，低头盯着她，然后身体前倾，触摸着她的头发和嘴唇。“玛丽，”他说，“是你吗，玛丽？你为什么不和我说话？他们去哪儿了？你看见他们了吗？”

“你搞错了吧，乔斯姨父，”她说，“这里除了我，没别人。佩兴丝姨妈在楼上。你不舒服吗？我能帮你吗？”

他借着昏暗的光线看了看四周，搜寻着房间的每个角落。

“他们吓不了我，”他低声说，“死人害不了活人。他们被毁掉了，就像一根蜡烛……就是这样，对不对，玛丽？”

她一边点头，一边盯着他的眼睛。他挪到一把椅子旁，坐下来，双手伸在桌子上。他重重地叹息着，舌头耷拉在嘴唇上。“那是梦，”他说，“全都是梦。那些脸从黑暗中显现出来，活灵活现的。我惊醒了，背上都是汗。我好渴，玛丽。这是钥匙。去酒吧给我拿些白兰地。”他在口袋里摸索，掏出一串钥匙。玛丽颤抖着手，接过钥匙，悄悄走出厨房，进了走廊。她在外面犹豫了一会儿，考虑要不要立即悄悄上楼回房间，锁上门，把他独自留在厨房里咆哮。于是，她踮着脚，沿着走廊走向门厅。

突然，他的喊叫声从厨房传了出来。“你要去哪儿？我告诉你了，去酒吧拿白兰地。”她听见他把椅子从桌旁推开发出的刮擦声。已经来不及了。她打开酒吧门，在橱柜的瓶子间摸索。等到她回到厨房，只见姨父手抱着头，趴在桌子上。她刚开始以为他又睡着了，但在听见她的脚步声后，他抬起了头，伸开双臂，靠回到椅子上。她把酒瓶和一个杯子放在他面前的桌子上。他倒了半杯酒，双手端着，视线越过杯子的边缘，盯了她好一会儿。

“你是个好姑娘，”他说，“我喜欢你，玛丽。你聪明，有胆量。对一个男人来说，你是个不错的伙伴。他们应该把你造成一个男孩子。”他让白兰地在舌头上滚动，傻傻地笑着，然后冲她眨眨眼，伸出了根手指。

“在内地，他们得用金子买这个，”他说，“这是钱能买到的最好的东西。乔治国王本人的酒窖里也没有比这更好的白兰地。我花了多少钱呢？连他娘的六便士都不用。在牙买加旅馆里喝酒不要钱。”

他哈哈大笑，吐出了舌头：“这游戏不好玩呀，玛丽，可虽然如此，它却是男人的游戏。我的脖子已经冒险一二十回了。有些家伙曾紧追我不放，手枪射出的子弹呼啸着从我的头发中穿过。他们抓不住我，玛丽。我太狡猾了。我玩这个游戏的时间太久了。在我们来这儿之前，我在帕德斯托，在海岸那儿干活儿。我们趁着大潮，每两个星期架着小帆船跑一趟。除了我自己，船上还有五个人。可小规模搞钱不行啊，要搞就要搞大的，要懂得把握住机会。我们现在有一百多人，活动范围从海岸外延伸到内地。上帝做证，我是见过血的人啊，玛丽，我见过好多回杀人，可这个游戏就是这么回事，你就是要和死神赛跑。”

他示意她到他身边去，先扭过头向门口望去，又眨了眨眼。“过来，”他低声说，“靠近点儿，靠到我身边来，我好和你说话。你这人有胆量，我能看出来。你不像你姨妈那样胆小怕事。我们应该好好合作，你和我。”他抓住她的胳膊，把她从地板上拽到他身边，“是这该死的酒让我成了傻瓜，”他说，“你可以看出来，当它把我抓住时，我软弱得就像只耗子。我还做梦，做噩梦。我看见了一些我清醒时从没怕过的东西。作孽呀，玛丽，我亲手杀过人，把他们踩到水里，用石头砸他们。我平常不会去想这些个事。我睡在我的床上，就像个孩子。可等我喝醉了，我会做梦梦见他们。我看见他们浅绿色的脸朝着我，他们的眼睛被鱼啃没了。有些人被撕裂了，一条条的肉挂在他们的骨头上，还有一些人的头发里缠着海草……曾经还有个女人，玛丽。她紧靠着一个救生筏，怀里抱着一个孩子。她的头发从背上滑下来。船被困在礁石之间，你听我说，海面就像你的手那样平坦。他们是活着进来的，他们那帮人全都是。啊，有些地方的水还不到你的腰。她冲我大声求饶，玛丽，我用一块石头砸了她的脸。她跌倒了，松开了怀里的孩子，手扑打着救生筏。我又接着砸她。我看着他们在四英尺深的水里淹死。我们当时也吓坏了。我们害怕他们中的一些人会爬到岸上去……这是我们第一次没有估计准潮水。不杀了他们的话，不到半小时，他们就会行走在沙滩上，连鞋子都不会湿。于是我们只好不停地用石头砸他们，玛丽。我们必须砸断他们的手和脚。就像那个女人和她的孩子那样，那些人在我们面前淹死了，水还不到他们的肩膀。他们淹死了，因为我们用石头砸他们。他们淹死了，因为他们站不起来……”

他的脸紧挨着玛丽，布满血丝的眼睛盯着她的眼睛，呼出的气息打在她的脸颊上。“你以前从没听说过打劫出事船只的劫匪吗？”

在外边的走廊上，时钟敲响了一点。单调的声音在空中回荡，就像在召唤。他们谁都没动。房间里很冷，因为火已彻底熄灭，微风从开着的门吹了进来。蜡烛黄色的火焰被风吹得晃动着，摇曳着。他伸手够她，抓住了她的手。她的手无力地躺在他手里，像死人的手一样。也许因为发现了凝固在她脸上的惊恐表情，他放开了她，把视线移开了。他直勾勾盯着他面前的空杯子，开始用手指敲击桌子。玛丽蜷缩在他旁边的地板上，看着一只苍蝇爬过他的手。这只苍蝇爬过他短短的黑色汗毛和粗大的血管，爬过指节，向又细又长的指尖爬去。她记得，在她刚来的那天晚上，他给她切面包，那些手指还是那么敏捷、迅速，显得非常优雅；只要它们愿意，它们还能变得非常柔美、轻快。现在，她看着它们敲击桌子，恍惚间仿佛看见它们紧紧握住一块石头，投了出去……

他再次转向她，声音嘶哑地低语着，猛地转向时钟嘀嗒作响的方向。“有时候，时钟敲击的声音会在我脑子里响起，”他说，“刚才它敲一点钟时，听起来就像海湾里的钟声浮标发出的响声。我听见它被西风吹着在空中飘荡，一下、两下，一下、两下，钟锤来回撞击着钟，仿佛在为死者而鸣。我在梦里听见过它。我今晚就听见过它。那是一种悲哀、疲惫的声音，玛丽，是海湾里的钟声浮标发出的。它摩擦着你的神经，让你想大喊大叫。当你在岸边干活儿时，你必须划船出去蒙住它们，用法兰绒把钟锤裹住。那样才能减弱它们的声音，然后就安静了。那也许是个雾气蒙蒙的晚上，水面上升起朵朵白雾，海岸外面会有一艘船，像猎狗一样搜寻气味。这艘船努力倾听钟声浮标，但听不见任何声响。然后它会驶过迷雾，径直向正等着它的我们驶来，玛丽。我们看见它突然一抖，碰撞，接着被海浪吞没了。”

他拿过白兰地瓶子，把酒缓缓倒进杯子，形成一股细流。他嗅了嗅，又用舌头卷了一口酒。

“你见没见过被困在糖浆罐里的苍蝇？”他说，“我见过那样的人，像一群苍蝇那样被困在索具里。他们为了保命紧贴在那里，因为看见海浪而惊恐地大叫。他们真的就像苍蝇，散落在帆桁上，几乎就是一些小黑点。我看见船在他们身下裂开，桅杆和帆桁像绳索一样折断，他们会从那里被抛入海中，为了活命而奋力游泳。但是，等他们到了岸边，他们就是死人了，玛丽。”

他用手背擦了擦嘴，盯着她。“玛丽，死人不说话。”他说。

他冲着她点点头，突然间，他的脸变窄，接着又消失了。她也不再是双手抓着桌子跪在厨房地板上的样子了，而是又变成了个孩子，和她的父亲一起在圣克文外的悬崖上奔跑。他把她扛在肩膀上，还有一些人和他们一起跑着，叫着，喊着。有人指着远处的海洋。她靠在父亲头上，看见一艘大白船。船随着波涛起伏，宛如一只鸟。它的桅杆断裂，只剩短短的一截，帆垂在它旁边的水里。“他们在干什么？”还是孩子的她问道。没有人回答她。他们站在那里，恐惧地盯着一起一伏的船。“上帝保佑他们。”她的父亲说。玛丽开始哭泣，呼唤她的母亲。她的母亲立即从人群中走出，把她抱在怀里，和她一起走远，直到看不见海。所有的记忆都在这里断掉、消失，故事没有结尾。但是，等到她长大懂事，再也不是个孩子了，她的母亲会给她讲他们去圣克文那天的事情，当时有一艘大三桅帆船沉没，船上的人无一生还，船的龙骨在可怕的麦纳克尔斯礁上被撞断了。玛丽打着哆嗦，叹息着。姨父那围着一圈乱糟糟头发的脸再次隐隐约约地出现在她面前，她又回到了牙买加旅馆的厨房，跪在他旁边。玛丽感到非常难受，手脚冰凉。她只想跌跌撞撞地回到她的床上，将头埋进手里，把毯子和枕头扯到身上，寻求更大的黑暗。如果用手蒙住眼睛，她也许就能抹去他的脸，还有那些他绘制的画面；如果把手指塞到耳朵里，她也许就能挡住他的声音，以及惊涛拍岸发出的轰鸣。她现在能够看到那些溺亡者惨白的脸，以及他们高举过头的手臂；她能听见恐怖的喊叫，以及哭泣；她能体验到钟声浮标在海里来回摇晃时制造的哀伤的喧嚣。她再次颤抖起来。

她抬头看她的姨父，发现坐在椅子上的他身体前倾，头垂到了胸口。他嘴巴大张，鼾声如雷，显然已经睡着。他的一绺绺黑发扫过他的脸颊，宛如刘海。他把胳膊放在他面前的桌子上，手扣在一起，仿佛在祈祷。

9

圣诞节前夕，天空阴云密布，好像会下雨。夜里也变得温暖了。院子里，泥土被牛踩得乱七八糟。玛丽房间里的墙壁摸起来有些潮湿。由于灰泥起皮，一个角落里出现了一大块黄斑。

玛丽探身出窗，湿润的清风吹拂在她的脸上。一小时后，杰姆·梅林会在沼泽地里等她，带她去朗瑟斯顿的集市。是否见他，取决于玛丽自己，但她拿不定主意。短短四天时间，她就老了不少。在那面斑斑点点、有着裂纹的镜子里，她的脸扭曲着，充满倦意。

她的眼睛下已有了黑眼圈，脸颊上出现了浅浅的小坑。她夜里很晚才能入睡，胃口也不好。人生中，玛丽第一次发现，她自己和佩兴丝姨妈很像：她们的额头都泛起皱纹，口形也一样。如果她噘起嘴，嚅动嘴唇，轻咬唇边，那么站在镜子前的活脱脱就是佩兴丝姨妈，被柔软的棕色长发围着脸。这种小把戏并不难学，就像人紧张时会搅动手指一样。玛丽转身离开过于诚实的镜子，开始在逼仄的房间里来回踱步。过去几天里，她尽可能待在自己的房间里，拿自己受了风寒当借口。她还不能向姨妈一吐心曲，甚至无论什么时候都不能。姨妈的眼睛会出卖她的。她们会面面相觑，怀着同样无声的恐惧，怀着同样潜藏的痛苦，佩兴丝姨妈会明白的。她们现在共同保守着一个秘密，一个在她们之间永远都说不得的秘密。玛丽想知道，佩兴丝姨妈怀着极大的痛苦，把那个秘密保守了多少年。谁都不会知道她遭受过多大的折磨。无论将来她去哪里，那种秘密造成的痛苦都会和她形影不离。它永远都不会离她而去。玛丽终于能够理解那张苍白的脸为何总是抽搐，那两只手为何总扯着衣服，那双大眼睛为何总是直勾勾的。如今，已有的证据正朝着她大声尖叫。

刚开始时，玛丽感到难受，难受得要死。那天晚上，她躺在床上，祈祷着已背弃了她的睡神眷顾。黑暗中浮现出她不熟悉的面孔，那些淹死的人疲倦、萎靡的面孔。有个孩子，手腕断了。有个女人，湿漉漉的长发紧贴着脸。还有一些从来都没学会游泳的人，尖叫着，一脸惊恐。有时候，她似乎觉得，她自己的父母也置身其中。他们瞪大了眼睛，仰望着她，嘴唇苍白，伸着双手。也许，到了夜里，独自待在她的房间时，佩兴丝姨妈就是被这些东西折磨。那些面孔也会走向她，恳求她，但她推开了他们。她也不会放过他们。在某种程度上，佩兴丝姨妈自己也是凶手。她用她的沉默杀死了他们。她的罪行和乔斯·梅林一样大，因为她是个女人，他是个魔鬼。他与她血肉相连，她却听之任之。

现在已是第三天，最初的恐惧消失了。玛丽感到麻木，她觉得自己老了很多，非常疲惫，基本丧失了感觉。她现在似乎觉得，她一向都了解内情，内心深处已做好准备。在她来的第一个晚上，乔斯·梅林手提灯笼，站在门廊下，不啻为一种预告。当那辆客运马车咯吱咯吱地在公路上行驶，驶出她的听力范围，它所发出的声响就是一种道别。

过去，在赫尔福德，这方面的流言也不是没有。你会在村庄的巷子里无意中听见一些闲聊，听见有人零零碎碎地提起这种事，然后你会摇摇头，认为那不是真的。但人们谈得并不多，并互相劝阻不要谈这种事。那也许是二十年或五十年前，她的父亲还年轻，但不是现在，不是在新世纪的光芒之中。她再次看见姨父把脸凑到她的脸上，听见他冲着她的耳朵低声说："你从没听说过打劫出事船只的劫匪吗？"这样的话她这辈子从没听过，但佩兴丝姨妈在这样的话中生活了十年……玛丽再也不愿去想她的姨父。她不怕他了。她心里只剩下了厌恶，还有唾弃。他已彻底丧失人性，是个在夜里出没的畜生。她现在见过了他醉酒的样子，知道了他究竟是个什么东西，他再也吓不了她了，无论是他，还是他的同伙。他们是邪恶的东西，在荼毒乡间。除非他们被踩在脚下，被清除，被消灭，否则她永远也不会安宁。情感再也无法拯救他们。

还有佩兴丝姨妈，以及杰姆·梅林。尽管不愿意，她还是不由自主地想到了他。即使不把他考虑在内，她要考虑的事情也够多了。他太像他的哥哥了，他的眼睛，他的嘴，他的微笑。问题就出在这里。从他的步态、他扭头的动作里，她能看见她的姨父。她知道佩兴丝姨妈十年前犯傻的原因：爱上杰姆·梅林很容易。到目前为止，男人在她的生活中还不太重要。赫尔福德农场上要干的活儿太多，她没工夫在他们身上花心思。有些小伙子曾在教堂里冲她微笑，在收获季节和她一起去野餐。有一次，在喝了一杯苹果酒后，有个邻居家的小伙子在干草垛后面吻了她。那个基本没有恶意的家伙五分钟后就把那件事忘了。无论如何，她都绝不会结婚。她早就打定了主意。她会想法子攒钱，在农场上干男人的活儿。等到她离开牙买加旅馆，并能将其抛之脑后的时候，她会给佩兴丝姨妈找个安身之所，那时也将不大可能有时间想男人。然而，玛丽还是不由自主地想到了杰姆，想到了他那张胡子拉碴、像个流浪汉的脸，他肮脏的衬衫，还有他大胆而无礼的注视。他不够温柔，还很粗鲁，天性里不只是有残忍那么简单。他是个贼，是个骗子。他身上具有她所恐惧、憎恶、蔑视的一切特点。但是，她知道，她有可能爱上他。成见无法改变天性所向。她觉得，男人和女人就像赫尔福德农场里的动物。所有生灵都受制于一种共同法则，存在某种肌肤或触觉的相似性，让彼此相互走近。这并非凭借理智所能做出的抉择。走兽不会推理，空中的飞鸟也不会。玛丽并不是虚伪的人。她是在土地上长大的，和飞鸟、走兽在一起生活得太久，亲眼见过它们成双成对，养育幼崽，然后死掉。自然界几乎不存在可贵的浪漫，玛丽也不会在自己的生活中去寻求它。她在家乡见过女孩和村里的小伙相伴而行。他们会手牵着手，满脸通红，时而困惑，时而长叹，双双凝视着映在水面的月光。她会看见他们在农场后芳草萋萋的小径漫步。尽管老人家们对它有个更好的称呼，他们还是把那条小径称为“情人路”。小径上，小伙子会搂住姑娘的腰，她的头会靠在他的肩膀上。他们会共赏星辰月辉，在夏日里等着夕阳落下。而玛丽则会从牛棚里出来，用湿漉漉的手擦去脸上的汗，心里想着那只刚出生的牛犊，她把它留在了它母亲身旁。她会目送那对离去的恋人，然后笑着耸耸肩，走进厨房，告诉母亲赫尔福德月底前又要有人举行婚礼了。没过多久，钟声就会响起，蛋糕会被切开。小伙子会穿上他最好的衣服，容光焕发地走上教堂的台阶。他的新娘会走在他身旁，穿着薄纱，她会为了婚礼把直发烫成卷。但还不用等上一年，夜里的星辰月辉就被抛至脑后了。傍晚时分，小伙子结束了田间劳作，拖着疲惫的身躯回到家，厉声叫嚷他的晚餐烧煳了，连狗都不愿吃，躺在上面卧室的妻子则会毫不示弱地叱骂回来。此时的妻子已皮松肉弛，鬈发无影无踪，怀抱着孩子，来回踱步。这个孩子会像猫咪那样喵喵地叫，说什么也不肯入睡。他们自然也不会提起映在水面的月光。不，玛丽对浪漫的恋爱不抱幻想。恋爱不过是个好听的名字，仅此而已。杰姆·梅林是个男人，她是个女人。她不知道是他的手，他的皮肤，还是微笑吸引了她，但她心里对他产生了感觉，想起他来既令人心烦意乱，又使人小鹿乱撞。这种感觉困扰着她，使她无法自已。她知道，她非得再见到他不可。

她再次抬起头，看着灰色的天空和低飞的云朵。如果她要去朗瑟斯顿，那么她现在就要准备动身。没什么借口好找的。在过去四天里，她已变得坚定。佩兴丝姨妈爱怎么想就怎么想吧。如果她还有一丝直觉的话，她肯定会以为玛丽不想看见自己。她会看着她的丈夫，看着他充血的眼睛和颤抖的双手，然后就会明白是怎么回事。再一次，也许是最后一次，醉酒让他管不住自己的舌头。他的秘密暴露了，玛丽把他的命运攥到了手里。她还没有想好该如何利用她获悉的情况，但她不可能再救他一次了。她今天会和杰姆·梅林去朗瑟斯顿，这一次该是他来回答她提出的问题了。当他意识到她不再害怕他们，而是可以在任何时间毁灭他们，他也许会流露出些许人性。至于明天……好吧，明天的事情明天再说。反正还有弗朗西斯·戴维和他的承诺，在奥特尔南的房屋里有着为她准备的安宁和庇护。

在老鹰石山的指引下，她一边大步穿过东沼泽，一边想着这个奇怪的圣诞节。两边的山丘都向后退去。去年这个时候，在教堂里，她曾跪在她母亲身旁，恳求上帝能赐予她们健康、力量和勇气。她还恳求获得心灵的安宁和安全，恳求母亲能够长久与她厮守，恳求农场繁荣兴旺。然而她得到的是疾病、贫穷和死亡。她现在孤身一人，落在一个残忍和犯罪的陷阱里，生活在一座她厌恶的房子里，身处她鄙视的人们之中，并且正在穿越一片贫瘠、无依无靠的沼泽，去和一个盗马贼、杀人凶手相会。这个圣诞节，她不会再向上帝祈祷。

玛丽在拉希福德上面的高地上等着，一小列车马由远及近地向她奔来。队列里有那匹矮种马、那辆两轮马车以及拴在后面的两匹马。驾车的人高高举起鞭子，表示欢迎。玛丽感到自己的脸唰地泛起红晕，但很快又消失了。这种软弱让她感到苦恼。她渴望它是有形的，是活的，这样她就可以把它从身上撕下来，踩到脚下。她把手塞进围巾，蹙起眉头，等待着。他吹着口哨来到她跟前，把一个小包裹扔到她脚边。“祝你圣诞快乐，”他说，“我昨天开销不少，花了一个银币呢。这里有条新围巾，你可以围上。”

她原本打算态度生硬、默默无语地迎接他，但这种开场白让她很难那么做。“你真够体贴的，”她说，“不过你这钱怕是白花了。”

“我不在乎，我习惯了。”他对她说。他用他那种冷淡、无礼的方式上下打量着她，吹着一支不着调的歌。“你早早就到了嘛，”他说，“你就不怕我不带你去吗？”

她登上马车，坐在他旁边，用手拉住缰绳。“我想再感受一下，”她说，没有回答他的问题，“以前母亲和我，我们会驾车去赫尔斯顿赶集，一个星期一次。那真像很久以前的事情了。我一想起来心里就难受。我们在一起经常哈哈大笑，即使在光景不好的时候。当然了，你不会懂的。除了你自己，你向来什么都不在乎。”

他抱起胳膊，看着她摆弄缰绳。

“这匹马就算戴着眼罩也能穿越沼泽，”他对她说，“你能不能把缰绳松开些？它这辈子没绊倒过。这就好些了。它能带着你，记着，你就让它掌控好了。你刚才说什么？”

玛丽轻轻握住缰绳，目视前方。“没说什么呀，”她回答说，“我那是自言自语。这么说，你这是要在集市上把两匹马都卖了？”

“这叫利润翻番，玛丽·耶伦。你要是肯帮我，就能得到一条新裙子。别在这咧嘴耸肩的，我讨厌人不知感激。你今天怎么了？怎么脸上没有血色，眼里也没有神采？你是感觉不舒服吗，还是肚子疼？”

“自打上次见到你，我就没出过屋，”她说，“我待在我的房间里想事情。那些事情让人心烦气躁。我比四天前要老多了。”

“我为你的人老珠黄感到难过，”他接着说，“我还想着能带一个漂亮妞儿，缓缓进入朗瑟斯顿，让那些家伙在我们经过时仰起脸看，挤眉弄眼。你今天一脸土色。不要对我撒谎，玛丽。我的眼睛没你想的那样瞎。牙买加旅馆出什么事儿了？”

“什么事儿也没出，”她说，“我姨妈在厨房里忙活。我姨父坐在桌子旁，手捧着头，面前放着一瓶白兰地。只有我自己变了。”

“再也没有人去你们那里吗？”

“据我所知，一个也没有。没有人穿过院子。”

“你的嘴巴可真紧呀。你的黑眼圈都出来了。你累了。我以前也见过一个像你这样子的女人，但那是有原因的。她丈夫在海上待了四年，刚回到普利茅斯找她。你可无法把那当借口。你不会是一直在想我吧？”

“是呀，我想过你一回，”她说，“我想知道你和你哥哥中，谁会先被吊死。就我来看，区别不大。”

“要是乔斯被吊死，那是他自找的，”杰姆说，“如果真有人能把绳索套在他脖子上，那这个人就是他自己。他离碰到麻烦也不远了。如果他碰到麻烦，那是他活该。到了那时候，就连白兰地也救不了他。他会脑子清醒地被吊在绳子上晃荡。”

他们缓缓前行，没有再说什么。杰姆摆弄着鞭梢，玛丽知道他的手放在她身边。她借着眼角的余光打量着他的手——他的手指就像他哥哥的一样修长，一样优雅。他的手吸引她，他哥哥的手则令她厌恶。她第一次意识到，厌恶和吸引并不相悖，它们之间的界限非常模糊。这种想法让她感到不快，她索性不去想了。假如这是在十年或二十年前，坐在她旁边的是乔斯，会怎样呢？她把这种比较禁锢在她脑海深处，害怕它变戏法一样变出的画面。她现在明白她为什么厌恶她的姨父了。

杰姆的声音打断了她的思绪。“你在看什么？”他说。她抬起眼睛，转而看向前面的景物。“我碰巧注意到了你的手。”她冷冷地说，“它们和你哥哥的手很像。我们在沼泽里走了多远了？公路不是向那边拐了吗？”

“我们是有意在公路下面走的，避开那两三英里。这么说，你已经注意到了一个男人的手，是吗？我就不该相信你的，毕竟，你说到底是个女人，不是个乳臭未干的农场小屁孩。你到底为什么不言不语地在房间里坐了四天？你是要告诉我，还是要我猜呀？女人就喜欢神神秘秘的。”

“这里面没有秘密可言。我们上次见面的时候，你问我知不知道姨妈为什么看起来像个活着的鬼魂。这是你问的话，是吧？哼，我现在知道原因了，就是因为这个。”

杰姆好奇地看着她，然后又吹起了口哨。

“喝酒真是有意思，”他停了一会儿，然后说，“我喝醉过一回，在阿姆斯特丹，我逃到海上的时候。我记得当时教堂的钟报了晚上九点半，我抱着一个红头发的漂亮妞，坐在地板上。等我醒过来，已经是第二天早上七点。我仰面朝天躺在排水沟里，靴子和裤子都没了。我常常想，我在那十个小时里都干了什么。我想啊想啊，可他娘的就是想不起来。”

“那算你运气不错了，”玛丽说，“你哥哥的运气就没这么好了。等到他喝醉了，他非但没有忘掉以前的事儿，反倒都想起来了。”

马的步伐慢了下来，她用缰绳抽了它一下。“他要是一个人待着，就会自言自语，”她接着说，“要只是对着牙买加的墙头说说也无妨。不过，这回他不是一个人。他从昏迷中醒过来那会儿我碰巧在那儿。他一直在做梦。”

“当你听到他做的一个梦，你就把你自己在房间里关了四天，是吗？”杰姆问道。

“要是你也听到他做的梦，你差不多也会这样。”她回答说。

他突然靠向她，从她手中夺走缰绳。

“你都不看路，”他说，“这匹马从没绊倒过，但这不意味着你非得赶着它撞上一块炮弹那么大的花岗岩不可。还是我来吧。”她把身子缩回到马车里，让他来驾车。没错，她注意力不集中，受到他的责备也是应该的。马又加快了步伐，小跑起来。

“那你打算怎么办？”杰姆说。

玛丽耸了耸肩。“我还没想好，”她说，“我得考虑佩兴丝姨妈。你不指望我把他那梦话告诉你吧？”

“为什么不呢？我才不会替乔斯辩解呢。”

“他是你哥哥。对我来说，这就够了。他说的事情里有很多漏洞，你肯定很想把其中的一些漏洞补起来。”

“你以为我会浪费时间维护他？”

“就我看到的情况来说，那根本不算浪费时间。能从他的生意里分一杯羹，好处就够多了。再说了，他那些货都不用掏钱买。死人不说话，杰姆·梅林。”

“是的，但死船会说话，在它们顺风到岸的时候。当船寻找港口时，玛丽，它找的是光。你见过飞蛾扑火把翅膀烧焦吧？船要是找错了光，就和那一样。这也许会发生一次、两次，说不定三次，但到了第四次，一条死船就会臭气熏天，整个地区的人们都会满腔怒火，刨根问底。我哥哥现在已经失去他的舵了，他自个儿正朝岸边撞去。”

“你会和他一起吗？”

“我？我和他有什么关系？他大可以自己把头伸到绞索里。我也许偶尔会给自己搞点儿烟草，走私点儿货物，但我要告诉你一件事，玛丽·耶伦，那就是迄今为止，我从未杀过人！你信也好，不信也罢，随你的便吧。”

他甩动鞭子，重重地抽在矮种马的头上。马儿飞奔起来。“我们前边有个浅滩，树篱从那儿向东拐了。我们过了河，再走上半英里，就上了去朗瑟斯顿的路。然后我们再走七英里，可能还要多一点儿，就能到镇上。你累吗？”

她摇了摇头。“座位下面有个篮子，篮子里有面包和奶酪，”他说，“还有一两个苹果，几个梨。你马上就要饿了。这么说，你以为是我弄沉了那些船，然后站在岸边，看着人们淹死，是不是？然后，等他们因为吞了太多水而浮起来时，我再把手伸到了他们的口袋里？这画面可真好！”

她分辨不出他的愤怒是装出来的，还是发自内心，但他的嘴紧绷着，颧骨上出现了一个火红的斑点。

“你也并没有否认啊，对吧？”她说。

他傲慢地俯视着她，既感到蔑视，又感到好笑。他大笑起来，仿佛她是个不懂事的孩子。她讨厌他这个样子。她突然凭直觉感到，这确实是个问题。她的双手热辣辣的。

“你要是相信我干了那样的事，今天为什么还和我驾车一起去朗瑟斯顿？”他说。

他打算戏弄戏弄她。只要她避而不答，或回答得结结巴巴，那他就赢了。她强迫自己装出一副高兴的样子。

“因为你有双明亮的眼睛呀，杰姆·梅林，”她说，“还能有什么别的原因。”她无所畏惧地迎接了他的目光。

他哈哈一笑，摇摇头，又吹起了口哨。不仅那种约束感在他们之间立即消失了，还产生了一种天真烂漫的亲密感。玛丽大胆的话语使他卸下了防备。他毫不怀疑两人间的嫌隙已不复存在，他们现在是不存在男女关系的同伴。

他们上了公路，马拉着身后咯吱作响的车厢在前面小跑，车后那两匹偷来的马被拖着嗒嗒地迈着步子。雨云横扫过天空，低低的，似乎要下雨，但雨滴尚未落下。远处，山丘从沼泽中隆起，没有雾气笼罩。玛丽想起来，弗朗西斯·戴维就住在她左边不远处的奥特尔南。玛丽想，如果她把故事讲给他听，他会对她说什么。他也许不会再建议她静观其变。如果她在圣诞节不请自至，他也许不会感激她。她想象着，在村庄里的一片茅舍之中，坐落着那座安宁、静谧的牧师住宅；教堂高塔矗立在一片屋顶和烟囱之上，仿佛是个守护者。

对她来说，奥特尔南（这个名字就像耳语，令人感到亲切）是一个休憩的港湾；弗朗西斯·戴维的声音意味着安全，可以让人忘掉烦恼。他身上有些奇怪的地方，例如，他画的那幅画，他驱赶他的马的方式，他用那种巧妙的沉默招待她的情景。最为奇怪的是，他的房间阴沉、昏暗，丝毫没有显示出他的个性。这种奇怪既令人感到不安，又令人感到愉悦。他只是个人影。她现在没和他在一起，就觉得他不像真人。他没有杰姆那种男性的侵犯性，没有血肉。他不过是黑暗中的一双白眼睛和一种声音。

马突然在树篱中的一个缺口处退缩了。杰姆大声咒骂，让她突然从思绪深处惊醒过来。

她斗胆开了口。“这一带有教堂吗？”她问道，“我这几个月活得像个不信教的人，我厌恶这种感觉。”

“走啊，你这个该死的傻瓜，你！”杰姆一边嚷嚷，一边戳了下马的嘴，“你想让我们都掉到沟里吗？你刚才说的是教堂？我哪儿知道教堂呀？我只进去过一回，当时我被我的母亲抱着，被取了耶利米这个名字。关于教堂，我什么也告诉不了你。教堂的金盘子都被锁着，我觉得。”

“奥特尔南有个教堂，是不是？”她说，“从牙买加旅馆步行就可以过去。我明天可能去那儿。”

“和我共进圣诞晚餐可比那好多了。我弄不来火鸡，但总能从北山的老农夫塔克特那里搞到只鹅。他的眼太瞎了，永远也不会知道有鹅丢了。”

“你知道谁住在奥特尔南吗，杰姆·梅林？”

“不，我不知道，玛丽·耶伦。我从来都不和教区牧师打交道，将来也可能永远不会。他们全都是一些滑稽的家伙。我还是个小屁孩儿的时候，北山有个教区牧师。他近视很深。他们说，有个星期天，他忘了把圣餐葡萄酒放哪儿了，就给教区的人喝白兰地。整个村子里的人都听说了这件事。还有，你知道吗？教堂太挤，几乎没有跪的地方。有人就靠墙站着，等着轮到他们。教区牧师根本搞不清状况。他的教堂里以前从来没有这么多人。他站在布道坛上，眼睛在镜片后面忽闪着，做了一番布道，讲到了返回羊圈的羊群。这个故事是我哥哥马修给我讲的。他去了两次布道坛，教区牧师都没注意到。那真是北山的一个大日子。把面包和奶酪拿出来吧，玛丽，我饿得肚皮都快贴到后背了。”

玛丽冲他摇了摇头，叹了口气。“你这辈子就没严肃过吗？”

她说，“你是不是既不尊重东西，也不尊重人？”

“我尊重我的肚子，”他对她说，“它嚷嚷着要吃的呢。有个盒子，在我脚下。你要是觉得自己虔诚，可以吃苹果。《圣经》里出现过苹果，我太了解这个了。”

到了下午两点半，他们一行人马高高兴兴、热热闹闹地进了朗瑟斯顿。玛丽把麻烦和责任感都抛给了风。尽管她在清早还意志坚定，此刻也受到杰姆情绪的感染，高兴了起来。

远离牙买加旅馆的阴影，她的青春和精神又回来了。她的同伴立即注意到了她情绪上的转变，便说起俏皮话来逗她。

玛丽笑了，她不得不笑，因为他逗得她发笑。城镇的喧嚣在空中回荡，十分具有感染力，让人产生一种兴奋和安康的感觉，一种圣诞节的感觉。街上人群拥挤，小小的店铺里也充满欢歌笑语。铺着鹅卵石的广场上，各种马车挤成一团，有四轮客运马车、两轮货运马车，还有四轮大马车。到处五彩缤纷，充满生机，熙熙攘攘。兴高采烈的人们在市场的货摊前你推我挤，火鸡和鹅被从关着它们的木栅栏里抓起。一个披绿斗篷的女人笑着把一些苹果举过头顶。那些苹果亮晶晶、红扑扑的，就像她的脸蛋。玛丽熟悉这些场景，感到亲切。圣诞节期间的赫尔斯顿也是这个样子，年复一年。但朗瑟斯顿的气氛要更欢快些，更无拘无束些，人也更多，更为喧嚣。这儿的地方大，人也比较世故。河对岸是德文郡和英格兰。来自邻郡的农民和东康沃尔的乡下女人摩肩接踵。零售商、糕饼师傅、小学徒用托盘托着热气腾腾的肉馅饼和香肠，在人群里进进出出。一位女士头戴装饰着羽毛的帽子，身披蓝色天鹅绒斗篷，从她的马车上走下来，走进了款待周到、温暖明亮的白鹿酒店。一位身穿粉灰色棉大衣的绅士跟着她。他把眼镜往上推了推，趾高气扬地走着，活似一只公火鸡。

对玛丽来说，这是个欢快的世界。镇子被山丘环抱，镇中心矗立着一座城堡，仿佛出自古老的历史故事。这里树木丛生，田地倾斜，下面的河谷波光潋滟。沼泽离这里很远，延伸到镇子后面看不见的地方，为人们所淡忘。朗瑟斯顿是实实在在的，这些人是生气勃勃的。圣诞节再次降临镇子，在鹅卵石铺就的街道和欢声笑语、熙熙攘攘的人群中占据了一席之地。太阳也从灰色云层后面的藏身处挣脱出来，水汪汪的，加入了庆祝活动。玛丽围着杰姆给她的围巾。她松弛了下来，甚至允许他把围巾系在她的下巴下面。他们已把马和马车送进了镇子最高处的马厩。杰姆现在牵着他偷来的两匹马，在人群里挤着。玛丽紧跟着他。他自信地领着路，径直向中央广场走去。朗瑟斯顿的人都聚集在广场上，圣诞节集市的摊位和帐篷从这头排到那头。集市边上有一个圈起来的场地，用来买卖牲畜，四周围着农夫、乡下人，还有绅士，以及来自德文和其他地方的马贩子。当他们走近围栏时，玛丽的心跳加快了。如果这其中有个来自北山的人，或有个来自附近村庄的农夫，他们肯定会认出那两匹马吧？杰姆把帽子戴在后脑勺上，吹着口哨。他又看了她一眼，眨了眨眼睛。人群向两边分开，为他让出一条路。玛丽站在外边，跟在一个肥胖的带着篮子赶集的女人后面。她看见杰姆在一群牵着马的人中间，朝其中的一两个人点点头，还趁着弯腰点燃烟斗之际上下打量着他们的矮种马，一副镇定自若的样子。就在此时，一个衣着华丽的家伙挤过人群，朝那些马走去。他头戴方帽，下身穿奶油色马裤，声音洪亮、傲慢。他用一根短马鞭不断敲击他的靴子，然后指了指那些马。从他的腔调和权威的派头来看，玛丽判断他是个马贩子。他身边很快就多了一个小个子男人。小个子男人长着一双猞猁眼，身穿一件黑外套，时不时地轻轻碰一下那个男人的肘部，冲着他的耳朵低语。

玛丽看见小个子男人死死地盯着那匹曾经属于巴萨特先生的矮种马。他走向它，弯下腰摸了摸它的腿。然后，他又跟那个声音洪亮的人低语了些什么。玛丽紧张地看着他。

“你是从哪里搞到这匹矮种马的？”马贩子一边说，一边拍了拍杰姆的肩膀，“它肯定不是在沼泽地长大的，从它的头和肩就能看出来。”

“它四年前出生在卡林顿，”杰姆漫不经心地说，嘴角叼着烟斗，“在它一岁时，我从老蒂姆·布雷那里把它买了过来。你记得蒂姆吧？他去年变卖了所有东西，去了多塞特。蒂姆过去总对我说，我总有一天会把花在这匹马身上的钱挣回来。这匹马的妈妈可是纯种爱尔兰货，曾经为蒂姆在内地赢过不少奖呢。好好看看它吧。我告诉你，便宜我可不卖。”

他吸着烟斗，那两个男人则仔细检查着这匹马。仿佛过了很久，他们才直起身子，往后退了退。“它的皮肤没毛病吧？”长着猞猁眼的男人说，“表面摸起来有些粗糙，像鬃毛一样扎手。身上还发臭，我不喜欢。你没给它涂什么吧？”

“这匹马一点儿毛病没有，”杰姆回答说，“那边的那一匹，夏天的时候还一钱不值，可我现在已经把它养得好好的了。我觉得我最好还是把它养到春天，可养它的开销太大了。但这边的这匹小黑马不一样，你挑不出它的毛病。我就老老实实告诉你吧，只有坦诚了才算公道。老蒂姆·布雷压根儿不知道母马怀孕了，他当时在普利茅斯，是他手下的人在照看母马。等他发现了这件事，立刻把那小子暴揍了一顿，但已经来不及了。他只好尽可能弥补。在我看来，这匹马的父亲是一匹灰马。你看看这里的短毛，紧贴着皮的毛，是灰色的，对吧？蒂姆真是没把这匹矮种马卖个好价钱。看看它的肩，就是为你养的。我给你明说吧，我要价十八个几尼[1]。”猞猁眼的小个子男人摇了摇头，但马贩子还有些犹豫不决。

“如果是十五个几尼，那我们倒有可能成交。”马贩子提议道。

“不，十八个几尼，少一个子儿都不行。”杰姆说。

那两个人凑在一起商量，好像意见不一致。玛丽听见了“造假”这个词。杰姆越过人群瞥了她一眼。他旁边的那群人里响起了一阵低语声。小个子男人再次弯下腰，摸了摸黑马的腿。“关于这匹马，我有不同意见，”他说，“我对它并不满意。你的记号在哪儿？”

杰姆给他展示了马耳朵上的豁口，那个人仔细地检查起来。

“你是个眼尖的买家，对吧？”杰姆说，“谁都会认为那匹马是我偷的。记号有问题吗？”

“没有，显然没有。不过，蒂姆·布雷去了多塞特，对你来说必然是件好事。不管你怎么说，这匹马都绝不可能是他的。斯蒂文斯，如果我是你，我肯定不会买它。你将来会发现自己摊上了麻烦。走吧，伙计。”

那个声音洪亮的马贩子惋惜地看着黑色的矮种马。

1　英国旧时金币或货币单位，1几尼价值21先令，现值1.05英镑。

“这马挺好看的，”他说，“我不在乎到底是谁养了它，也不在乎它的父亲是不是杂种马。你为什么总是这么挑剔，威尔？”

小个子男人再次拽住马贩子的袖子，冲着他的耳朵低语。马贩子聆听着，拉长了脸，然后点了点头。“好吧，”他大声说，“我确信你说得对。你是怕惹麻烦，对吧？我们也许最好不惹麻烦。你留着你的矮种马吧，”他又对杰姆说，“我的搭档不喜欢它。听我的劝，把你的价格降降吧。如果你一直把它留在手上，你会后悔的。”他挤过人群，小个子男人跟在他身旁，一起消失在去白鹿酒店的方向。玛丽看着他们走掉，不由得长舒了一口气。从杰姆的表情上，她看不出什么。他的嘴唇缩着，还在吹口哨。人们来了又去。那些毛发蓬乱的沼泽矮种马每匹两三个英镑就被卖了，它们的新主人心满意足地离开了。没有人再靠近黑色矮种马。人们都怀疑地看着它。到了下午三点三刻，杰姆以六英镑的价钱把另外一匹马卖给了一个快活、看着挺老实的农民。在此之前，他们进行了一场漫长但有趣的争执。农民宣称他只愿出五英镑，杰姆坚持要七英镑。在二十分钟激烈的讨价还价后，他们以六英镑成交。农民骑到那匹马的马背上，开怀大笑地离开了。玛丽开始有些站不住了。集市上暮色渐浓，灯亮了。镇子呈现出一种神秘气氛。她正想着回到两轮马车那里，忽然听见她身后有个女人在说话，还夹杂着非常造作的笑声。她转过身，看见了那件蓝色斗篷和那顶装饰着羽毛的帽子，原来是下午早些时候从四轮大马车上下来的那个女人。“唉哟，瞧呀，詹姆斯，”那个女人说，“你这辈子见过这样漂亮的小马吗？它昂着头的样子，活像可怜的美人儿过去的时候。它们真是太像了，只是这匹马是黑色的，也不是美人儿那个品种。真气人呀，罗杰不在这儿。他在会见客人，我可不能打扰他。你觉得它怎么样，詹姆斯？”

她的同伴戴上眼镜，打量着。“该死，玛利亚，”他慢吞吞地说，“我对马一窍不通。你丢的那匹马是灰色的，对吧？这匹可是乌木色的，极有可能是乌木色的，亲爱的。你想买下它吗？”

那个女人娇笑了几声。“如果把它当成圣诞礼物送给孩子们，就太好了，”她说，“自打美人儿不见以来，他们就没让可怜的罗杰省过心。问问价儿吧，詹姆斯，可以吧？”

那个男人大摇大摆地向前走去。“哎，老兄，”他冲杰姆说，“你要卖你那匹黑马吗？”

杰姆摇摇头。“我已经答应把它卖给一个朋友了，”他说，“我不想说话不算数。再说了，这匹小马也驮不动你。它是给孩子骑的。”

“噢，的确。噢，我明白了。噢，谢谢你。玛利亚，这个家伙说那匹马不卖。”

“当真？真可惜呀。我喜欢它喜欢得不行。告诉他，他要多少钱我都掏。再问问他，詹姆斯。”

那个男人再次戴上眼镜，慢吞吞地说：“听我说，老兄，这位夫人喜欢你的矮种马。她刚丢了一匹，想把这匹买下代替。她的孩子们要是听说你不肯卖的话，一定会非常失望的。哎，让你的朋友见鬼去吧。就让他等着吧。你要价多少？”

“二十五个几尼，”杰姆马上说，“至少这个数，我朋友就打算出这个价。我还不大愿意卖给他呢。”

那位女士冲进了围栏。“我愿意出三十个几尼，”她说，“我是来自北山的巴萨特夫人，我想把这匹马当成圣诞礼物，送给我的孩子们。请不要固执。我钱包里有那个数目的一半，剩下的一半这位绅士会给你。巴萨特先生现在就在朗瑟斯顿，我想给他和我的孩子们一个惊喜。我的马夫马上就会来取马，在巴萨特先生离开镇子之前把它骑到北山。给你钱。”

杰姆把帽子从头上扫落，深深地鞠了一躬。“谢谢你，女士，”他说，“我希望巴萨特先生会为你做成的交易感到高兴。你们将会发现，对孩子们来说，这匹矮种马非常安全。”

“嗯，我确信他会感到高兴的。当然，这匹马肯定比不上我们被偷走的那匹。美人儿是一匹纯种马，值很大一笔钱呢。但这匹小东西也够好看了，会让孩子们高兴的。赶紧吧，詹姆斯。天就要彻底黑了，我冻得骨头都受不住了。”

她离开围栏，朝等在广场里的马车走去。高个子马夫向前一跃，打开了车门。“我刚给罗伯特少爷和亨利少爷买了一匹矮种马，”她说，“你能找到理查兹，让他把它骑回家吗？我想给老爷一个惊喜。”她上了马车。她的衬裙在她身后摆动着，那个戴眼镜的同伴一同跟着。

杰姆赶忙扭过头看，拍了拍站在他身后的一个少年的胳膊。“听着，”他说，“你想不想挣五先令？”少年咧开了嘴，点了点头。“那你就牵着这匹马，等马夫过来时替我交给他，行吧？我刚听说我老婆生了对双胞胎，有可能保不住命。我一刻都耽误不起。来，抓住马笼头。祝你圣诞快乐。”

他立即快步离开广场，双手深深地插在马裤的口袋里。玛丽谨慎地跟在他后面，但又觉得不妥，距离他有十步之遥。她面红耳赤地盯着地面。她很想哈哈大笑，只好用围巾捂着嘴。当他们抵达广场另一端时，她几乎要倒下了。那辆马车和那群人已经不见了。她一手拄着腰，站在那里，想喘口气。杰姆等着她，表情严肃得像个法官。

“杰姆，你真该被吊死，”等缓了过来，她说道，“就冲你站在广场上，把你偷巴萨特先生的马又卖给了他本人！你脸皮厚得和魔鬼有一拼。单是看着你，我头发都要白了。”

他昂起头，哈哈大笑。她也忍不住笑了。他们的笑声在街上回荡，直到有人转过身看他们。这些人也被他们感染，先是微笑，继而哈哈大笑。笑声持续在街上回荡，与集市上的嘈杂、喧嚣混合在一起，与喊声、叫声、从某个地方传来的歌声交融，就连朗瑟斯顿本身也似乎欢快地颤动起来。火炬和火焰把奇异的光投射在人们的脸上。到处五彩缤纷，影影绰绰，空气中荡起兴奋的涟漪。

杰姆握住她的手，捏着她的手指。“你现在庆幸你来了，对吧？”他问道。“是呀。”她不假思索就回答说。她也不在乎。

他们钻进了集市深处。周围挤满了人，充满热气，令人浮想联翩。杰姆给玛丽买了一条深红色的围巾，还有一对金耳环。他们在一个条纹帐篷下吸着橘子，让一个满脸皱纹的吉卜赛女人给他们算命。“要留意一个邪恶的陌生人。”吉卜赛女人对玛丽说。他们看着对方，又哈哈大笑起来。

“你手里有血，年轻人，”吉卜赛女人对杰姆说，“你将来会杀一个人。”“我今天在马车里和你说什么来着？”杰姆说，“我到现在都还是清白的。你现在相信了吧？”但是，玛丽冲他摇了摇头。她还说不准。小小的雨滴落在他们脸上，他们也不在意。风一阵阵吹来，吹得帐篷鼓起来，像巨浪般摇摆，吹得纸张、缎带、丝绸乱飞。一个很大的条纹摊棚立即晃动起来，塌了下去，苹果和橘子滚到了排水沟里。火焰在风中摇曳，雨滴落了下来。人们笑着，互相召唤着，四散奔逃，寻找遮风挡雨的地方。雨水从他们身上往下淌。

杰姆把玛丽拽到一个门洞下面，双臂抱着她的肩膀。他把她的脸转过来，贴着他的脸，然后双手捧住她的脸，吻她。“要留意一个邪恶的陌生人。”他说。他哈哈大笑，又吻了她。晚云和雨一起来了，天色立即暗了下来。风吹灭了火焰，灯笼发出昏暗的黄光，集市的五颜六色消失了。广场很快就空无一人。条纹帐篷和摊棚一派空寂、凄凉景象。细雨阵阵，洒向开放的门洞。杰姆背对着雨站着，为玛丽遮风挡雨。他解开她围的围巾，拨弄她的头发。玛丽感受到他的指尖正滑过她的脖子，滑向她的肩膀。她伸出手，把杰姆的手推开了。“我犯了一晚上傻了，杰姆·梅林，”她说，“我们该考虑回去了。别碰我。”

“刮这么大的风，你不会想坐在一辆敞篷的马车里吧？”他说，“风是从海岸那边刮过来的，如果我们在公路上驾车，会被吹下去的。我们必须一起在朗瑟斯顿过夜。”

“很有可能。去牵马吧，杰姆，正好趁这阵雨暂时停了。我在这儿等你。”

“别像个清教徒似的，玛丽。在去博德明的路上，你会淋成落汤鸡。你就不能假装爱着我吗？要是那样，你就会和我在一起。”

“你这样和我说话，就因为我是牙买加旅馆的女招待吗？”

"让牙买加旅馆见鬼去吧！我喜欢你的长相，你肌肤的触感。对一个男人来说，这就够了。就是对一个女人来说，也应该够了。"

"我想，对一些女人来说，是那样。但我碰巧不是那种女人。"

"难道他们把你造得不同于赫尔福德河上别的女人？今晚和我待在这儿吧，玛丽，我们来看看到底是不是这样。到了明天早上，你就和其他女人没有什么不同了，我敢发誓。"

"我并不怀疑这一点。那就是我为什么宁可在马车里挨淋。"

"上帝呀，你硬得就像块燧石，玛丽·耶伦。等到你又成了孤家寡人的时候，你会后悔的。"

"那也比将来后悔强。"

"要是我再吻你一下，你会不会改变主意？"

"不会。"

"有你在房子里，我哥哥就算一个星期都抱着酒瓶躺在床上我也不奇怪。你给他唱圣歌了？"

"我想是的。"

"我从没见过你这么乖张的女人。要是能让你觉得自己受到了尊重，我可以给你买个戒指。我兜里的钱可并不经常多得够买一枚戒指。"

"你究竟有几个情人呀？"

"六七个吧，分散在康沃尔各地。还没算上塔玛尔对面的那几个。"

"对一个男人来说，这个数字挺不错的。如果我是你，我会等上一阵再接纳第八个。"

"你也太伶牙俐齿了吧？瞧你围着围巾，忽闪着亮闪闪眼睛的样子，就像个猴子。好吧，我去赶车，带着你回你姨妈那里，但我要先吻吻你，无论你愿意不愿意。”

他用手捧住她的脸。“一下是悲，两下是喜，”他说，“等到你没那么犟了，我再把剩下的给你。今晚歌是唱不完了。待着别动，我很快就回来。”

他低头躲着雨，大步跨过街道。她看着他先是走到一排货摊后面，又拐过街角，然后消失不见了。

她再次靠回去，置身于门洞的庇护之下。她知道，公路上将荒无一人。这是一段真正要顶恶风冒大雨的旅程，沼泽地才不会动恻隐之心。在一辆敞篷的马车里坚持十一英里，确实需要一些勇气。也许是因为想到和杰姆·梅林待在朗瑟斯顿，玛丽的心跳加快了。这个想法确实挺令人兴奋的，好在他离开了，看不见她此刻的脸，不过即使如此，她也不至于犯糊涂去取悦他。一旦她违背她给自己定下的行为准则，开弓就没有回头箭了。她将会丧失心灵的隐私，丧失人格的独立。她已经让步太多，并且可能永远都无法彻底摆脱他。这一弱点会成为她的累赘，使本就面目可憎的牙买加旅馆的四壁更加令人憎恶。也许还是独自承受孤寂更好一些。现在，就因为他距离她有四英里之遥，沼泽的寂静成了一种折磨。玛丽围上围巾，抱起了胳膊。她希望女人并不像稻草一样脆弱，那她今晚就可以和杰姆·梅林待在一起，像他一样忘我，到了早上，他们就都能相视一笑，耸耸肩，分道扬镳。但情况并不是这样，她只是个女人，她不能那么做。仅仅几个吻就已经把她变成了傻瓜。她想到佩兴丝姨妈那紧跟着主人的样子，亦步亦趋，像个幽灵，不由得打了个哆嗦。若非上帝眷顾，以及自己的意志力，她玛丽·耶伦也会那样。一阵风撕扯着她的裙子，一阵雨被吹进了敞开的门洞。现在更冷了。小水潭在鹅卵石上蔓延，灯光和人们已无影无踪。朗瑟斯顿丧失了它的魅力。明天会是一个阴郁、凄凉的圣诞节。

玛丽跺着脚，哈着手，等待着。杰姆正不慌不忙地去取马车。毫无疑问，由于她拒绝待在朗瑟斯顿，他生气了。为了惩罚她，他把她留在敞开的门洞里挨淋、受冻。过了很久，杰姆还没来。如果这就是他报复的方式，那未免缺乏幽默感，也没有创意。某个地方的时钟敲响了八点。他已经去了半个小时还不止，而马和马车所在的马厩距离这儿只有五分钟的路程。玛丽感到既沮丧，又疲倦。自午后以来，她就没有坐过，加之现在那种高亢的兴奋劲儿已经消失，她就更想休息了。要重温过去几个小时里的那种无忧无虑、忘乎所以的情绪，难啊！杰姆已带着他的高兴劲儿离开了。

玛丽终于忍耐不住，动身上山找他。长长的街道空空荡荡，只有几个被落下的人。他们也像她曾经那样，在门洞靠不住的遮蔽下徘徊。雨冷酷无情，风声阵阵。圣诞节的气氛如今已荡然无存。

她几分钟就到了他们下午安置马和马车的马厩。门锁着。她透过一道缝隙往里看，发现棚子里空了。那么，杰姆肯定已经离开。她敲了敲紧邻的商店的门，非常焦急。过了一会儿，门开了。开门的是那天早些时候让他们进棚的家伙。

他看上去有些气恼，因为他正舒舒服服地烤着火，被玛丽打扰了。他刚开始并没认出她来，她的围巾湿了，又一副很狼狈的样子。

“你想干什么？”他说，“我们这儿不给陌生人提供食物。”

“我不是来讨吃的，”玛丽回答说，“我在找我的同伴。我们是一起乘车来的，你还记得吗？我看见马厩空了。你见过他吗？”

那个人低声道了个歉：“请原谅我。你朋友离开了有二十分钟了，可能还不止。他好像非常匆忙，还有个男人跟着他。我也拿不准，不过那人看着像是白鹿酒店的一个仆人。反正他们是又折回那个方向去了。”

“我想，他没有留口信吧？”

“没有。我很抱歉，他没有。你去白鹿酒店看看，也许能找到他。你知道白鹿酒店在哪儿吗？”

“知道，谢谢。我去那儿看看。晚安。”

那个人当着她的面关了门，一副很高兴摆脱了她的样子。玛丽转身朝镇子的方向走去。杰姆为什么会和白鹿酒店的一个仆人在一起？那个人肯定搞错了。除非她自己去查清真相，否则她也无计可施。她再次走向铺着鹅卵石的广场。白鹿酒店里灯火通明，显得非常热情好客，但并无马和马车的踪迹。玛丽的心沉了下去。杰姆果真没等她就出发了？玛丽犹豫了一会儿，然后走到门口，进到里面。大厅里似乎都是绅士，他们聊着，笑着。她的农妇打扮和湿漉漉的头发再次引起了注意，一个仆人立即走向她，要求她离开。“我来这儿找一位名叫杰姆·梅林的先生，”玛丽口气坚决地说，“他驾着一辆马车来这儿的，有人看见他和你们的一个仆人在一起。我很抱歉打扰了你，但我急于找到他。能劳驾你问问吗？”

那个仆人无礼地离开了。玛丽等在门口，背对着那一小群站在炉火旁盯着她看的男人。在他们中间，她认出了那个马贩子和长着猞猁眼的小个子男人。

她突然产生了一种不祥的预感。过了一会儿，仆人托着一盘杯子回来了，把杯子分发给火炉边的人。后来，他又带着面包和火腿再次出现。他一直没再关注玛丽，直到她喊了他三次，他才朝她走去。“我很抱歉，”他说，“我们这儿今晚人太多，没工夫注意集市上来的人。这里没有姓梅林的。我还在外面打听了，没有人听说过他。”

玛丽立即朝门口走去，但那个小个子男人已先她一步到了那里。“如果你要找的是今天下午想把一匹矮种马卖给我同伴的那个邪恶的吉卜赛人，我倒是能给你说说他的情况。”他一边说，一边咧开嘴笑了，露出一排断掉的牙齿。火炉旁的那群人哄堂大笑。

她看看这个，又看看那个。“你想说什么？”她问道。

“大约十分钟前，他和一位绅士在一起。”长着猞猁眼的男人回答说。他依然微笑着，上下打量她。“在我们几个人的帮助下，他被说动了，上了等在门口的一辆四轮大马车。他本来还想反抗，但那个绅士一瞪眼，他就不敢动了。你应该知道那匹黑马是怎么回事吧？他要的价格实在是高。”

他的话再次引得火炉旁的那群人哄堂大笑。玛丽神态自若地盯着他。

“你知道他去哪儿了吗？”她问道。

他耸了耸肩，装出一副同情的样子。

“我不知道他要去哪儿，”他说，“我还要遗憾地告诉你，你的同伴没有留下再回来的口信儿。不过呢，今天是平安夜，夜还不深，你自己也能明白，这天气在外面待着不是个办法。如果你愿意在这里等，直到你朋友回来，我和其他几位绅士会乐于款待你的。”

他把他软乎乎的手放在她的围巾上。“那个抛弃你的家伙该是多么坏的一个无赖呀，”他和和气气地说，“进来休息一下，把他忘了吧。”

玛丽一言不发就转过身，再次走了出去。就在门关上时，她听见了他哈哈的笑声。

她站在空荡荡的集市上，只有凄风苦雨为伴。这样看来，最糟糕的情况已经发生，杰姆盗马的事情暴露了。没有别的解释。杰姆已经离开。她呆呆地盯着她前面那些黑黢黢的房屋，想知道盗窃会遭到什么惩罚。他们会像对待谋杀犯那样把他吊死？玛丽感到很不舒服，仿佛有人揍了她一顿。她心里乱糟糟的，什么都看不清，也不知道该怎么办。她觉得，对她来说，杰姆算是丢了，她再也不会见到他了。短暂的冒险结束了。她一时之间蒙了，几乎不知不觉地迈开脚步，漫无目的地穿过广场，朝那座建有城堡的山丘走去。如果她同意待在朗瑟斯顿，那么这一切就不可能发生。他们就会离开那个躲雨的门洞，在镇子的某个地方找到一个房间。她会躺在他的身边，他们会相亲相爱。

此外，即使他在早上被抓，他们也能单独待上那几个小时。杰姆现在已离她而去，她的心灵和肉体都发出了痛苦、不满的呼喊，她这才知道自己是多么需要他。他被抓是她的错，她却什么忙也帮不上。他们无疑会因此把他吊死，他会像他父亲那样死去。城堡的围墙仿佛在居高临下地对她蹙着眉头，雨水在旁边的道路上汇聚成溪。朗瑟斯顿的美好已然消失，成了一个冷酷、阴郁又可恶的地方，道路上的每个转弯都暗示着灾难。她跌跌撞撞地向前走着，蒙蒙细雨打在她的脸上。她几乎不在乎她要去哪儿，不在乎她和她牙买加旅馆的卧室之间，隔着漫长的十一英里路程。如果爱一个男人意味着这些痛苦、苦恼、悲伤，那她宁可一个都不要。爱杀死了理智和镇定，令人望而生畏。她现在又成了个咿呀学语的孩子，而她曾那么镇定自若，坚不可摧。陡峭的山丘在她面前隆起。下午时，他们就是从那里隆隆驶下的。她记得树篱缺口处有一根长满节瘤的树干。杰姆吹着口哨，她则唱了几段歌曲。突然，她清醒了过来，步伐也变得蹒跚。要是再往前走，那她就真是疯了。道路在她面前延伸，宛如一条白色缎带。在这场风雨中，就算只走上两英里，也会令人精疲力竭。

她转过身，再次走上山坡。她下面的镇子灯光闪烁。也许有人会给她一张床，或在地板上给她铺一条毯子，让她过夜。她没钱，但他们得相信她会付钱。风撕扯着她的头发，长势不佳的小树被风吹得东倒西歪。圣诞节将会有一个疾风骤雨的黎明。

她在道路上走着，像一片树叶那样忍受着雨打风吹。透过黑暗，她看见一辆马车爬上山丘，向她驶来。马车又小又宽，黑乎乎的，像个甲虫，由于天气恶劣而行进缓慢。她目光呆滞地看着它，脑子里一片茫然，仅想到在某个地方，在一条她不知道的道路上，杰姆·梅林以同样的方式，走向了他的死亡。马车慢慢地靠近她，就要驶过去了。就在此时，她突然向它跑去，呼唤那个裹着大衣、坐在座位上的车夫。“你要去博德明吗？”她喊道，“里面有乘客吗？”车夫摇摇头，挥鞭抽了一下他的马，但还没等玛丽躲到一边，车窗里就伸出了一条胳膊，一只手按在了她的肩膀上。“玛丽·耶伦，你一个人平安夜在朗瑟斯顿干什么？”说话声从马车里传出。

那只手很结实，但那声音很温和。在黑暗的马车里，一个面色苍白的人盯着她。他戴着一顶黑色的铲形帽，帽子下面是白色的头发和一双白色的眼睛。这不是别人，正是奥特尔南的教区牧师。

10

她注视着他的侧脸。在昏暗的光线中，他的轮廓显得非常清晰、分明。他凸起的瘦鼻子向下伸着，就像一只鸟儿弯曲的喙。他的嘴唇狭窄，没有血色，紧紧地抿在一起。他身体前倾，下巴支在一根乌木手杖上。手杖很长，拄在他双膝之间。

一时之间她还无法看见他的眼睛。它们被短短的白色睫毛遮住了。然后，他在座位上转过身来，打量着她。他的睫毛忽闪着，眼睛也呈现出白色，透明，毫无情绪，就像玻璃一般。

"这么说，我们这是第二回一起坐车了。"他说，他的声音像女人一样柔和、低沉，"我又一次有幸在路边帮到你。你全身都湿透了，最好脱掉你的衣服。"他不动声色地盯着她。她慌里慌张地去取别着她的围巾的别针。

"这里有一块干毯子。剩下的旅途中，你可以裹着它，"他接着说，"至于你的脚，光着更好。这辆车相对而言好一些，风刮不进来。"

她一言不发地取下她的围巾，脱掉紧身胸衣，用他递过来的粗糙毛毯把自己裹住了。她的头发从发带上垂下来，像一块帷幕那样悬在她赤裸的肩膀周围。她感觉自己像个在搞恶作剧时被逮到的孩子，现在正按照主人的吩咐，温顺地将双手叠在一起。

“怎么回事呀？”他一边说，一边严肃地看着她。她发现自己立即开始结结巴巴地解释起她这一天的活动。就像以前在奥特尔南那样，他身上有一种东西，让她无法控制自己，让她说起话来像个傻瓜，像个无知的乡下姑娘。她的故事讲得很糟糕，好不容易才讲完。而她的故事听起来就像是又一个在朗瑟斯顿集市上作践自己的女人，被她选择的男人抛弃，不得不独自寻找回家的路。她羞于指名道姓地提及杰姆，只说他是个靠驯马为生的男人，是她有一次在沼泽里漫游认识的。这次，由于一匹矮种马的买卖，他在朗瑟斯顿遇到了麻烦。她担心他可能因为欺诈而被抓起来。

她不知道弗朗西斯·戴维会怎么想她，在听到她和一个偶然认识的人驾车去了朗瑟斯顿，然后又耻辱地弄丢了她的同伴，在下雨后浑身湿透地在镇子里到处跑，像个站街的女人。他默默地听完了她的讲述。她听见他吞咽了两次口水，知道这是他的一个习惯。

“这么说，你还不算太孤单，”他最后说，“牙买加旅馆也不像你认为的那样与世隔绝吧？”

玛丽的脸在黑暗中唰地红了。尽管他看不见她的脸，但她知道他的眼睛正盯着她。她感到内疚，仿佛做了错事，而他说的话是一种谴责。

“你的同伴叫什么名字？”他语气平静地问道。她犹豫了一会儿，感到难堪、不安，心里的愧疚感更加强烈了。

“他是我姨父的弟弟。”她回答说。她知道她的声音里透着不情愿，她被迫做出的承认就像是在招供。

无论他迄今为止对她持有什么看法，以后都不大可能有所改观了。她把乔斯·梅林称作凶手还不到一个星期，就毫无愧疚地和他弟弟一起驾车离开牙买加旅馆，像个想见识一下集市乐趣的普通酒吧女招待。

“你肯定看不起我，”她连忙接着说，“我那么不信任且厌恶我姨父，理应很难把他的弟弟当成知己。我知道，他不老实，还是个贼。他从一开始就对我说了实话。但除那之外……”由于拿不准，她没有再说下去了。毕竟，杰姆什么都没否认；在她谴责他时，他也几乎或根本没有试图为自己辩护。她现在站在他那一边，反而要为他辩护，这毫无道理，并且有违她理智的判断。此外，她已经和他绑在一起了，就因为他那抚摸了她的手，和黑暗中的那个吻。

“你的意思是，老板的弟弟对老板在夜里干的勾当一无所知？”坐在她旁边的戴维继续口气温和地说，“他和那些把货运马车驾驶到牙买加旅馆的人不是一伙儿的？”

玛丽摆了一个小小的表示失望的姿势。“我不知道，”她说，“我没有证据。他什么都没承认。他只是耸了耸肩膀。但他告诉了我一件事：他从没杀过人。我相信了他。我现在还相信他。他还说我姨父正在往法律的手心里钻，要不了多久我姨父就会被逮住。如果他们是一伙的，他肯定不会这么说。”

她这套说辞与其说是想消除她身旁这个男人的疑虑，不如说是想消除她自己的疑虑。杰姆的清白突然变得至关重要了。

“你以前对我说过，你和那位乡绅比较熟悉，”她赶忙说，

“你也许可以影响他的决定。你可以说服他，劝他尽量仁慈地对待杰姆·梅林，对不对？毕竟他还年轻，可以重新开始生活。对你来说，这不是件难事吧？”

他的沉默让她更加羞愧。她感受到他的白眼睛正冷冷地注视着她，她知道，他肯定觉得她是个不知羞耻的小傻瓜，是个女人家。他肯定明白，她是在为那个吻过她的男人辩护，而那个男人根本瞧不上她，一声不吭地就走了。

“我和北山的巴萨特先生不过是泛泛之交，”他语气温和地对她说，“我们相互问过一两次好，谈过与我们各自教区有关的事务。他大概不会因为我而饶恕一个贼，尤其是当那个贼确实罪责难逃，又碰巧是牙买加旅馆老板的弟弟。”

玛丽什么也没说。这个奇怪的上帝的仆人再一次说了合乎逻辑、睿智的话语，让她无法辩驳。然而，她已经陷入了突如其来的爱情的狂热。这种狂热毁灭了理智，破坏了逻辑，因此他的话语反倒成了一种刺激，在她的脑海里制造了新的骚乱。

“你是不是担心他的安全呀？”他说。玛丽不知道她听到的是嘲讽、谴责，还是理解。他又接着说了下去，速度之快恰似电光一闪：“如果你的新朋友还犯有别的罪行，比如和他哥哥合谋掠夺同胞的财产，甚至谋害性命，那么，玛丽·耶伦，你该怎么办呢？你还打算救他吗？”她感觉到他将手放在了她的手上，凉凉的，不带一丝感情。此外，由于她刚经历过白天的兴奋，感到既害怕又懊恼。她违背了自己的判断爱上了一个男人，又由于自己的错误失去了他。于是，她崩溃了，开始嘶吼，像个缺乏教养的孩子。

“这不是我想要的，”她怒气冲冲地说，“我可以面对我姨父的残忍，以及佩兴丝姨妈可怜又麻木的愚蠢，就连牙买加旅馆自身的寂静和恐怖也无法让我退缩逃避。我不在意孤独一人。我和我姨父的这场斗争常常让我感到一种可怕的满足，有时候还让我勇气倍增。我觉得从长期来看，我会战胜他，无论他说什么或做什么。我曾希望带着我的姨妈离开他，看到正义得到伸张。然后，等这一切都结束了，我会在哪个地方的农场找份工作，像一个男人那样生活，就像我过去做的那样。但现在，我再也无法看到未来，无法为自己制订计划，或为我自己着想。我在陷阱里绕来绕去，而这全是因为一个我轻视的男人，一个我根本看不上也不了解的男人。我不想像个女人那样坠入爱河，也不想感觉自己像个女人，戴维先生。那样会饱受痛苦、折磨和悲惨的摧残，终其一生。这不是我想要的。我不想这样。”

她靠了回去，脸贴着马车一侧，既因为滔滔不绝地说了一通而疲惫不堪，也因为情绪失控而感到羞愧。她现在不在乎他怎么想她了。他是个教区牧师，因而能够超越她那个小小的骚动和激情的世界。他很可能根本不了解这些事情。玛丽有些愠怒不快。

“你多大了？”他突然问道。

“二十三岁。”她告诉他。

她听见他在黑暗中咽了下口水。他把他的手从玛丽手上拿开，移回乌木手杖上，默默地坐着。

马车现在已驶离了遮风挡雨的朗瑟斯顿河谷和树篱，正驶往通向开阔沼泽的高地，任由雨打风吹。风刮个不停，雨时断时续。不时有一颗星悄悄地落在一片低扫而过的云后面，在天空中悬挂片刻，看上去小如针孔。然后，星星会消失，被一块黑色的雨幕遮住或卷走。从狭窄的车窗望出去，除了一方黑压压的天空，什么也看不见。

在河谷里，雨下得更为均匀；尽管风不停地刮，却不算太猛，并且受到了树木和山丘的阻挡。但在这里的高地上，这种自然屏障是不存在的。除了道路两旁的沼泽，以及上方浩茫的黑色天穹，什么也没有。风声凄厉，不同以往。

玛丽浑身颤抖着，慢慢往她同伴身边挨了挨，像条狗一样。他仍然一言不发，但她知道，他已转过身，俯视着她。她第一次感到，他还像个人那样可以亲近。她能感受到他呼在她额头上的气息。她想起她的湿围巾和紧身胸衣还躺在她的脚边，她赤裸的身躯被粗糙的毯子裹着。等到他再次开口，她才意识到他离她是那样近。他的说话声突然响起，出人意料，令她吃了一惊，有些不知所措。

“你还很年轻，玛丽·耶伦，”他声音柔和地说，“你不过是只还裹着破碎蛋壳的小鸡。你会安然度过你那小小的危机。你这样的女人没必要为一个萍水相逢的男人流泪，初吻也犯不着记在心里。你很快就会忘掉你的朋友和他那偷来的马。来吧，擦干你的眼泪，你不是第一个因为失去恋人而咬指甲的女人。”

听了他说的话，她最初觉得，牧师太轻描淡写了，他认为她的问题不值一提。她很困惑，不知道他为什么没有说些常见的安慰人的话语，说说祈祷之福，上帝的安宁，以及永恒的生命之类的。她想起了上次和他驾车时，他曾用鞭子抽打他的马，好让马飞奔起来；他还曾蹲在座位上，手里握着缰绳，低声说了一些她听不懂的话。她再次感到了当时的不安。她曾本能地把这种感觉和他异于常人的头发、眼睛联系在一起，就好像他肉体上的特异性是他和世界上其他人之间的一道障碍。在动物的王国里，特异性会引起憎恨，会立即遭到猎捕、毁灭，或被驱逐到荒野中去。在这个念头一闪而过后不久，她就责备自己狭隘，不像个基督徒。他是个同类，上帝的牧师。她低声向他道歉，为自己在他面前犯傻，像个泼妇那样说话。与此同时，她伸手拿起她的衣物，在毯子的掩盖下偷偷把它们穿上了。

“这么说，我的推测是对的，自我上次见到你以来，牙买加旅馆没再闹出什么动静了？”他沉思了一会儿，然后说，“也没有货运马车来打扰你的安眠，旅馆老板独自一人把玩着他的杯子和酒瓶？”

玛丽仍有些烦躁和忧虑，满脑子都想着她失去的那个男人。她费了一番工夫，才把自己拉回了现实。姨父已被她抛诸脑后近十个小时了。现在，她立即想起了上个星期遭遇的所有恐怖，以及她获悉的新情况。她想起了那些无眠的、无限冗长的夜，以及她独自度过的漫漫白昼。姨父圆睁着充血的眼睛，再次在她面前晃动，还有他醉醺醺的微笑，和那双伸过来的双手。

“戴维先生，”她低声说，“你听说过沉船帮吗？”

她以前从没把这伙人的名字说出来过，甚至想都没有想过，而现在她听见话从自己嘴里说出来，觉得它非常可怕、可憎，仿佛是亵渎神明的话语。马车里太暗，她看不见他脸上的表情，但她听见了他吞咽口水的声音。由于他戴着黑色的铲形帽，她看不见他的眼睛。她只能看见他的剪影的轮廓，尖尖的下巴，凸起的鼻子。

“好多年前，我差不多还是个孩子，有一次，我听见一个邻居谈到了他们，”她说，“后来，等我懂事了，听到了人们聊这方面的事，不过这种闲聊很快就被压下去了。有个人去了北方海岸一趟，带回来一些吓人的故事，但他很快就会被迫闭口不谈。老人们禁止说这样的事，说这样的事情有违体统。”

“我根本不相信这样的故事。我问过我母亲，她对我说，这都是坏心眼儿的人瞎编出来吓人的，这样的事情不可能存在。她错了。我现在知道她错了，戴维先生。我姨父就是其中之一，他亲口给我说的。”

她的同伴还是没有回答。他一动不动地坐着，宛如一尊石像。她又接着说了下去。她的声音一直很低，和耳语差不多。

“他们卷入其中了，他们中的每一个，从海岸到塔玛尔河岸。我第一个星期六在旅馆酒吧里见到的所有人：吉卜赛人、偷猎者、水手、断牙的小贩。他们亲手杀害了女人和孩子。他们把女人和孩子按到水下，再用石头砸死。那些夜里在路上行驶的马车是死亡马车，它们拉的货物不仅是走私的白兰地和烟草桶，还有失事船只上沾染着鲜血的货物，还有被害人的财物。难怪农场里的那些胆小鬼都那么害怕、厌恶我姨父，难怪他被所有人拒之门外，难怪客运马车尘土飞扬地驶过门前而从不停留，原因就在这里。他们怀疑，但他们无法证实。我姨妈发现了真相，从此活在恐惧之中。我姨父只有喝醉了酒，才会在陌生人面前吐露他的秘密。好了，戴维先生，你现在已经知道了牙买加旅馆的真相。”

她靠了回去，倚着马车的一侧，气喘吁吁。她咬着嘴唇，绞着手指，无法控制自己的情绪。从她嘴里奔涌而出的滔滔话语既让她精疲力竭，又让她感到震撼。在她脑海深处的某个地方，一个形象挣扎着想要获得她的认可，并找到了重获光明的方法，完全不顾及她此刻的感受。这个形象就是她爱着的那个男人的脸——杰姆·梅林的脸。那张脸变得邪恶、扭曲，最后可怕地与他哥哥的脸合而为一。

牧师黑色铲形帽下的脸朝她转了过去。她看见他的白色睫毛突然忽闪了一下，他的嘴唇也动了。

“这么说，这是老板在喝醉时说的？”他说。玛丽觉得他的声音似乎缺乏惯有的温和，语气有些严厉，仿佛还提高了音量。但是，当她仰起头来，注视着他的眼睛，他也注视着她，眼神冷静、不动声色，一如既往。

“是呀，是他说的，”她回答他说，“只要他连着五天靠喝白兰地为生，他就会在世界面前暴露他的灵魂。这是他亲口给我说的，就在我刚来的第一天晚上。他当时没喝醉。但四天前，半夜时分，他从不省人事中醒来，摇摇晃晃地来到厨房，然后说了那番话。我这才知道了。这也许就是我对人类、上帝、我自己失去信心的原因，也是我今天在朗瑟斯顿犯傻的原因。”

在他们谈话期间，风更大了。现在，马车拐了个弯，正好顶着风，几乎前进不得，车厢在高高的车轮上摇晃着。一阵雨突然袭来，雨点像石子一样砸在车窗上。遮风挡雨的地方彻底没有了。两边的沼泽光秃秃的，无遮无拦。乌云迅速从大地上方飞过，撞到石山上，然后散开了。风是从十五英里之外的海上刮过来的，带着一股咸咸的潮湿气味。

弗朗西斯·戴维坐在座位上，身体前倾。“我们离五岔口和通向奥特尔南的拐弯不远了，”他说，“车夫要去博德明，会把你带到牙买加旅馆。我要在五岔口那里下车，步行进村。我是唯一有幸获得你的信任的人，还是已和老板的弟弟共享了这份信任？”

再一次，玛丽无法分辨他的声音里是否包含着嘲讽和挖苦。“杰姆·梅林也知道，”她不情愿地说，“我们今天上午谈过。尽管他说得不多，但我知道他们关系不好。这现在都不重要了。因为别的一桩罪行，杰姆要去坐牢了。”

“假如他愿意出卖他哥哥来保住自己，会怎样呢，玛丽·耶伦？你不妨考虑一下。”

玛丽吓了一跳。这倒是一种新的可能性，她一时间想抓住这根稻草。但这位奥特尔南的教区牧师显然猜透了她的心思，她抬头看他，想证实新希望的可能性，却发现他正微笑着，嘴唇一时间不再紧闭着，就好像他的脸是一副面具，面具已经裂开。她惴惴不安地把视线移开，感觉自己无意间看见了不该看见的东西。

“毫无疑问，那对你、对他都是一种解脱，”教区牧师继续说，“如果他从来都没有卷入其中的话。但是，疑问始终存在，不是吗？无论是你，还是我，都不知道问题的答案。罪犯一般不会把绳索套在他自己的脖子上。”

玛丽无助地摆了摆手。他肯定看见了她脸上绝望的表情，先前一直比较严厉的声音再次变得温和。他还把手放在了她的膝上。“我们的光明日子已经过去，我们将要步入黑暗，”他轻声说，“如果我们可以引用莎士比亚的话，康沃尔明天将会有一场奇怪的布道，玛丽·耶伦。然而，你姨父和他那帮同伙不是我的教区的教徒。即使他们是，他们也不会明白我说的是什么。你冲我摇了摇头。我说的话是有些像谜语。‘这个人根本不会安慰人，’你想这么说，‘他是个白头发、白眼睛的怪物。’不要转开头。我知道你是怎么想的。为了安慰你，我再告诉你一件事。随你怎么理解。再过一个星期，新年就要到了。虚假的光将不再闪烁，再也不会有船只失事，蜡烛将会被吹灭。”

“我理解不了你的话，”玛丽说，“你是怎么知道这一点的？新年和这又有什么关系？”

他从她膝上抽回手，开始系他的大衣，准备离开。他拉起窗户，招呼车夫勒住马。冷风一下子冲进了马车，刺骨的冻雨蜇得人生疼。“我今晚回来前，在朗瑟斯顿开了一个会，”他说，“这几年开过不少相似的会议，这次也不过是那些会议的延续。我们这些参加会议的人终于接到通知说，陛下准备在明年采取一些措施，在海岸开展巡逻。哨兵将在悬崖上取代闪光信号，执法人员将在那些目前只有你姨父和他的同伙知道的小径上巡逻。”

“将会有一根铁链横穿英格兰，玛丽，想突破它很难。你现在明白了吧？”他打开车门，下到了道路上，没戴帽子，走在雨中。她看见他浓密的白发围着他的脸，像是一个光圈。他再次冲她笑笑，鞠了一躬，然后又拉住她的手，握了一会儿。“你的麻烦结束了，”他说，“那些货运马车的车轮将会生锈，走廊尽头那个钉了木条的房间可以被改造成客厅。你姨妈将会再次睡上安稳觉。你姨父要么喝酒喝死，不再纠缠你们，要么变成个传教士，在公路上向旅人讲道。至于你，你可以再次回到南方，找到一个爱人。祝你今晚睡个好觉。明天是圣诞节，奥特尔南的钟声将会为了祈求安宁和善念响起。我会想你的。”他冲车夫摆了摆手。马车继续向前驶去。

玛丽把身子探出窗外，向他呼喊，但他已经右转，走上五岔口中的一条小道，从她的视野中消失了。

马车辘辘地行驶在通向博德明的路上。还要再行驶三英里，玛丽才能看见牙买加旅馆高高的、刺破天际线的烟囱。在延伸于两个城镇之间那漫长的二十一英里中，这三英里最为荒凉，无遮无庇。

玛丽现在倒希望她已经跟着弗朗西斯·戴维离开了。她将不会听见奥特尔南的风，雨也将默默地落在有遮挡的小径上。到了明天，她会自离开赫尔福德以来第一次跪在教堂里祈祷。如果他说的是真的，那她就真有开心的理由了，感谢上帝也有了意义。那个劫掠失事船只的劫匪的好日子已经结束。他和他的同伙将受到新法律的制裁，会从乡间被抹去、清除，就像二三十年前的海盗那样。人们将彻底把他们遗忘，也不会有记录留下来毒化那些妄想重蹈他们覆辙之人的头脑。新一代人将从未听说过他们的名头，船只将无所畏惧地来到英格兰，也不会有人再趁着潮水发不义之财。那些小海湾将再次变得寂静，脚踩在砾石上发出的嘎吱声不会再响起，人们的低语也将平息，打破这种寂静的只会是海鸥的叫声。在波澜不兴的海面下，海床上，散落着一些无名的颅骨、曾经金灿灿的绿色硬币以及轮船的遗骸。它们将会被永远遗忘。它们曾经领教过的恐惧将和它们一同消失。新时代的黎明即将到来，男人和女人将会无畏无惧地旅行，大地将属于他们。在这里，在这片沼泽上，农民将像他们现在做的那样，耕种他们的土地，把一块块泥炭堆叠起来，放在阳光底下晒干，但笼罩在他们头顶的阴影将会消失。也许，在牙买加旅馆曾经矗立过的地方，青草会生长，石楠会再次开花。

她坐在马车的角落里，新世界的景象在她眼前浮现出来。马车现在是顺风行驶。透过开着的车窗，她听见夜晚的寂静中响起一声枪响，远处传来一阵喊叫声。人们的说话声从黑暗中传出，道路上响起嗒嗒的脚步声。她把身子探到窗外，雨打在她的脸上。她听见车夫恐惧地呼喊起来，马匹也在闪躲，步伐踉踉跄跄。道路陡峭地从峡谷升起，向山顶蜿蜒。在远处，牙买加旅馆细细的烟囱耸立在地平线上，宛如一副绞架。一群人从道路那头跑来，领头的那人像兔子一样跳跃着前行，手里提着的灯笼摇摇晃晃。枪声再次响起。车夫身体一软，跌了下去。马再次踉跄起来，瞎了一样向沟渠冲去。一时间，车厢在两个轮子间摇摆、晃动，然后停了下来。有人冲着天空咒骂，有人疯狂大笑，有人吹着口哨，有人在哭泣。

一张脸伸进了车窗。这人有着蓬乱的头发，其中一缕垂在一双鲜红、充血的眼睛上。脸上的嘴唇张开着，露出白花花的牙齿。然后，这人将灯笼举向窗户，以便让光线照进车内。一只手提着灯笼，另一只手握着一把冒烟的手枪。这是一双细长的手，指尖狭窄，美丽且优雅，圆圆的指甲上沾着污垢。

乔斯·梅林微笑着。那是一种因为中毒而癫狂的人发出的异常微笑。他用手枪对准玛丽，然后探进马车，把枪管顶在了她的喉咙上。

然后，他哈哈大笑，把手枪扔到身后，拽开车门，把她拖到路上，拖到他的身边。他把灯笼举过头顶，好让所有人都能看见她。路上站着十个或十二个人，个个都衣衫褴褛，邋里邋遢，其中一半像他们的头目那样喝醉了，脸上胡子拉碴，目露凶光。有一两个人拿着手枪，其他人则拿着碎瓶子、刀子或石块。小贩哈里站在马头旁。车夫脸朝下躺在沟渠里，一只胳膊弯在身下，身体软绵绵的，一动不动。

乔斯·梅林一把拽过来玛丽，把她的头按向灯笼。等到看清了她是谁，那群人狂笑起来。小贩哈里把两根手指放在嘴上，吹了声口哨。

旅馆老板朝她靠过去，由于醉得头重脚轻而弯下了腰。他抓住她松散的头发，拧成一股绳，然后像条狗那样嗅着。

“哎呀，是你呀，对吧？”他说，“你还是选择回来了，像条哀嚎的母狗那样夹着尾巴。”

玛丽一言不发。她看着人群，看看这个，又看看那个。他们也反过来盯着她，嘲弄她，对她嗤之以鼻，发出阵阵大笑。他们对着她的湿衣服指指点点，伸出手指摸她的紧身胸衣和裙子。

“你是聋了吗？”她姨父吼道，伸出手来，用手背扇她的脸。她大叫一声，抬起一条胳膊保护自己。但他把她的胳膊打到一边，抓住她的手腕，反拧到她的背上。她疼得直哭，他又哈哈大笑起来。

“我要是先把你宰了，你就会乖乖听话的，”他说，“你以为你能和我作对？凭你那张猴脸？凭你那不要脸的劲头儿？都半夜了，你在国王公路上衣不蔽体，披头散发坐在一辆雇来的车里，你以为你在干什么？你就是个普普通通的婊子罢了。”他猛地一拉她的手腕，玛丽跌倒了。

“放开我，”她喊道，“你没有权利碰我，也没有权利和我说话。你就是个嗜血的杀人犯，是个盗贼。法律部门全知道了，整个康沃尔也知道了。我今天去了朗瑟斯顿，就是去告发你的。”

人群乱成一团。他们围拢上来，冲她喊叫，大声质问着她。但老板向他们咆哮，示意他们后退。

“退回去，你们这些该死的傻瓜！你们难道没有看出来，她想通过撒谎来保住她的小命儿？”他怒喝道，“她什么都不知道，怎么可能告发我？她根本没有步行十一英里去朗瑟斯顿。看着她的脚。她是跟着一个男人去了某个地方。等到那男的玩腻了她，又用车把她送回来了。起来！你想趴在地上，等我收拾你吗？”他把她拽起来，拉到身边，然后用手指着天空。天空中，低低的云层已被疾风吹走，一颗湿淋淋的星星闪着微光。

“看那里，”他吼道，“云开了，雨正在往东走。在我们完事之前，风还会继续刮。再过六个小时，海岸那儿天就要大亮了。我们不能继续在这里浪费时间。哈里，把你的马弄过来，套上索具。这辆车能载我们六个人。把矮种马和两轮马车也从马厩里弄出来。那马一个星期没干活儿了。提起精神来，你们这些醉醺醺的懒鬼。你们难道不想挣个盆满钵满吗？我已经懒洋洋地躺了七天了，简直像头猪。上帝做证，我今晚感觉自己返老还童，又想去海岸了。谁愿意和我一起穿过卡姆尔福德？”

一声喊叫压过了十几个人嘈杂的说话声，一双手举到了空中。一个家伙突然哼起了歌，把瓶子举过头顶挥舞，摇摇晃晃地站了起来，然后又一个趔趄，倒在沟渠里，脸都被压扁了。小贩见状踢了他一脚，但他躺在那里，没有动弹。于是，小贩抓住马笼头，拽着马向前，连打带骂地把它赶往陡峭的山丘。马车的轮子碾过了倒地的人的身体，那人像只受伤的野兔那样踢腾了一会儿，因为恐惧和疼痛而大喊大叫。他挣扎着想从泥里爬出来，然后又躺下了，一动不动。

这伙人跟着马车转弯，他们奔跑的脚步声在公路上嗒嗒地响着。乔斯·梅林站了一会儿，脸上带着醉酒的傻笑，俯视着她，然后突然抓住她的胳膊，把她朝马车那儿拖，再次拽开车门。他把她扔到角落里的座位上，然后把身体探出车窗，大喊大叫，要小贩赶着马上山。

那些在乔斯·梅林旁边跑的人也跟着他喊叫起来，其中一些人还跳上踏板，挨着车窗。其他人则爬上空着的车夫座位，疯狂地用棍子和石头打马。

马打着哆嗦，汗都流了出来。它飞奔着来到山顶。六个人拽着缰绳，叫嚷着，紧随其后。

牙买加旅馆亮着光，门窗都开着。房屋像个活物那样大张着嘴，从夜色中显现出来。

老板把手放在玛丽嘴上，把她按回车厢一侧。“你会告发我的，不是吗？”他说，“你会跑到执法部门那里，让他们把我吊在绳索上，像一只猫那样晃荡？很好，走着瞧吧。你，玛丽，将站在海岸边，风吹着你的脸，海水打着你的脸。你将等待着黎明和潮水的到来。你知道我说的是什么意思吧？你知道我要把你带到哪里吧？”

她惊恐地盯着他，脸色煞白。她试图说些什么，但他正捂着她的嘴。

“你觉得你不怕我，是吧？”他说，“仰着你那漂亮、白皙的脸蛋，瞪着你的猴眼，嘲笑我。是呀，我是醉了。我醉得像个国王，管它天崩地裂。今晚，咱们要兴高采烈地坐着车，我们每个人都会这样，也许这是最后一次了。你将和我们一起去，玛丽。去海岸……”

他转过身，冲着他的同伙喊叫。马受到了他叫喊的惊吓，再次拉着马车开始大步向前。牙买加旅馆发出的光消失在了黑暗之中。

11

去海岸两个多小时的旅程宛如一场噩梦。在粗暴的控制下，玛丽受了伤，惊魂未定。她精疲力竭地躺在马车的角落里，已无心在乎她的命运。小贩哈里和另外两个人已经上了车，坐在她姨父旁边。一时之间，空气变得污浊，车厢里弥漫着烟草和酒精的臭气，还有他们的体臭。

旅馆老板已煽动得他自己和他的同伙极其兴奋。一个女人置身他们之中，更让他们的兴奋多了一种邪恶的意味。她的无助和痛苦只能给他们带来更大的快感。刚开始时，他们还冲她说话，拿她取乐，笑呀，唱呀，想引起她的注意。小贩哈里大唱淫荡之歌，音量在这样密闭的空间里显得非常过分，引得他的同伴扯着嗓子喝彩，刺激得他们更加兴奋。

他们注意着玛丽脸上的表情，希望她脸上露出羞耻或不安的神色，但玛丽现在太累了，什么话或歌都听不进去。透过她因疲倦而模糊的意识，她听见了他们的声音。她知道姨父的肘部抵着她身体的一侧，给她的疼痛又增添了些许麻木的痛感。她抬起生疼的头，睁大刺痛的眼睛，透过烟雾，看见了一片由狞笑的脸构成的海洋。

无论他们说什么，或做什么，都再也和她无关了。对睡眠和忘却的渴望已成了一种折磨。

等他们看到她那么死气沉沉，那么乏味，她的存在也就丧失了情趣。就连那些小曲儿也提不起他们的精神。乔斯·梅林在他的口袋里摸索，掏出了一副牌。这伙人立即丢下她，被吸引到牌那儿去了。在她终于得到的这片刻安宁里，玛丽又往她所在的角落缩了缩，远离她姨父身上散发出的热乎乎的动物气息，闭上眼睛，随着马车摇摆。她太疲乏了，再也没有了完全清醒的意识。她在超越极限的恍惚状态中摇晃着。她感到疼痛，知道车轮在晃动，听见远处传来一阵低语。但是，这些东西随即离她而去，一刻也不停留。她无法把它们和她自身的存在联系起来。黑暗就像来自天堂的恩惠，降临在她的身上。她觉得自己融入了其中，就这样迷失了，时间再也和她无关。把她拽回世界的，是马车的停止。一切都突然静了下来。透过开着的车窗，潮湿的冷风吹到了她的脸上。

她独自待在角落里，男人们已带着他们的灯笼离开了。她先是一动不动地坐着，害怕乱动会把他们招回来，那样的话，她会遭受什么样的命运就不得而知了。然后，当她向前靠向车窗，身体的疼痛和僵硬令她无法忍受。一道刺痛的伤痕穿过她被冻得麻木的肩膀。由于晚上早些时候下的那场雨，她的紧身胸衣依然潮湿。她等了一会儿，接着又俯身向前。风依旧很大，但急雨已经停止，只有蒙蒙冰雨敲打着车窗。马车已被弃在一条狭窄的沟渠道路上，两边斜坡高耸。马已被人卸下挽具，牵走了。下坡的沟渠看起来突然降了下去，道路变得崎岖，时有断裂。玛丽只能看清她前面几码远的地方。夜色已浓，沟渠的道路黑如地窖。天空中现在没了星星，沼泽地的疾风变得喧嚣，发出阵阵咆哮，后面还拖拽着一片潮湿的雾气。玛丽把手伸出窗户，触摸着斜坡。她的手指碰到了松软的沙土和草茎，它们因为下雨而饱含水分。她试着拧开门把，但门上着锁。玛丽专心地倾听起来。她睁大眼睛，视线穿透她前面的黑暗，望向沟渠道路陡降下去的地方。风吹过来，带来了一种既阴沉又熟悉的声响。这可能是她生平第一次不愿听到但又辨认出了这种声响。玛丽不由得心跳加快，因一种不祥的预感而浑身颤抖。

那是大海的声音。那条沟渠正是通向海岸的。

她现在明白了，为何空气中会有一种柔和的感觉，蒙蒙细雨又为何带着咸咸的气息轻轻落在她的手上。高高的海堤给人一种错觉，仿佛这是一个庇护所，与萧瑟、荒凉的沼泽形成对照。但只要离开海堤欺骗性的阴影，幻象就会随之消失，凛冽的狂风就会发出比以往更大的呼啸。一旦大海冲击那岩石组成的海岸，寂静就不复存在了。玛丽再次长时间侧耳倾听。那是在精疲力竭地冲到岸边又不情愿地撤退时，海水所发出的低语和叹息。片刻之后，海水又暂时平静下来，重新积聚力量。接着，海水轰鸣、咆哮着，再次完成撞击。浪花撞在沙砾上，石子在它的拖拽下飞起，随即噼里啪啦地散落开来。玛丽浑身发抖。在下面黑暗中的某个地方，姨父和他的同伙在等待着涨潮。如果她能听见他们的说话声，在空荡荡的马车里等待将更容易忍受。他们途中那些为给自己打气而疯狂发出的喊叫、大笑和歌声如今对玛丽来说都是一种慰藉，无论这些行为多么令人厌恶，而这种死一般的寂静则充满了不祥的意味。要干的勾当已经让他们清醒过来，他们的手也找到了活儿干。玛丽的理智现在回来了，最初的倦意已经消失，她感到自己不能就这么束手就擒。

她估计了窗户的大小。她知道门锁着，但只要缩紧身体，慢慢蠕动，她还是可以尝试从狭窄的窗户里挤出去的。

这值得她冒一下险。无论今晚发生了什么，她都已将自己的生命置之度外；只要他们愿意，姨父和他的同伙就可以找到她，把她杀死。他们熟悉这一带的情况，而她一无所知。只要他们愿意，他们就能立即找到她，就像一群猎犬。她费力地在窗户边扭动，身体后仰，想挤过缝隙。发僵的肩膀和后背使这个动作做起来更加困难。车顶湿滑，她的手指根本抓不住，但她仍挣扎着，顶着挤压造成的不适，让臀部挤了出去。窗框刮着她的皮肉，让她有些眩晕。玛丽失去了立足点和平衡，后仰着从窗户跌到了下方的地面上。

这高度不算什么，但下跌让她受到了冲击。她感觉到在她身体一侧被窗户刮着的地方，有一小股细细的血流淌了出来。玛丽歇了一会儿，艰难地站起来，在黑暗的斜坡的遮挡下颤颤巍巍地踏上了一条小径。她还没有想清楚接下来干什么，但只要她背对着沟渠和大海，她就会离那伙人越来越远。几乎可以肯定，他们已下到海滩。这条小径向上蜿蜒，然后拐向左边，至少能把她带到高高的悬崖上。那里虽然漆黑一片，但她能够利用陆地的优势。某个地方肯定会有一条路，因为马车肯定经过了一条路才来到这里。如果有一条路，那么要不了多久就会有住宅，她就能见到一些正直的男人和女人，把她所知道的讲给他们听。等听完了她的故事，他们就会唤醒这一带的居民。

她沿着狭窄的沟渠摸索前行，不时被石头绊倒。头发被吹进了她的眼睛里，制造了点麻烦。等到玛丽意外地绕过斜坡的尖角，她伸出手，把松散的发绺从眼睛上拂去。由于这个动作，她没有看见一个男人弓起的身影。他跪在沟渠里，背对着她，眼睛警惕地观察着前面蜿蜒的小径。她撞上了他，吓了一大跳。他也没有料到，和她一起倒了下去。他既惊恐又愤怒地大叫起来，并攥起拳头想要揍她。

他们在地上扭打着。玛丽挣脱了他，用手抓他的脸，但他力气很大，很快就制服了她。他把她掀倒在地，用手扯住她的头发，让她疼得动弹不得。他斜靠在她身上大口呼吸，刚才的跌倒让他不得不喘着粗气。然后，他仔细地打量着她，张开的嘴里露出断掉的黄牙。

原来是小贩哈里。玛丽一动不动地躺着，等着他先动。与此同时，她暗自咒骂自己是个傻瓜，居然会蠢到选择这条小径。就连一个玩耍的孩子也会想到，要在这样的地方设置一个暗哨。

他指望着她会喊叫或挣扎，但她什么都没做，他便把重量转移到肘部，阴险地冲她笑笑，朝海岸的方向伸了伸脑袋。“你没想到会见到我吧？”他说，“你肯定以为我跟着老板和其他人去了岸边，在钓大鱼。然后等你从酣睡中醒了过来，就上了这条小径。不过既然现在你到了这儿，那我非得好好招待你不可。”他咧着嘴冲她笑笑，用黑乎乎的指甲触碰她的脸颊。“沟里又湿又冷，”他说，“可眼下也没有办法。他们还要在下面待几个小时。从你今晚和乔斯说话的口气，我能看出来，你已经对乔斯深恶痛绝了。他没有权利把你当成笼子里的鸟，关在牙买加旅馆，还不给你好衣服穿。我都怀疑他不曾给你的紧身胸衣买过一根胸针，有吗？你不要在意这个。我会给你的脖子戴上项链，给你的手腕戴上手镯，让你的皮肤贴着柔软的丝绸。让我们现在来看看……”

他冲她点点头，让她放心。他依然笑着，既带着几分得意，又带着几分奸诈。她感到他的手偷偷摸摸地抓着她的手。她迅速挥起拳头，一拳击中他的下巴，直打得他的嘴像个夹子那样合上了，舌头则被牙齿咬住。他像只兔子那样吱吱地叫起来。她又一挥拳，但这一次他抓住了她，斜着身体把她压住，彻底撕下了循循善诱的面具。他的力量大得吓人，脸上全无血色。他这么做是为了占有她，她也知道这一点。她清楚他力量比她大，到最后肯定会战胜她。于是，玛丽突然身子一软躺在地上，让他暂且占据优势，以此来蒙骗他。他得意地咕哝着，减轻了力度，而这正是她希望的。就在他移动位置，低下头时，她立刻使出全部力量，用膝盖狠狠地顶他，同时用手指猛戳他的眼睛。他立即弓起身子，痛苦地滚到地上。玛丽迅速从他身下挣脱，站了起来，又踢了他一脚。哈里无助地在地上滚来滚去，双手紧捂着肚子。她想在沟里找一块石头砸他，但沟里除了松软的泥土和沙子别无其他。她用手挖出两捧泥沙，朝着他的脸上和眼睛撒去。他的眼睛什么也看不见了，更无法还击。然后，她立即再次转身，像一只被追逐的猎物那样，开始在蜿蜒的小径上奔跑。她张着嘴，甩开了胳膊，在小径的车辙间蹒跚而行。当她再次听见他在身后发出的喊叫，以及他奔跑的脚步声，理智被一阵恐慌淹没，她开始攀爬小径两旁高高的斜坡。她的每一脚都会陷进松软的泥土，但由于恐惧，她发疯似的奔跑着，直到抵达坡顶。她一边抽泣着，一边匍匐着爬过斜坡边缘处荆棘丛的缺口。她的脸和手鲜血淋漓，但她无暇顾及。她沿着悬崖跑离小径，在草丛和崎岖不平的地面上奔跑，彻底丧失了方向感，一心只想着把小贩哈里甩在身后。

一堵雾墙向她逼近，远处那排她先前还隐约能见的树篱变得模糊难辨。她立即停止向前奔跑，海雾的危险她很清楚：它会欺骗她，把她再次带回那条小径。玛丽连忙跪下，慢慢向前爬，眼睛俯视地面，沿着一条狭窄的沙辙，希望能通向她想去的地方。她爬得很慢，但本能告诉她，她和小贩哈里之间的距离拉大了，而这才是最重要的。她没有精确估摸时间，大概是凌晨三点，也许是四点。还要再过几个小时，黑暗才会消散。雨又下起来，穿过了雾的帷幕。她仿佛能够听见大海已将她包围，令她无路可逃。碎浪的声响再也不显得沉闷，而是比以前更大，更响亮。玛丽意识到，风无法指引方向，即使是现在，从她身后刮来的风也可能会有所偏斜。由于她对海岸线一无所知，她并没有像她希望的那样折向东，而是仍徘徊在一条倾斜的悬崖小径的边缘。从大海的声响来判断，这条小径正把她带向海边。尽管由于迷雾，她无法看见海浪，但显然，海浪就在远处黑暗中的某个地方。让她感到惊慌的是，她觉得前方的海浪是和她齐平的，而非在她下面。这意味着，悬崖突然下降通向了海边；她先前以为这条漫长、曲折的沟渠道路是从被弃的马车通向山谷的，没想到它距离大海不过几码之遥。沟渠的斜坡挡住了碎浪的声响。就在她刚认清这一点的时候，前面的迷雾出现了一道裂口，显露出一小片天空。她没有把握地向前爬着。小径不断变宽，雾气不断消散。风再次改变方向，吹到她的脸上。她跪在漂浮木、海草和松散的沙砾之间，处在一片狭窄的海滩上，两边的陆地都向上倾斜。五十码之外，就在她的正前方，翻腾的巨浪拍打着海岸。

过了一会儿，她的眼睛适应了黑暗，她辨认出了前方的阴影，在宽阔海滩上兀立着一块锯齿状的石头，石头边是一小群人，正为了取暖和避风挤作一团，默默地凝视着他们前面的黑暗。他们一声不吭，看上去比之前吵吵闹闹的时候更咄咄逼人。他们看起来鬼鬼祟祟的，正蜷缩着贴在石头上，保持身体的平衡。他们整齐划一地，全将头朝向即将到来的潮水，非常警惕的样子。此情此景让人感到恐惧，危险正在酝酿。

要是这伙人又叫又唱，相互召唤，用他们的喧闹来使夜晚变得丑恶，用他们沉甸甸的靴子把沙粒踩得咯吱作响，那倒像他们的作风，也符合她的预期；而这种沉默散发着不祥的意味，意味着夜晚的危急时刻已经降临。在玛丽和光秃秃的海滩之间，有一小块稍微凸起的岩石。由于害怕暴露自己，她不敢冒险越过这块石头。她爬到岩石边上，趴在它后面的一块鹅卵石上。玛丽移动着头，直到正好看见姨父和他的同伙背对着她站在前面的地方。

玛丽等待着。他们没有动。万籁俱寂，只有海浪一成不变地拍打海岸，横扫海滩，然后席卷而去。在黑漆漆的夜色的映衬下，碎浪线显得又细又白。

迷雾开始缓慢地散去，显露出海湾狭窄的轮廓。岩石变得更加醒目，悬崖巍然屹立。从岸边到一览无余、绵延不断的海岸线之间的海面也越来越宽，显得非常开阔。右边远处，悬崖的最高点向着大海倾斜，玛丽发现了一束微弱的、小如针孔的光。她最初以为那是一颗星星，刺穿了正在消散的雾最后的帷幕，但理智告诉她，没有哪颗星星是白色的，星星也永远不会随着风在悬崖表面摇晃。她心无旁骛地盯着那个光点，发现它又动了一下。在黑暗中，它就像一只小小的白色眼睛。它舞动着，行屈膝礼，剧烈摇晃，仿佛被风点燃并随风摇曳，是一道不会被吹灭、有生命力的火焰。下面沙滩上的那群人并没有注意到它，他们的眼睛转向了碎浪之外的黑暗海洋。

玛丽突然明白了他们无动于衷的原因。那小小的白眼睛最初看似一个友好和安慰之物，在狂乱的夜里独自勇敢闪烁，如今却成了恐怖的象征。

那个光点应该从一开始就是姨父和他的同伙放在那里的，是一盏骗人的灯。针孔般的光束顿时变得邪恶，它在风中所行的屈膝礼成了一种嘲讽。在她的想象中，那盏灯燃烧得更加猛烈，将整片悬崖都置于它的笼罩之下。它的颜色也不再是白色的，而是变为暗褐色和黄色杂陈，像个伤疤。有人守在灯旁，以防它熄灭。一个身影经过了光点前面，暂时遮住了它的光芒。然后光又变得明亮起来，那个身影成了紧贴在悬崖灰色表面上的一个污迹，迅速朝海岸的方向移来。那个身影爬下了斜坡，朝他沙滩上的同伴奔来。他行色匆匆，仿佛时间紧迫。他毫不在意他行进的方式，松散的泥土和石子从他脚下滑落，掉到下面的海滩上。响声惊动了下面的人，他们抬起头望着他。自她注视着他们以来，他们还是第一次把注意力从即将到来的潮水上移开。她看见那人把手拢在嘴边大声喊叫，但那喊声被风吹走了，玛丽听不见他喊了什么。沙滩上的那一小群人听见了他的喊声，立即兴奋地散开了，其中一些人还开始攀登悬崖，到半路上迎他。当他再次喊叫，并指向大海，他们便朝着碎浪跑去。一时之间，那群人偷偷摸摸、鸦雀无声的状态荡然无存。他们的脚步重重地踩在沙砾上。他们的说话声一个比一个大，盖过了哗啦啦的海浪。接着，其中一人举起手，示意众人保持安静。从那人巨大的步幅和宽阔的肩膀，玛丽认出这正是她的姨父。他们全都等在那里，站在沙滩之上，海浪在他们的脚边裂开。他们散开了，像乌鸦那样排成一线。在白色海滩的映衬下，他们的黑色身影分外清晰。玛丽和他们一起注视着。另外一束针孔般的光从迷雾和黑暗中射出，以应答在悬崖上亮起的那束光。这束光与悬崖上的那束不同，它没有摇曳、晃动，而是向下降落，隐藏起来，像个厌倦了旅途劳顿的旅人。然后，海上的光束再次升起，高高地射向天空，宛如在夜色中甩动的一只手，绝望地做最后一搏，试图穿透迄今为止无法逾越的雾墙。新光靠近了旧光，互相呼应。它们很快就会交会，成为黑暗中的一双白色的眼睛。那些人仍一动不动地蜷缩在狭窄的海滩上，等着两束光相互靠近。

第二束光又暗了下去。现在，玛丽能够看见船体影影绰绰的轮廓，黑色的帆樯手指一般伸在它的上方。白色的海浪在船体下涌起，发出嗤嗤的响声，随即又退去。被迷惑、控制了的桅灯距离悬崖上的光更近了，就像扑向火苗的飞蛾。

玛丽再也忍不住了。她慌忙站起来，跑向海滩，叫喊着，手在头顶挥舞。她扯着嗓子，想和风和海浪对抗，却被风嘲弄般地吹回了喊声。有人冲上来抓住她，把她按倒在海滩上，掐住她的脖颈。有人用脚踩她，踢她。她的嘴被粗麻布堵住，她的喊声消失了。她的胳膊被反绑在身后，粗糙的绳索勒痛了她的皮肉。

他们又丢下了她。她的脸埋在沙砾里，距离她不足二十码的碎浪朝她涌来。她无助地躺在那里，奄奄一息。她想喊叫示警，但她的嘴被堵着。就在此时，她听见了并非出自自己的喊叫。喊叫声响彻天地，盖过了海浪剧烈的撞击声，然后又被风抓住，带走了。伴随着喊叫声的，还有木片碎裂的声音，一个巨大的活物撞上阻挡物发出的可怕响声，以及弯曲、断裂的木头发颤的呻吟。

像一块磁铁被吸住了一般，海浪又哗啦啦离开了海滩。一股比其他浪更高的巨浪蹿起，猛地撞向摇摇晃晃的船只，发出雷鸣般的声响。那黑乎乎的船体慢慢倒向一侧，宛如一只巨大而扁平的海龟。桅杆和帆樯如同棉线般弯曲起来，随即倒下了。一些没有被甩走的小黑点贴着海龟光滑、倾斜的表面，帽贝[1]似的紧抓碎裂的木头。小黑点下面那块起伏、震颤的东西可怕地被拦腰截断，划破空气，那些已没有生命或实质的小黑点便一个接一个，落在了大海白色的舌头上。

玛丽感到无比恶心。她闭上眼睛，脸贴着沙砾。那些在寒冷中等待已久的人不再沉默，也不再遮遮掩掩，开始了行动。他们疯了一样在海滩上到处奔跑，又喊又叫，毫无人性地发着狂。他们踩进齐腰深的浪里，毫不在乎危险，把谨慎忘了个精光，只顾着攫取汹涌的潮水冲来的残骸。

他们是一群动物，在一块块碎裂的木头上打斗、嘶吼。他们中的一些人甚至脱了衣服，赤条条地在十二月的寒夜里奔跑，以便更为迅速地冲入大海，攫取碎浪抛给他们的赃物。他们猴子一般喋喋不休，吵个不停，你争我夺。其中一人在悬崖旁的角落里点燃了一堆火，火焰在蒙蒙细雨中熊熊燃烧。海浪送来的赃物被拖到了海滩，抛在火堆旁边。火堆把一束恐怖的亮光投射在海滩上，给此前黑暗的地方带去发黄的光亮，映出了那些忙忙碌碌、来回奔跑、可

---

1 一种海产贝类，体扁平，多附着在海边岩石上。

怕的人长长的影子。

第一具尸体被冲到岸边时（幸亏人已气息全无），他们围了过去，伸出手，试探性地在尸体上摸索，像剔骨头那样把上面的东西搜个精光。在把尸体扒光，甚至还为了搜寻戒指把手指折断了之后，他们抛弃了尸体，把它仰面朝天地留在潮水带来的泡沫之中。

迄今为止，他们今晚的工作都毫无章法。他们毫无节制地劫掠，每个人都只为了自己的利益。他们醉醺醺的，又很疯狂，迷失在这意外取得的成功里。他们像狗一样跟在他们主人的脚后汪汪乱叫。主人的冒险已被证明大获全胜，这就是他的能力，他的荣耀。他赤身裸体冲入海浪之中，海水顺着他的头发流下。他们跟随着他。在这群人中间，他不啻为鹤立鸡群。

潮水翻转退去。空气变得寒冷。在他们上方的悬崖上，光仍在风中摇曳不定，但它现在就如一个喜欢捉弄别人、讲了很久笑话的老人，变得暗淡、模糊。水天一色，都灰蒙蒙的。起初，那伙人没有注意到这种变化，依旧精神亢奋，专注于他们的掠夺。然后，还是乔斯·梅林抬起他硕大的脑袋，嗅了嗅空气，从站立的地方转过身，发现由于黑暗消退，悬崖清晰的轮廓呈现出来了。他突然喊叫起来，要求那些人保持沉默，同时用手指着变成浅灰色的暗淡天空。

他们犹豫着，又瞥了一眼在海湾中起伏的残骸。这些残骸还无人认领，正在等着被打捞起来。但是，他们还是不约而同地转过身，往海滩上的沟口跑去。他们再次变得沉默，无人说话，也无人打手势。在越来越亮的天色里，他们脸色阴沉，面带惊恐。黎明已不知不觉地降临了。由于停留太久，他们有可能会因为白昼而面临被指控的风险。世界正在他们周围醒来，曾经充当他们帮凶的黑夜再也无法掩护他们了。

乔斯·梅林从玛丽嘴里取出麻布，把她拽了起来。见她现在已虚弱不堪，既无法独自站立，也无法控制自己，便一边对她破口大骂，一边回头瞥了一眼远处越来越难行的悬崖。然后他朝着再次跌倒在地的玛丽弯下腰，像扛一个麻袋似的把她扛在肩上。她的头因为缺乏支撑而耷拉着，手臂绵软无力。她感到他的手压着她刮伤的那侧身体，不仅又把伤口擦伤了，还摩擦着她因为躺在沙砾上而麻木的皮肉。他扛着她跑上海岸，朝沟口跑去。他的同伙已经被恐慌之网逮住，把他们从海滩抢来的剩余赃物扔到了拴在那里的三匹马的背上。他们的行动慌张、笨拙，像没头苍蝇那样乱撞，仿佛已精神失常，一点儿秩序也没有了。由于形势所迫，旅馆老板已清醒过来，却出奇地无力，只是徒劳地咒骂、恐吓着他们。马车陷在了沟渠半道的斜坡上，无论他们怎么推拉都无济于事。命运的这种突然翻转加剧了他们的恐慌，让他们四散奔逃。其中一些人在小径上四散逃开，除了自身安危，他们什么也不管了。黎明是他们的敌人。与五六个人结伴走在路上相比，一个人在沟渠和树篱中行走相对安全。在海岸上行走容易引起怀疑，因为这里的人们相互熟悉，陌生人会很显眼；而那些偷猎者、流浪汉或吉卜赛人则会独自行走，为自己找到掩护和路径。留下的人一边咒骂着那些逃走的人，一边奋力拖拽马车。终于，他们把马车从斜坡上拖了下来，但由于愚蠢和恐慌，他们用力过猛，让马车发生了侧翻，撞坏了一个轮子。

这场灾难最终在沟渠小径上引发了巨大混乱。人们疯狂地冲向最后一辆留在更远处的马车，冲向了已不堪重负的马。还有人仍忠于他们的首领，脑子还算清醒，放火把摔坏的马车烧了，要是把它留在小径上，对他们所有人都是危险。然后，骚乱发生了。他们为了抢夺马车打斗起来，因为它或许能把他们载回内地。这场打斗骇人听闻，有用牙齿咬的，有用指甲抓的，有牙齿被石头砸断的，有眼睛被碎玻璃划开的。

那些携带手枪的人现在占了上风。老板本人背靠马车站着，冲着那群乌合之众开了一枪，身边只剩下他的同盟小贩哈里。那群人一想到白昼已经降临，追捕可能在劫难逃，便立刻将老板视为仇敌，一个把他们带向毁灭的、不合格的首领。第一枪射偏了，打到了对面松软的斜坡上。这给了对手一个机会，他们中的一人用锯齿状的燧石划伤了老板的眼睛。老板向袭击他的人开了第二枪，击中了那个人的肚子。只见那人蜷缩在地上，身处他的同伴之中。他伤得很重，像只兔子那样尖声叫唤起来。与此同时，小贩哈里射中了另一个人的咽喉，子弹划开了气管，血像喷泉一样喷射出来。

老板用流血赢得了马车。看到他们的同伴奄奄一息，剩下的叛乱者变得歇斯底里，不知所措。他们不约而同地掉头像螃蟹似的冲上弯弯曲曲的小径，只想着离他们的头目远一点，保住小命。老板斜靠在马车上，手里拎着那把冒着烟的杀人手枪，血哗哗地从他眼睛上的伤口流下。现在只剩下他和小贩哈里了，他们几乎一刻也没有耽误。他们把从海里打捞并带到沟渠里的东西扔上了马车，堆在玛丽旁边。各种各样的东西零零碎碎，用处不大，几乎无利可图。主要的值钱货仍在下面的海滩上，受着潮水的冲刷。他们不敢冒险去取，那活儿得靠十几个人才行。此外黎明已过，天色大亮，海湾一带变得清晰可见。不能再耽误了。

那两个被射中的人四仰八叉地躺在马车旁的沟渠里。他们是否仍有呼吸是个不需要讨论的问题。他们的尸体就是证据，因此必须被销毁。小贩哈里把他们拖进火堆，让他们熊熊燃烧起来。那辆四轮马车大部分已被烧毁，只剩一只红色的轮子留在烧焦、裂开的木头之上。

乔斯·梅林把剩下的那匹马套在了挽具里。两个男人一言不发地上了车，急急忙忙地赶马前行。

玛丽仰面躺在车上，看着低低的云团飘过天空。黑暗已消失。清晨湿漉漉、灰蒙蒙的。她仍能听见大海发出的声响，只是这种声响变得比较遥远，时断时续。大海已发泄完它的全部怒火，现在正任由潮水把自己带走。

风也停了。沟渠两旁斜坡上茂盛的草丛纹丝不动，寂静笼罩了海岸。在潮湿的泥土和芜菁的气息中，弥漫着昨夜笼罩大地的迷雾的气味。灰蒙蒙的天空中，云团连成了一片。蒙蒙细雨再次落在玛丽脸上，落在她向上翻转的手上。

车轮咯吱咯吱地碾过高低不平的小径，然后向右转，驶上了平坦的沙砾。那是一条路，在低矮的树篱间向东延伸。欢乐的钟声越过众多牧场和零星分布的耕地，从远处飘了过来，在早晨的空气中回荡，显得有些诡异，格格不入。

玛丽突然想起来，今天是圣诞节。

12

那块方方的玻璃窗玛丽很熟悉。它比四轮大马车的车窗还大，前面有个窗台。她记得很清楚，玻璃上有一道裂纹。她死死地盯着窗户，努力地回忆着。不知道为什么，她不再能感受到落在脸上的雨和持续不断的风，身下也没了动静。她刚开始以为是车停了，也许是再次撞上了沟渠道路的斜坡，环境和命运将迫使她不得不再一次经历可怕的事情。如果从车窗爬出去，可能会摔下弄伤自己；如果再次沿着蜿蜒的小径走，又会碰到蹲伏在沟渠里的小贩哈里。而这一次，她将再也无力反抗了。在下面的海滩上，人们在等待着潮水。在海湾里，一艘船翻了个底朝天，酷似一只巨大的黑色海龟，显得非常怪异。玛丽呻吟着，不安地左右摆头。透过眼角的余光，她看见了旁边那堵棕色的、脏乎乎的墙壁，以及那个生锈的、曾悬挂着东西的钉头。

她正躺在牙买加旅馆她自己的卧室里。

她厌恶这个房间。但是，无论它有多么冷，多么阴沉，都至少是一种保护。在这里，她可以避开风雨，也可以避开小贩哈里的手；她不会听见大海发出的声响，海浪的咆哮不会再次让她感到不安。如果死神现在降临，反倒帮了她的忙。活着已不再是一件受欢迎的事了。无论如何，生命已从她体内被挤压出去，那具躺在床上的躯壳不属于她。她不想活了。她所受到的惊吓已让她成为傀儡，带走了她的力量。自怜的眼泪从她的眼眶里涌出。

这时，有人俯下身，把脸伸向她。玛丽往后退缩，紧靠着枕头，手则抗拒地伸向前。小贩肿胀的嘴和断裂的牙齿仍不停地在她的脑海里盘旋。

然而，她的手被轻轻地握住了。一双眼睛凝视着她。这双眼睛就像她自己的眼睛那样，因为哭泣而眼圈通红，眼神显得怯懦且忧郁。

原来是佩兴丝姨妈。她们拥抱着对方，在相互依偎中寻求安慰。玛丽先是啜泣了一会儿，悲伤的情绪稍有缓解，情感的潮水带着她达到顶峰，然后理性重新占据了上风，她重新变得坚强起来，恢复了一些勇气和力量。

“你知道发生了什么吗？”玛丽问道。佩兴丝姨妈紧紧握住她的手，玛丽想抽也抽不回去。她抬起蓝色的眼睛，无声地恳求原谅，宛如一只因别人的过错而遭到惩罚的动物。

“我在这儿躺了多久？”玛丽问道。佩兴丝姨妈回答说，这已经是第二天了。玛丽沉默了一会儿，思考着姨妈提供的信息，感到既新鲜，又出乎意料。对一个不久前在海岸上还看着太阳喷薄而出的人来说，两天太漫长了。

在这段时间里，可能会有很多事情发生，而她却无能为力地躺在床上。

“你应该唤醒我的，”她一边严厉地说，一边把那双抓着她的手推开，“我不是个孩子，不必因为蹭破点儿皮就娇惯我。我还有活儿要干。你不懂。”

佩兴丝姨妈胆怯、无力地抚摸着她。

“你动弹不了，”佩兴丝姨妈呜咽着说，“你可怜的身子流血、受伤了。在你还昏迷着的时候，我给你洗了洗。我开始还以为他们把你伤得很重，但上帝保佑，没有特别要紧的伤。那些皮外伤会痊愈的。你睡的这一大觉让你得到了休息。”

“你知道是谁干的，是不是？你知道他们把我带到了哪里吧？”

痛苦已让玛丽变得残忍。她知道她说出的话就像鞭子，但她控制不住自己。她开始说起那些人在海岸上干的勾当，现在轮到佩兴丝姨妈呜咽了。她那薄薄的嘴唇嚅动着，无精打采的蓝眼睛充满恐惧地和她对视。她开始讨厌自己，说不下去了。玛丽从床上坐起来，双腿垂向地板。她的头吃力地摇晃着，太阳穴嘣嘣地响。

“你要干什么？”佩兴丝姨妈紧张地拽着玛丽，但玛丽把她推开，并开始穿衣服。

“我有自己的事情要做。”玛丽生硬地说。

“你姨父在下面。他不会让你离开旅馆的。”

“我不怕他。”

“玛丽，为了你，也为了我，不要再和他对着干了。你已经知道这样做的后果了。自打他和你一起回来，他就坐在下面，脸色白得吓人，膝盖上放着枪。旅馆的门上着闩。我知道你看见了、经历了一些可怕得无法形容的事情。但是，玛丽，你难道不明白吗？如果你现在下去，他可能会再次伤害你，甚至会杀了你……我以前从没见过他这个样子。我无法预测他的情绪。不要下去，玛丽。我跪下来求你，不要下去。”

佩兴丝姨妈开始跪着在地板上挪动，揪住玛丽的裙子，抓着她的手亲吻。此情此景既令人黯然神伤，又令人垂头丧气。

“佩兴丝姨妈，为了你，我已经吃够了苦头。你也别再指望我继续忍受了。无论乔斯姨父以前曾怎么对待你，他现在都已经没了人性。即使你把眼泪哭干，也不能让他逃脱法律的制裁。你必须认识到这一点。他就是个畜生，他喝烈酒、饮人血，已经彻底疯了。他在海滩上杀害了人！你不明白吗？他把人按到海里淹死了！我眼睛里再也容不下别的东西。我脑子里再也容不下别的东西，直到我死的那天。”

她提高了声音，高得有些危险，离歇斯底里不远了。她现在仍然很虚弱，无法连贯地思考。她仿佛看见自己跑到了外面的公路上，大声喊叫呼救，且一定有人会施以援手。

佩兴丝姨妈恳求玛丽保持安静，但为时已晚。她伸出手指示警，玛丽却视而不见。门开了，牙买加旅馆的老板站在门槛处。他的脑袋在门下弯着，盯着她们。他看上去形容枯槁，面如死灰。眼睛上方的伤口依然鲜红，非常醒目；肮脏的脸上充满污秽，眼睛下面出现了黑眼圈。

“我听见院子里有动静，”他说，“我走到楼下客厅百叶窗间的缝隙前，但一个人也没看见。你们在这个房间里听见什么了？”

无人回答。佩兴丝姨妈摇摇头，脸上不自觉地流露出一丝紧张的微笑，很不自然，显然是为了取悦他。他坐在床上，手扯着衣物，眼睛不停地来回扫视，看看窗户，又看看门。

“他会来的，”他说，“他肯定会来的。我自找的。我和他对着干了。他警告过我一回，我却嗤之以鼻。我不听他的。我想自个儿玩游戏。我们和死了没啥区别，坐在这儿的我们仨，你佩兴丝，玛丽，还有我。

“我们完了，我告诉你们。游戏结束了。你们为什么由着我喝酒？你们为什么不把房子里所有该死的瓶子都打烂，把我锁起来，让我躺着？我不会伤害你们，我连你们头上的一根头发都不会动，你们中的任何一个。现在太迟了，末日到了。”

他看看她们中的这个，又看看那个。他充血的眼睛塌陷，宽阔的肩膀耸到了脖子上。她们也茫然地盯着他，目瞪口呆，因为他脸上那种她们从没见过的表情感到畏惧。

“你想说什么？”玛丽终于说，“你在害怕谁？谁警告了你？”

他摇了摇头，手不自觉地伸到了嘴上，手指不停地抖动。“不，”他慢吞吞地说，“我现在没喝醉，玛丽·耶伦。我会守住我的秘密。但是，我要告诉你一件事，那就是你逃不了了。你和佩兴丝一样深陷其中。我们现在四面受敌，一方面受制于法律，另一方面……”他停下不说了。他瞥了一眼玛丽，眼睛里再次流露出狡诈的意味。

“你想知道，是吧？”他说，“然后你便会念叨着那个名字，偷偷溜出房子，把我出卖了。你想看到我被吊起来。好吧，我不怪你。我伤你伤得很严重，够你余生一直记着，是吧？可我也救了你啊，不是吗？你有没有想过，要是我不在那里，那伙暴徒会怎么对你？”他哈哈大笑起来，往地板上吐了一口唾沫。他正在故态复萌。“单单为了那个，你都应该谢我，”他说，“昨晚除了我，没人碰过你。我没有弄坏你漂亮的脸蛋。皮外伤好得差不多了吧？啊，你这个可怜又软弱的东西，你我都知道，我要是想占有你，在你来牙买加旅馆的第一个星期我就能做到。你毕竟是个女人。没错，老天做证，你现在就会躺在我脚边，像你佩兴丝姨妈那样，迷恋我，心满意足地缠着我，也成了一个该死的傻瓜。我们离开这儿吧。这房间又潮湿，又腐烂，臭烘烘的。"

他摇摇晃晃地站起来，拽着玛丽进了走廊。等他们来到楼梯平台，他把她推到墙上，好让那根插在烛台上的蜡烛照亮她伤痕累累的脸。他用手捧着她的下巴，捧了一会儿，又用纤细、白皙的手指抚摸着她脸上的伤痕。她厌恶地盯着他。他柔和、优雅的手让她想起了她丧失、放弃的所有东西。当他把他可恶的脑袋低下凑近玛丽时，毫不顾忌佩兴丝姨妈就站在旁边。他那和他弟弟长得很像的嘴在她的嘴上停留了一会儿。这种景象可怕到了极点。玛丽颤抖起来，闭上了眼睛。他吹灭了蜡烛。她们默默无语地跟着他下了楼。他们的脚步声在空荡荡的房屋里回荡，显得非常响亮。

他带头进了厨房。即使在那里，门也上了闩，窗户也钉了木条。餐桌上的两根蜡烛照亮了房间。

然后，他转过身，面对着两个女人，拉过一把椅子，跨坐在上面，一边打量她们，一边从口袋里掏出烟斗，装上烟丝。

"我们要想出一个行动方案，"他说，"我们在这儿坐以待毙快两天了，就像陷阱里的老鼠，等着被逮。我告诉你们，我受够了。我根本玩不了那种游戏。它让我害怕。如果非得要干一架，那我以万能的上帝的名义发誓，就让我们在户外干一架吧。"他一边抽烟，一边闷闷不乐地盯着地板，用脚跺着铺地的石板。

“哈里真够忠诚的，”他接着说，“可如果他觉得对自己有利，他会和我们对着干的。至于其他人，他们在乡间四散逃开，一边哀号着，一边夹着尾巴，就像一窝遭雷劈的杂种狗。这已经让他们吓破了胆。没错，我也害怕，你能看出来。我现在清醒了，真的。我不是不知道，我陷入了一个蠢得要死又相当可怕的困境。如果我们能够顺顺利利地摆脱这个困境，我们就还算幸运，我们所有人。玛丽，你大可以仰着你那瞧不起人的白脸嘲笑我。但这对佩兴丝和我有什么好处？那对你自己也没有好处！你已经陷进来了，陷得只露出个脖子。你逃脱不了的。我要说，你们为什么不把我锁起来？你们为什么不阻止我喝酒？”

他的妻子悄悄走向他，扯住他的外套，用舌头舔了舔嘴唇，准备说话。

“好吧，你想说什么？”他凶巴巴地说。

“我们为什么不能趁还来得及悄悄溜了？”她低声说，“马厩里停着马车。我们用不了几个小时就会赶到朗瑟斯顿，然后去到德文郡。我们可以夜里赶路。我们可以去东边那几个郡。”

“你这该死的傻瓜！”他嚷道，“你难道没有意识到，从这儿到朗瑟斯顿的路上，人们认为我就是魔鬼，只等着找机会把康沃尔发生的所有罪行都安在我头上，再把我抓住？现在全国应该都知道平安夜海岸上出了什么事情。要是他们看见我们逃跑，那他们就有了证据。上帝呀，难道你以为我不想逃跑，保全性命吗？没错，如果那样做，全国的人都会用手指着我们。马车装满了大包小包，我们就像赶集的农民那样坐在车上，在朗瑟斯顿广场上挥手告别，看上去挺好的，是吧？别痴心妄想了，我们只会有一个机会，一个难能可贵的机会。我们必须伺机而动。我们只有牢牢稳稳地坐在牙买加旅馆里，他们才会坐立不安。然后，他们就会出去寻找证据，你小心点。他们要先找到铁证，然后才能对我们下手。除非那些该死的浑蛋里出了个告密者，否则他们找不到证据。”

“哦，是的，船就在那儿，船的龙骨在石头上撞断了，成堆的东西躺在海滩上。他们会说，一定是有人把这些东西堆放在那里，打算拿走。他们还会发现两具烧成灰的尸体，发现一堆灰。‘那是什么？’他们会说，‘这里曾有人放过火。这里有烧剩下的东西。’这事很糟，我们大伙儿看来都这么觉得，可证据在哪儿呢？你倒是回答我呀！我过了一个很体面的圣诞节，和我的家人一起过的，还和我的外甥女一起玩了翻绳游戏、金鱼草游戏。”他舔了舔后槽牙，眨了眨眼。

“你忘了一件事，对吧？”玛丽说。

“不，亲爱的，我没忘。车夫被枪杀了，掉到了沟里，从外面的公路走过去不到四分之一英里。你指望我们把尸体留在那儿，是不是？你也许会感到震惊，但尸体和我们一起去了海岸。那具尸体现在正躺在——要是我记得不错的话——一个十英尺高的沙砾斜坡下面。当然了，有人会思念他的。我也为那做了准备。但只要他们永远不能找到他的车，问题就不大。那位车夫也许是厌倦了他老婆，驱车去了彭赞斯。他们可以随意去那里寻找他。现在我们都恢复了理智，玛丽，你不妨告诉我，你在那辆车里干什么，你在那之前去哪儿了？如果你不回答我，凭你对我的了解，你知道我会找到让你讲的办法的。”

玛丽瞥了一眼姨妈。她就像一条吓坏了的狗那样哆哆嗦嗦，蓝色的眼睛死死地盯着丈夫的脸。玛丽的脑子迅速地转着。要撒谎很容易。时间现在是最重要的因素，如果她和佩兴丝姨妈想从这里活着出去，那她必须做好计划，利用好时间。她必须借此机会，给姨父一条足够长的绳子，好让他吊死他自己。他的自信终将害了他。她有一个获救的希望。这个希望很近，不到五英里远，正在奥特尔南等她发出信号。

“那我给你讲讲我那天的情况，你爱信不信，”她说，“你怎么想和我没多大关系。圣诞节前夕，我步行去了朗瑟斯顿的集市。八点左右我就累了。后来风雨交加，我淋透了，不知道该怎么办才好。所以才雇了那辆马车。我让那个车夫把我带到博德明。我想，如果我说的是牙买加旅馆，他肯定会拒绝载我。好了，除此之外我没有什么要告诉你的了。”

“你一个人去了朗瑟斯顿？”

“当然是一个人了。”

“你和谁都没说话？”

“我从货摊上一个女人那里买了一条围巾。”

乔斯·梅林冲着地板吐了一口唾沫。“好吧，”他说，“无论现在我怎么对付你，你都会说同样的话，是吧？你这回占了上风，我证明不了你在撒谎。我可以告诉你，像你这么大的姑娘没几个会独自在朗瑟斯顿瞎逛，她们也不会自己坐车回家。不过如果你说的是真的，那我们的情况还相对好些。他们就算沿着车夫的踪迹追寻，也永远不会追到这里。他妈的，我真想马上喝一杯酒。”

他靠回椅子，抽起了烟。

“佩兴丝，你总有一天会坐上属于我们自己的大马车，”他说，“你还会戴上装饰着羽毛的软帽，披上天鹅绒斗篷。我还没被打败呢，我要先看着他们那伙人下地狱。等着瞧吧，我们会重整旗鼓，我们会活得像只斗鸡。说不定我不会再酗酒，星期天还会去教堂。至于你，玛丽，等我老了，你会握住我的手，用小勺子喂我。”

他把头向后一甩，哈哈大笑。但刚笑了一半，他突然止住了，嘴像个夹子那样合上。他再次把椅子砸在地上，站到房间中央，侧过身，脸白得像张纸。“听，”他嘶哑地低声说，“听……”

她们循着他的视线望过去，盯着从百叶窗狭窄的缝隙里透过的微光。

有东西正轻轻刮擦着厨房窗户……还有轻微、柔和的叩击声，什么东西正悄悄地摩擦着窗玻璃。

那听起来像是常春藤的枝条弄出来的。一根从树上掉落的枝条向下弯曲，拨弄着窗户和门廊，风一吹就不停地摇动。但牙买加旅馆的石板墙上并没有常春藤，百叶窗也是光秃秃的。

刮擦声还在继续，十分真切，显得无畏无惧，啪嗒……啪嗒……就像鸟喙在啄东西……啪嗒……啪嗒……又似四个手指。

除了佩兴丝姨妈惊恐的呼吸，厨房里再无其他响声。她的手悄悄伸过桌子，伸向了她的外甥女。玛丽注视着老板。他一动不动地站在厨房地板上，躯体在天花板上投下巨大的影子。只见他嘴唇青灰，唇周一圈黑色的胡茬。然后，他身体前倾，踮起脚，像只猫那样蹲着，手沿着地板滑动，手指紧紧抓住靠在远处那把椅子上的枪，眼睛始终盯着那束从百叶窗间透过的微光。

玛丽咽了一口唾沫，她的喉咙干如沙土。她不知道窗后的是同盟，还是敌人，这令她非常焦虑。尽管她仍怀着希望，但怦怦的心跳告诉她，恐惧具有传染性，就像姨父脸上的汗珠那样。她颤抖、湿冷的手不自觉地捂住了自己的嘴。

老板在紧闭的百叶窗边等待了片刻，然后向前一跃，扯动铰链，把百叶窗拉开。下午灰色的光立即斜照进了房间。一个男人站在窗外，铁青色的脸贴着窗玻璃，咧嘴笑着，露出了豁牙。

原来是小贩哈里……乔斯·梅林咒骂着，狠狠地打开了窗户。“你这个该死的东西，进来，行不？”他喊道，“你是想挨枪子吗，你这该死的傻瓜？我像个聋哑人那样站了五分钟，我的枪对准了你的肚子。玛丽，把门打开。你别像个鬼魂一样靠在那边的墙上。就算你不出岔子，这座房子的气氛也够紧张了。”就像所有被吓破胆的男人那样，他把造成自己恐慌的责任归咎于别人，现在还想通过咋咋呼呼让自己恢复勇气。玛丽慢慢地向门走去。看见小贩哈里，她清晰地记起了自己在小径上与他搏斗的情景，并迅速产生了反应：她的脸上重新出现了厌恶的神色，她甚至不想看见他。她一言不发地打开门，自己则躲在门后面。等到他进了厨房，她立即转过身，走到烧得不旺的火炉旁，机械地把泥炭堆到余烬上，背对着他。“喂，你带消息了吗？”老板问道。

小贩哈里咂巴了一下嘴作为答复，然后抬起拇指，向身后指了指。

“这一带都炸开了锅，”他说，“康沃尔的每个人都在鼓唇弄舌，从塔玛尔到圣艾夫斯。我今天上午在博德明，整个镇子都在说这件事，人们叫嚣着要让凶手血债血偿。我昨晚睡在卡姆尔福德，那里人人挥舞着拳头，和邻居嚼着舌根。乔斯，这场风暴只有一个结局，你知道是什么结局，对吧？”

他用手在喉咙上比画了一下。

“我们应该逃走，”他说，“那是我们唯一的机会。无论如何不能走大路，尤其是在博德明和朗瑟斯顿之间。我打算紧沿着沼泽，从甘尼斯莱克上面进入德文郡。这也许会花费更长的时间，我知道，可你要想保住自己，机会有多大呢？老板娘，你们旅馆里找不找得到一口面包给我吃？自打昨天上午以来，我就没碰过吃的了。”

他虽然问的是老板娘，眼睛却盯着玛丽。佩兴丝·梅林在橱柜里摸索起面包和奶酪。她的嘴紧张地嚅动着，动作僵硬，心不在焉。她把食物摆在桌子上，用恳求的眼神看着她的丈夫。

“你听见他说的话了，”她恳求道，“再待在这儿就是疯了。我们现在必须走，马上，不然就来不及了。你知道人们是怎么想这件事的。他们不会对你大发慈悲。他们会不经审判就杀了你。看在上帝的分儿上，就听他的话吧，乔斯。你知道我不是担心我自己。这与你有关……”

“你能不能闭上你的嘴？”她的丈夫吼道，“我还从没问过你的意见，现在也不会问。无论发生什么，我一个人都能面对，用不着你像个绵羊那样在我旁边咩咩叫。这么说，你也要放弃了，哈里，是吧？就因为那些牧师和卫斯理教徒向耶稣号叫，要你血债血偿，你就想夹着尾巴逃跑？给我说说吧。难道是你的良知活过来了，要和你对着干？”

“让我的良知见鬼去吧，乔斯。我在想的是常识。这里已经不好混了，我要趁早离开。至于证据，我们这几个月顶风作案，留下的证据足够了。我一直忠于你，不是吗？我还冒着被人绞死的风险，到这里给你发出警告。我不是对你有意见，乔斯，但就是因为你该死的愚蠢我们才陷入困境的，不是吗？你让我们喝得都和你一样醉醺醺的，领着我们到了海边，冒一场没有计划的、疯狂轻率的险。我们靠着微乎其微的运气在赌，现在运气没了，真他妈太好了。因为我们喝醉了，也没有了脑子，海滩上怕是留下了一堆东西和无数痕迹。这是谁的错？啊，要我说，就是你的错。”他用拳头砸着桌子，把那张发黄、厚颜无耻的脸伸向老板，咧开嘴，发出一阵冷笑。

乔斯·梅林打量了他一会儿，然后开口了，声音低沉，透着威胁。“这么说，你归咎于我，是不是，哈里？”他说，“你和其他人一个德行。游戏玩砸了，对你们不利了，你们就像蛇一样扭着要逃跑。因为我，你也捞到了不少好处，不是吗？你以前哪来这么多钱挥霍？这几个月来，你活得像个王子一样，而不是待在你该待的矿井底下。假如那天夜晚，我们像过去的几百次一样，保持脑子清醒，干活井然有序，在黎明前就大功告成，那你现在一定正巴结着我多分点钱给你，不是吗？你会像杂种狗那样吸着鼻子，向我摇着尾巴，乞求获得你那份赃物，把我称作万能的上帝。你会躺在灰里舔我的靴子。你逃吧，如果你愿意的话，两腿夹着尾巴逃向塔玛尔岸边。去死吧你！就算只剩下我一个人，我也敢和全世界较量。”

小贩哈里勉强笑了笑，耸了耸肩膀：“我们可以有话好好说，不需要自相残杀，是吧？我并没有背叛你，还站在你这边。我知道，我们平安夜都喝得天昏地暗。别管啦，反正已经这样了。那伙人大多都散了，我们不用担心他们。他们怕得都不敢露头，也不会给我们添麻烦。那就剩下你和我了，乔斯。在这一行里，我们俩比大多数人陷得都深，我知道这个。我们越是互相帮助，对我们就都越好。好了，这就是我到这儿来的原因。我想和你好好商量，看看我们的处境。”他又笑了起来，露出柔软的牙龈，并用他短粗的黑手指连连敲击桌子。

老板冷漠地盯着他，再次伸手去够他的烟斗。

“你到底想怎么样，哈里？”他一边说，一边斜靠在桌子上，重新往他的烟斗里装烟丝。

小贩哈里吸吮着牙齿，咧开嘴笑了。“我没想怎么样，”他说，“我只想把事情弄得简单点儿，这对我们都好。很明显，我们该收手了，除非我们想在绞架上晃荡。就是这样，乔斯。虽然如此，但是两手空空地收手可不大有意思。两天前，我们在那边的房间里堆了不少从海滩上弄过来的东西，是吧？按理说，我们这些在平安夜卖过力的人都该分一杯羹。但现在，除了你和我，其他人都没份儿了。我不是说那些东西值多少钱，其中绝大多数都是垃圾。可我不明白，我们为什么不变卖一些东西，逃去德文郡呢？”

老板朝小贩哈里脸上吐了一口烟。“这么说，你来牙买加旅馆，并不仅仅是为了博我一笑？”老板说，“我还以为你爱上我了呢，哈里，想来握住我的手。”

小贩哈里又咧开嘴笑了，并在椅子上动了动。“好吧，”他说，“难道我们不是朋友吗？打开天窗说亮话没什么坏处。东西就在那儿，需要两个男人来转移它。这两个女人干不了这活儿。你我为何不干脆达成交易，把这事儿了了？”

老板若有所思地吸着烟。“你的主意可真多啊，我的朋友。

一个个排得整整齐齐的，就像你盘子上那些精美的小玩意儿。假如那些东西不在这里，会怎样呢？假如我已把它们处理掉了，会怎样呢？你知道的，这两天我都待在家里，而大马车正好就从我门前经过。如果是那样，你会怎么办啊，哈里老弟？”

小贩脸上的笑容消失了。他仰起了下巴。

“开什么玩笑？”他吼道，“你在这儿是明着玩一套，暗着又玩一套？如果真是那样，对你可没什么好处。乔斯·梅林，你在我们赶着马车、运输货物的时候很沉得住气，我见过也听说过一些我不明白的事情。你干这行干得漂亮，月月如此。我们中的一些人觉得，干得太漂亮了，而我们这些冒了更大风险的人，却只挣那么一点儿。我们不曾问你是怎么做到的，是吧？听着，梅林，你上面是不是还有人，你是不是要听命于他？”

老板闪电般向他扑了过去，一拳击中他的下巴尖，打得他仰面摔在了地上，身下的椅子也狠狠地撞向石板。小贩很快就缓了过来，连忙跪起来。但老板就矗立在他上方，枪口对准了他的喉咙。

“你要是敢动，你就死定了。”老板平静地说。

小贩哈里仰视着老板，邪恶的小眼睛半闭，肥胖的脸蜡黄。刚才跌的那一跤让他喘不过气，呼吸急促。一看见打斗的苗头显露，佩兴丝姨妈就惊恐万状地贴到了墙上，徒劳地寻找着她外甥女的双眼。玛丽仔细观察着姨父，但这一次根本猜不透他在想什么。他放低了枪，用脚踝了踝小贩。

“我们现在可以讲讲道理，就你和我。”老板说。他再次斜靠着桌子，把枪横放在胳膊上。小贩半跪半蹲，在地板上趴着。

“在这场游戏里，我是首领，一直都是，”老板慢吞吞地说，

“我开始干这行是三年前，当时我们用十二吨的小帆船把货物运到帕德斯托，口袋里有七个半便士就觉得自己运气不错。就这样，我一直干到这一行成了这一带最大的买卖，从哈特兰到海尔。我听命于人？我的上帝呀，我倒是想见见那个给我下命令的人。唉，这事儿现在结束了。我们已经走到头了，气数已尽。游戏结束了，对所有人来说都是这样。你今晚来这儿不是为了提醒我，而是来看看你能从那堆破烂中捞到什么。看到旅馆钉了木条，你那阴暗的心里就乐开了花。你捣鼓那边的窗户，是因为你知道百叶窗的搭扣是松的，容易撬开。你没想到会在这儿见到我，是吧？你以为在这儿的要么是佩兴丝，要么是玛丽。你很容易就能吓住她们，再拿走我的枪。正如你经常见到的，枪就挂在墙上，很方便拿走，是吧？然后，就让牙买加旅馆的老板见鬼去吧。你这只小老鼠，哈里，你以为我在放下百叶窗的时候，没有从你那紧凑着窗户的脸上看出来吗？你以为我压根没听见你那吓了一跳的喘气，也没看见你那突然变得不自然的笑容？”

小贩用舌头舔了舔嘴唇，吞咽了一口唾沫。他瞥了一眼一动不动地站在火炉旁的玛丽，圆圆的眼珠很警觉，宛如一只陷入绝境的老鼠。他不知道玛丽是否会说出对他不利的话。但玛丽什么也没说，而是在等着她的姨父继续说下去。

“好吧，”她的姨父说，“我们将达成交易，你和我，就像你建议的那样。我们会谈成彼此都满意的条件。我已改变主意，我亲爱的朋友。有了你的帮助，我们将动身去德文郡。就像你提醒我的那样，那堆东西里有值得带走的，我一个人带不走。明天是星期天，一个神圣的休息日。就算有五十艘船失事，那群人也会跪着不动。到时候窗帘会被放下，人们都去听布道，拉长个脸，为那些死于魔鬼之手的水手祈祷。但他们不会在安息日搜寻魔鬼。

“我们有二十四个小时，哈里，我的老弟。到了明天晚上，你就会因为在我那堆破烂里挖宝而累坏了，坐在马车上和我还有佩兴丝亲吻，也许还能和玛丽呢。啊，到了那时候，你大概会跪倒在地，感谢乔斯·梅林让你活着离开。不然你就要一屁股坐到你本该待的臭沟里，你那颗黑心还中了一枚子弹。”

老板再次举起他的枪，把冷冷的枪口缓缓伸向小贩的咽喉。小贩呜咽起来，还翻起了白眼。老板哈哈大笑。

“你也算个厉害的枪手了，哈里，”老板说，“那天晚上射中内德·桑托的不正是你吗？你掀开了他的气管儿，血呼呼地流出来。内德是个好小伙儿，就是嘴上没把门儿的。你就是因为那个射中了他，不是吗？”

枪口靠得更近了，紧压着小贩的咽喉。“要是我现在一不留神，哈里，你的气管也会敞开来，就像可怜的内德那样。你不想让我一不留神，是吧？”

小贩说不出话了。他转动眼球，斜视着。他张开手，四根手指叉着，仿佛要倒在地板上。

老板移开枪，弯下腰，把小贩提溜起来。“得了，”他说，“你以为我要和你玩一晚上吗？玩笑开五分钟就够了，再多就会让人吃不消。打开厨房门，向右转，走上走廊，直到我喊停。你休想从酒吧的入口逃脱，这个地方的每扇门窗都钉了木条。你的手不是一直痒痒，想摸摸我们从海滩带回来的东西吗，哈里？你现在就能去储藏室，在那堆东西中间过夜。你知道吗，佩兴丝，我亲爱的，我觉得这是我们头一回在牙买加旅馆殷勤待客。我没有算上玛丽，她是自家人。”老板哈哈大笑着，情绪很高涨。他的情绪就像个风向标，随时会发生改变。他用枪顶着小贩的后背，确保小贩出了厨房，走上那条通向储藏室的幽暗石廊。那扇门曾被巴萨特老爷和他的仆人砸坏，如今用新板材和木杆加固过了，就算不比以往更加坚固，也至少差不多。过去的那个星期，乔斯·梅林并没有一直闲着。

老板把小贩锁了起来，临走时警告小贩别把自己喂了老鼠。老鼠的数量已经够多了。然后，他回到厨房，从胸腔里发出了隆隆笑声。

“我就知道哈里会反水，”他说，“早在这次麻烦发生之前，一连好几个星期，我就在他的眼神里看到了这种苗头。顺利的时候，他会站在你这边。可是等运气变了，他就会反咬你的手。他这是嫉妒。他就是嫉妒，他简直烂透了。他嫉妒我。他们全都嫉妒我。他们知道我有脑子，所以讨厌我。你瞪着我干吗，玛丽？你最好吃了晚饭就去睡觉。明天晚上有很长一段路要走。我警告你，这段路不好走。”

玛丽的视线越过桌了，看着老板。她不会跟他走的，因此这个问题并未给她造成困扰。他爱怎么想就怎么想吧。她累了，她亲眼所见、亲身所为的事重重地压在她心上，头脑还被各种计划满满占据。

明天晚上之前，她必须想方设法去奥特尔南。一旦到了那里，她的使命就结束了。其他人将继续采取行动。对佩兴丝姨妈来说，那绝非易事，她自己一开始时可能也会觉得艰难。她对法律的繁文缛节一窍不通，但至少，正义终会胜利。要洗脱她自己和姨妈的罪名不会太难。姨父现在坐在她面前，塞了一嘴不新鲜的面包和奶酪。他将被反绑双手站在那里，第一次并将永远没有反击之力。一想到这儿，她就非常高兴。她反复想象这个画面，不断加以完善。不久之后，佩兴丝姨妈就会恢复过来，然后渐渐老去，最后获得安宁和平静。玛丽想象着，抓捕到时候会如何上演。也许他们会按照姨父的安排踏上旅途，但就在半路他哈哈大笑为自己打气的时候，一群人数和武器都占优势的人会将他们包围。当他无望地反抗他们，被按倒在地时，她会弯下腰，冲他微微一笑，对他说："我曾经以为你有脑子，姨父。"到那时他就什么都明白了。

她把视线从他身上移开，转向碗柜去找蜡烛。"我今晚不吃了。"她说。

佩兴丝姨妈苦恼地咕哝了几声，从面前盘子里的面包片上抬起眼睛，但乔斯·梅林踢了她一脚，让她不要说话。"要是她想生闷气，你就让她生吧，行吗？"他说，"她吃不吃和你有什么关系？对女人和野兽来说，挨饿有好处，会迫使他们乖乖听话。到了早上，她就会服服帖帖的。等着，玛丽。我要是把你锁上，你会睡得更踏实。我可不想走廊里有偷偷摸摸的人。"

他瞥了一眼靠在墙上的枪，然后又将视线有意无意地转回百叶窗上。厨房窗户的百叶窗依然豁着口。

"把窗户固定好，佩兴丝，"他若有所思地说，"把闩穿到百叶窗上。等你吃完晚餐，你也可以去睡觉了。我今晚不会离开厨房。"

他说话的腔调令佩兴丝感到震惊，她害怕地仰望着他。她想说话，却被他阻止了。“你难道到现在还没学会不要问我问题吗？”他嚷道。她立即站起来，向窗户走去。玛丽点亮了蜡烛，等在门口。“好了，”他说，“你站在那儿干吗？我说过了，走吧。”玛丽走到了外面黑暗的走廊上，蜡烛把她的影子投射到身后。走廊尽头的储藏室悄无声息。她觉得小贩躺在黑暗中，警惕地等待着天亮。一想到他，她就感到恶心。他就像只老鼠，被囚禁在他的同类之中。她突然开始想象，在寂静的夜里，他伸着老鼠爪子，抓挠着门框，想夺路而逃。

她打了个哆嗦，莫名其妙竟有些感激姨父把她也当成囚犯的决定。房子在夜里危机四伏。她低沉的脚步声在地板上响起，回声则不请自至地从墙上传来。在房子里，厨房算是一个多少还算温暖、正常的房间，但当她离开时，就连它也远离她了，在烛光中泛着黄色，透着凶险。姨父坐在那里，蜡烛熄灭，枪横在膝上，是在等某种东西还是人？当她走上楼梯时，他进了门厅。他跟着她上了楼梯平台，走向门廊上方的卧室。

“把你的钥匙给我。”他说。她把钥匙递给他，一言不发。他停留了一会儿，低头看着她，然后俯下身，把他的手指放在她的嘴上。

“我对你有好感，玛丽，”他说，“我没少收拾你，可你精神不减，勇气可嘉。我今晚已经在你眼睛里看到了这一点。要是我还年轻，我会向你求爱的，玛丽，嗯，也会赢得你的芳心，然后和你驾车奔向光明。你知道的，对吧？”

她一言不发地盯着他。他站在门外。她拿着蜡烛的手不自觉地轻轻抖动起来。

他压低了声音，近乎耳语。“危险在前头等着我，”他说，“不用担心法律。等真到了那一步，我会蒙混过关，获得自由的。就算全康沃尔的人都追着我，我也不在乎。而我要当心的是另外一种游戏，玛丽，是在夜晚来了又去的脚步声，是一只会把我推倒的手。”

在昏暗的光线中，他的面容显得消瘦、苍老。他的目光像火焰一样闪了一下，似乎要告诉她什么，然后又变得呆滞了。“我们要离开牙买加旅馆去塔玛尔。”他说。然后，他笑了笑。玛丽非常熟悉他嘴唇的轮廓，觉得它就像来自过去的回声。他当着她的面关上门，转动了钥匙。

她听见他迈着沉重的步伐下了楼，进入走廊，转过通向厨房的角落，消失了。

然后，玛丽走到床前，坐在上面，手放在膝上。随后，出于某种永远无法得到解释、后来她也不再追寻的原因，她像他那样把手指放在嘴唇上，从那里滑向她的脸颊，再滑回来。与此同时被忘记的，还有她儿时犯过的小错和那些她在意志坚定的日子里不会想起的梦。

她开始轻轻地、偷偷地哭泣，苦涩的眼泪滴落在手上。

13

她躺在那里睡着了，连衣服都没脱。等醒过来时，她以为风暴又起，裹挟而来的雨滴从窗户上淌下。她睁开眼睛，发现天还没亮。外面没有一丝风，也没有哗哗的雨声。她立即警觉起来，等待着惊醒她的声响再次出现。那种声响立即又出现了，原来是从外面的院子里飞来一阵泥土，打在玻璃窗上。她把腿摆到地板上，一边倾听，一边在心里估摸可能出现的危险。

如果这是一个警示信号，那这种方式也未免太拙劣，她大可置之不理。也许，是个对旅馆布局知之甚少的人把她的窗户错当成了老板的窗户了。她的姨父等在下面，枪横在膝上，准备迎接造访者。造访者也许已经来了，现在正站在院子里……终于，她的好奇心占了上风。她蹑手蹑脚地走向窗户，躲在那道凸出的墙壁的阴影里。夜色依旧漆黑，到处影影绰绰；一条细细的云低悬于天空，预示黎明即将到来。

不过，她没有弄错。撒在地板上的泥土非常真实，那个就站在门廊下面的人影也是如此。那是一个男人的身影。她蜷缩在窗户旁，等着他采取进一步的行动。他再次弯下腰，在客厅窗户外面空荡荡的花坛里摸索，然后抬起手，把小土块扔向她的窗户，小石子和软土在窗玻璃上溅起。

这一次，她看清了他的脸。她惊讶地喊出声来，忘了她已养成的谨慎习惯。

站在下面院子里的是杰姆·梅林。她立即探身向前，打开了窗户。她想喊他，但他抬起手，制止了她。他走到墙边，绕过能遮住她的门廊，双手拢到嘴边，向她轻声喊道："下来，把门给我打开。"

她冲他摇了摇头。"我做不到。我被锁在我房间里了。"她告诉他。他盯着她，惊讶不已，显然有些困惑。他回头看了看房子，仿佛它能提供解决办法似的。他用手摸索石板，仔细检查，寻找很早以前植物攀爬用的生锈钉子，想看看它们能否给他提供某种立足点。他可以够到门廊低矮的瓦片，但没有抓取面，就算他飞身离开地面，也徒劳无益。

"把你床上的毯子拿给我。"他轻声喊道。

玛丽立即猜到了他的用意。她把毯子的一头系在床腿上，把另一头扔出了窗外，毯子软绵绵地垂在杰姆头上方。这一次，他铆足了劲儿，飞身上了凸出的门廊低矮的顶部，得以把身体挤到它和房屋的墙壁之间，脚蹬紧石板，用这种方法把自己拽上了和她的窗户齐平的门廊。

他撩起腿，跨坐在门廊上，把他的脸靠近她的脸，毯子软绵绵地悬在他旁边。玛丽奋力扒窗框，但徒劳无功，窗户只开了一英尺左右。不砸碎玻璃，他就进不了房间。

"我只能在这儿和你说话了，"他说，"靠近点儿，好让我看见你。”她跪在房间的地板上，脸贴着窗户缝隙。他们对视了一会儿，没有说话。他看上去有些憔悴，眼窝深陷，好像没有睡觉，还干过累活儿。他的唇周有细纹，她以前没有注意到。他没有笑。

“我要向你道歉，”他终于说，“平安夜在朗瑟斯顿，我毫无理由地丢下了你，能不能原谅我就随你了。至于原因，我不能告诉你。我很抱歉。”

这种严厉的态度与他以前的表现很不相称。他好像变了很多，而她讨厌这种变化。

“我担心你的安全，”她说，“我追你追到了白鹿酒店。在那里，有人告诉我，你和某位绅士上了一辆马车。就这么多，没有留下口信，也没有做任何解释。那些男人在那里，站在火炉旁，那个在集市上和你说过话的马贩子也在。他们很讨厌，很古怪，我不信任他们。我想，是不是你盗马的事情被发现了？我又难受又焦虑。我不怪你。你做的事情你自己承担。”

他的态度伤害了她。她曾预料了各种情况，就是没料到这一点。当她刚看见他站在窗外的院子里，她只想着他是她爱的男人，他现在趁着夜色来找她，看她还在不在。他的冷淡降低了她的热情。她立即缩了回去，确信他没有看见她显露无余的失望表情。

他甚至没问那天晚上她是怎么回来的。他的漠不关心让她震惊。“你为什么被锁在房间里？”他问道。

她耸了耸肩。等到她回答时，她的声音既平淡又单调。

“我姨父不怕隔墙有耳。他害怕的是我在走廊里游荡，偶然发现他的秘密。你好像也不喜欢受到打扰。我要是问你今晚为什么在这儿，会不会也是一种冒犯？”

“唉，你尽管挖苦我吧。我活该，”他突然说，“我知道你是怎么想我的。也许有一天我能够解释清楚，只是不知道到那时，我还能不能够得着你。我得暂时像个男人一样，让你那受伤的自尊和好奇心见鬼去吧。我现在必须非常小心，玛丽，走错一步我就完了。我哥哥在哪儿？”

“他说他要在厨房过夜。他害怕某种东西，或某个人。门和窗户都钉上了木条，他还拿着他的枪。”

杰姆哈哈大笑，笑声有些刺耳：“我毫不怀疑他很害怕。我可以告诉你，要不了多久，他会更害怕。我是来这儿找他的，但如果他把枪横在腿上坐在那里，那我还是把见面推迟到明天吧。那时就烟消云散了。”

“明天怕是来不及了。”

“你什么意思？”

“他打算在傍晚离开牙买加旅馆。”

“你说的是真话吗？”

“我现在为什么要向你撒谎？”

杰姆沉默了。这个消息显然出乎他的意料，他在仔细考虑这件事。玛丽看着他，备受怀疑和犹豫的折磨。她过去对他的怀疑现在又重新燃起。他就是姨父在等的那个来访者，因此他也就是姨父厌恶并且害怕的那个人。他手里抓着姨父的生命丝线。她又想起了小贩嘲弄的表情，以及他说的惹得姨父勃然大怒的话：“听着，梅林，你上面是不是还有人，你是不是还要听命于他？”那个人有头脑，从而使她的姨父为他出力。那个人曾躲藏在空房间里。

她又想起了那个哈哈大笑、大大咧咧的杰姆，那个曾驾车带她去朗瑟斯顿、在市场上向她摆手、亲吻并拥抱了她的杰姆；而现在的他非常严肃，沉默无语，脸藏在阴影之中。杰姆这种双重个性既让她困惑，又让她害怕。对她来说，他今晚像个陌生人，因为某种她理解不了的可怕目的而心神不宁。把老板打算逃走的计划告诉他是一个错误的选择，有可能使她的计划全盘崩溃。无论杰姆做了什么或打算做什么，无论他是否虚伪、奸诈，无论他是不是一个杀人凶手，她爱他，这是她人性的弱点，她必须向他发出警告。

“在你见你哥哥时，最好小心点，”她说，“他现在情绪很不稳定。无论谁妨碍他的计划，都会有生命危险。我告诉你这些，是为了你的安全。”

“我不怕乔斯，从来都不怕。”

“也许吧。但是，如果他怕你，怎么办？”

他没有回答，而是突然俯身向前，看着她的脸，抚摸着那道从她的额头延伸到下巴的伤痕。

“谁干的？”他一边厉声说着，一边从那道抓痕转向了她脸颊上的擦伤。她犹豫了一会儿，然后回答了他。

“我在平安夜受的伤。”

他眼睛里的闪光立即让她明白他懂了，也知道那天傍晚发生的情况，因此现在才来到了牙买加旅馆。

“你和他们去了那儿，去了海岸？”他低声说。

她点点头，小心地看着他，生怕说错话。作为回答，他大声咒骂起来，并伸手攥起拳头砸向了玻璃窗，根本不在乎玻璃爆裂发出的声响，以及立即从他手上喷涌而出的鲜血。窗户的空隙现在已宽得可以进入。还没等她意识过来，他就爬进房间，来到了她的身旁。他抱起她，走到床边，把她放在床上，开始在黑暗中摸索蜡烛，并终于找到、点亮了蜡烛。然后，他回到床边跪下，让烛光照在她的脸上。他先是用手指抚摸她的擦伤，然后向下抚摸着她的脖子。当她因为疼痛而往后一缩时，他的呼吸加快了。她再次听见他在咒骂。“我本可以不让你遭这份罪。”他说。然后，他吹灭了蜡烛，坐到床上，坐在她的旁边，伸手去够她的手。他握着她的手，紧紧地握了一会儿，然后又松开了。

“上帝呀，你为什么要和他们一起去？”他说。

“他们醉醺醺的。我觉得他们压根不知道他们在干什么。我就像一个孩子，反抗不了他们。他们有十二个人，可能还不止，我姨父……他是头头儿，他和小贩。如果你已经知道这件事了，为什么还要问我？不要让我去回忆那些。我不愿意回想起来。”

“他们伤你伤得有多重？”

“擦伤，抓伤，你看得见的。我曾试过逃走，还把我身子的一侧擦伤了。当然了，他们又抓住了我，在下面的海滩上绑住了我的手脚，还给我嘴里塞了麻布，让我无法喊叫。我看见那艘船穿越了迷雾，但我什么也做不了，只能独自躺在风雨之中。我不得不眼睁睁地看着他们死。”

她声音颤抖，突然住了口。她侧过身，脸埋在手里。他没有靠近她，而是默默地坐在床上，坐在她的身旁。她感觉他离自己很远，被包裹在秘密之中，她觉得自己比以往都更加孤独。

“伤你最狠的是我哥哥吗？”过了一会儿，他说。

她疲惫地叹了口气。现在一切都太迟了，无关紧要。

“我说过，他醉了，”她说，“你知道，也许比我还要清楚，他接着会干什么。”

“是的，我知道。”他停了一会儿，然后再次抓住了她的手。

“他将因此而死。”他说。

“就算他死了，那些被他杀死的人也活不过来了。”

“我现在想的不是他们。”

“如果你想的是我，那请你不要浪费你的同情。我可以用我自己的方式复仇。我至少明白了一件事，那就是我只能靠我自己。”

“女人是脆弱的东西，玛丽，即使她们再有勇气。你现在最好置身事外，让我来处理这个问题。”

她没有回答他。她的计划需要她自己来完成，不需要他插手。

“你打算怎么做？”他问道。

“我还没想好。”她撒谎道。

“如果他明晚离开，那你几乎没时间再考虑了。”他说。

“他希望我和他一起走，还有佩兴丝姨妈。”

“你呢？”

“那要看明天是什么情况了。”

无论她对他是什么感觉，她都不会冒险让他掌握自己的计划。他依然让人摸不透，而最为重要的是，他站在法律的对立面。她突然想到，如果她出卖她的姨父，那也有可能出卖他。

“如果我让你做件事，你会怎么回答我？”她问道。

于是，他第一次笑了，笑声充满嘲弄、放纵，就像他在朗瑟斯顿时那样。在这种变化的鼓励下，她的心立即跳向了他。

“我怎么知道呢？”他说。

“我想让你离开这儿。”

“我这就走。”

“不，我的意思是让你离开沼泽，离开牙买加旅馆。我想听你说，你再不会回到这儿。我能对付你哥哥。他现在对我还没有危险。我不希望你明天来这儿。请你答应我，说你会离开。”

“你脑子里究竟在想什么呀？”

“和你无关的事情，但有可能给你带来危险。我不能再说了。我希望你信任我。”

“信任你？上帝呀，我当然信任你了。是你不信任我，你这个该死的小傻瓜。”他不出声地笑着，朝她俯下身，抱住她，然后像在朗瑟斯顿那样吻她，但现在是故意的，带着怒气。

“那你玩你自己的游戏吧，让我玩我的，”他对她说，“如果你硬要当个男孩，那我阻止不了你，但鉴于我吻过你的脸蛋，以后也还会再吻，我希望你远离危险。你不想把你的小命丢了，对吧？我现在必须离开了，不到一个小时天就会亮。如果我们的计划都失败，怎么办？如果你再也见不到我，你会介意吗？不，你肯定不在乎。”

“我可没这么说。你不懂我。”

“女人的想法和男人不一样，她们走的路不同。这就是我不喜欢她们的原因，她们善于制造麻烦和混乱。我很高兴带你去了朗瑟斯顿，玛丽，但到了生死关头，就像我现在的事情那样，上帝知道我希望你离得有一百英里远。你应该待在一间整洁的客厅里，老老实实地坐在那儿，膝头放着针线活儿。”

“我从来没有过过那样的生活，也永远不会过那样的生活。”

“为什么不呢？你将来会嫁给一个农夫，或者一个小商贩，体面地生活在左邻右舍中。不要对他们说你曾经住在牙买加旅馆，还被一个盗马贼爱过。否则他们会关上门，不让你进去的。再见吧，祝你前程似锦。”

他从床上站起，走到窗户边，从他在玻璃上砸出的豁口中钻出，把腿摆到门廊上，一只手拽着毯子，下到了地面。

她站在窗口望着她，不自觉地向他挥手道别，但他转过身走了，没有回过头望她，像个影子一般悄悄穿过院子。她慢慢拉起毯子，重新把它放在床上。清晨很快就会来临，她不打算再睡了。

她坐在床上，等着门被打开。她为即将到来的傍晚制订了计划。在漫长的白天里，千万不能引起别人对她的怀疑。她必须低调行事，也许还要装作闷闷不乐，仿佛情感终于被扼杀在她的心里，已经准备好和老板、佩兴丝姨妈一起踏上计划好的旅途。

然后，稍晚些时候，她会找一个借口，也许会说她累了，想在房间里休息休息，要为夜晚行路做好准备。接着，对她来说那天最危险的时刻就会到来。她必须悄悄地离开牙买加旅馆，像只兔子那样跑向奥特尔南。这次弗朗西斯·戴维就会明白了，时间紧迫，他必须立即采取行动。之后，她会在他的同意下回到旅馆，并确信没有人发现她曾经离开过。这是一场赌博。如果老板去了她的房间，发现她不在，那她就死定了。她必须为此做好准备。到了那时，什么借口都救不了她。但若他始终相信她在睡觉，那么游戏还会继续下去。他们会为旅行做好准备，甚至一起坐上马车，行驶在路上。在此之后，她的责任就完成了。他们的命运将掌握在奥特尔南的教区牧师手中。她只能想到这么多，一点儿也不想展望未来。

玛丽就这样等待着白天的到来。真的等白天到了，她面临的时间又显得无限冗长，每分钟都长如一小时，每小时都是永恒之中的一个微粒。三人之间的气氛显然非常紧张。他们默默地、面容憔悴地等待着夜晚的来临。在日光下，取得进展几乎是不可能的。干扰随时都有可能发生。佩兴丝姨妈从厨房漫步到她的房间，啪嗒啪嗒的脚步声不断在走廊和楼梯上响起，无望、无益地做着准备。她把她剩余的粗劣衣物包起来，然后又把包裹打开，因为她魂不守舍的脑子想起了某件被遗忘的衣物。她漫无目的地在厨房里晃荡，打开橱柜，看看抽屉，用闲不下来的手指摸摸她的锅碗瓢盆，无法决定带哪个、留哪个。玛丽尽其所能地帮助她，但任务本身的不切实际使一切难上加难。玛丽知道所有这些工作都徒劳无益，但她的姨妈并不知道。

当玛丽允许自己思考未来时，她偶尔会产生疑虑。佩兴丝姨妈会采取怎样的行动？当他们把她的丈夫带走时，她会怎样？佩兴丝姨妈是个孩子，必须像照顾孩子那样照顾她。当她再次急匆匆地离开厨房，登上楼梯，去了她的房间，玛丽会听见她在地板上拖着她的箱子，来回踱步，用围巾包起一个烛台，把它和一个有裂纹的茶壶、一顶平纹细布帽子并排放在一起，然后把它们再次打开、丢弃，为更老旧的心爱之物腾地方。

乔斯·梅林闷闷不乐地看着她。当她把什么东西掉在地板上，或被什么东西绊倒，他会恼怒地骂她。他的情绪一夜之间再次变了。他在厨房里的守夜并没有改善他的脾气。那几个小时无人来访，安安静静地过去了。这甚至有可能使他更加惊慌。他在房屋里游荡，慌里慌张，心不在焉，有时候会自言自语，从窗户向外凝望，仿佛希望看见某个人出其不意地造访他。他的紧张情绪影响到了他的妻子和玛丽。佩兴丝姨妈不安地看着他，然后也会把视线转向窗户，也会侧耳倾听。她的嘴嚅动着，手拧着她的围裙，然后又松开。

被锁在房间里的小贩没有发出任何声响。老板没有去找他，也没有提过他的名字。这种安静本身就透着不祥，很奇怪，也很不自然。假如小贩喊叫着一些下流话，或咚咚地砸门，那倒与他相称。但他现在一声不吭地躺在黑暗里，一动也不动。尽管玛丽非常讨厌他，但一想到他有可能死了，就不由得打起哆嗦。

到了吃午餐的时候，他们围坐在餐桌旁，几乎是偷偷摸摸地吃着东西。老板平常胃口大如牛，如今却郁郁寡欢地用手指敲着桌子，餐盘里的肉都凉了。玛丽抬起眼睛，看见他浓眉下的眼睛盯着她。她一时觉得非常惊恐，不知他是否察觉到了自己的计划。她曾经指望他保持前一夜的高兴情绪，并打算在必要时候迎合它一下，用玩笑应对玩笑，不违背他的意愿。然而，他闷闷不乐地坐着，情绪低落。她以前见过他这样的情绪，知道这意味着危险。终于，她鼓足了勇气，问他打算什么时候离开牙买加旅馆。

“等我准备好了。”他简短地回答道。然后就不吱声了。

然而，她鼓励自己继续下去。她帮着清理了剩菜，然后连蒙带骗，建议姨妈去准备一篮子食物，好在路上食用。姨妈同意了。接着，她转向姨父。

“如果我们要在夜里赶路，”她说，“那佩兴丝姨妈和我在下午休息休息，以便能精神抖擞地踏上旅途，岂不更好？我们中的任何一个人今晚都不可能睡觉。佩兴丝姨妈自打天亮就没停下来过，我也一样。在我看来，我们在这里等着夜幕降临几乎没什么益处。”她尽可能说得若无其事，但怦怦的心跳表明，她在惴惴不安地等待他的答复，几乎无法正眼看他。他考虑了一会儿。为减少焦虑，她转身离开，假装在橱柜里摸索。

“你要是想的话，可以去休息，”他终于说，“稍后你们俩都有活儿干。你说得对，你今晚睡不了。那你就去休息吧。我暂时用不着你。”

玛丽要走的第一步成功了。她又逗留了一会儿，假装在橱柜里摸索，害怕匆忙离开厨房会引起怀疑。姨妈一向像个傀儡，别人叫干什么就干什么，时间一到就温顺地跟着她上了楼，然后又像听话的孩子那样，沿着远端的走廊去了自己的房间。

玛丽走进她位于门廊上的小小房间，关上门，落了锁。一想起要冒险，她的心脏就怦怦直跳。她几乎分不清主宰她的究竟是兴奋，还是恐惧。沿着公路去奥特尔南将近四英里，她一个小时就能走完这段距离。如果她在四点天色将黑时离开牙买加旅馆，那么她在六点之后不久就能返回，老板在七点之前应该不会去唤醒她。这样一来，她将有三个小时完成她的任务。她已经想好了怎么逃走：她会先爬到门廊上，然后再跳到地面，就像杰姆今天早上做的那样。降落会很容易，她最多会擦伤，受到点惊吓。无论如何，这都比在下面的走廊里撞见姨父更安全。打开沉重的大门肯定会闹出动静，穿越酒吧则意味着经过开着的厨房。

她穿上了她最暖和的衣服，用颤抖、发烫的手把她的旧围巾在肩膀上系牢。被迫的耽误让她最为苦恼。一旦到了路上，此行的目的就会让她鼓起勇气，四肢的活动也会让她备受鼓舞。

她坐在窗户旁，望着空旷的院子和无人经过的公路，等着下面门厅里的时钟敲响四点。终于到了四点，寂静中回荡的钟声就像警报一样，重重击打着她的神经。她打开门，聆听了一会儿，听见脚步声应和着钟声，空气中飘荡着低语。

那当然纯属想象，其实一点动静也没有。时钟又嘀嗒嘀嗒地走起来，进入了下一个小时。现在每一秒对她都很宝贵，她一点儿时间都不能浪费。她关上门，上了锁，走到窗户边，像杰姆做的那样，手扒着窗台，从豁口爬了出去。她很快就跨坐在了门廊上，俯视着下方的地面。

离地似乎有点远。玛丽蜷缩在走廊上面，没有毯子可以辅助她平稳落地，就像杰姆那样。走廊上的瓦片滑溜溜的，没有让她抓的地方。她转过身，拼命贴近窗台，想从那里获得安全。安全变得如此令人向往，成了一种人人渴求的东西。然后，她闭上眼睛，跳了下去。她的脚几乎立即就落在了地面上。正如她所预想的那样，这一跳不算什么。但是，瓦片擦伤了她的手和胳膊，让她又清晰地回想起了上次跌落的情景。那是在海滩旁的沟渠路上，她从马车上跌了下来。

她仰望着牙买加旅馆。在正在降临的薄暮里，它灰蒙蒙的，透着凶险。窗户上钉了木条。她想到了这座房屋所见证的恐怖事件，以及那些已被深深嵌入墙壁中的秘密，想到了姨父把他的影子投射在上面，这里曾举行过盛宴，炉火熊熊，欢笑不断。她就像一个人本能地离开一个死者之屋那样，转身离它而去，来到了路上。

这是一个晴朗的傍晚，这至少对她有利。她大步向目的地走去，眼睛紧盯着在前面延伸、漫长的白色道路。她走着走着，薄暮就降临了，给两边的沼泽带去了阴影。在她的左边，那些最初被迷雾裹着的高耸石山融入了黑暗。万籁俱寂，没有风。不久之后，天空将升起一轮月亮。她不知道，姨父是否考虑过这种自然的力量会给他的计划造成什么影响。对她本人来说，这无关紧要。她今晚不害怕沼泽，也不担心它们，因为她只需要走在公路上。如果不被注意、不受踩踏，沼泽也就无关紧要了。它们现在离她很远，在远处若隐若现。

她终于到了五岔口。出现了岔路后，她转向左边，走下了奥特尔南陡峭的山丘。在路过农舍闪烁的光芒时，她因从烟囱里冒出的、令人感到亲切的烟而变得非常兴奋。这里有她久违的左邻右舍的声响，如犬吠、树木的沙沙声、一个男人从井里打水时提桶的咣当声。小鸡在一排树篱外咯咯地叫。一个女人尖声呼唤一个小孩，小孩则报以哭泣。一辆马车隆隆地从她旁边驶过，进入阴影之中，车夫向她道了晚安。这里有一种令人松弛的氛围，一种平稳，一种安宁。这里充满了她了解并熟悉的旧村庄气息。她经过它们，向教堂边的牧师住宅走去。这里没有光。房屋被遮蔽，寂静无声。树木将房屋包围了。她再次生动地想起了对这儿的第一印象：这是一座活在过去的房屋，睡着了，对现在浑然不觉。她重重地敲门，听见敲击声在空荡荡的房屋里回响。她透过窗户向里面张望，除了柔和、缺乏热情的黑暗，什么也看不见。

然后，她一边骂自己愚蠢，一边再次折回来，朝教堂走去。弗朗西斯·戴维肯定会在教堂里，因为今天是星期天。她犹豫了一会儿，不知道该怎么办。就在此时，大门开了，一个女人手捧花束，走到门前的路上。

那个女人狠狠地盯着玛丽，知道她是个陌生人。假如玛丽没有转过身跟着她，她原本会道一声晚安，从玛丽身边经过。

“不好意思，”玛丽说，“我见你是从教堂出来的。你能不能告诉我，戴维先生在那里吗？”

“不，他不在。”那个女人说。停了一会儿，她又问道：“你想见他？”

“非常迫切，”玛丽说，“我去了他家，没有人应声。你能帮帮我吗？”

那个女人好奇地看着她，然后摇了摇头。

“我很抱歉，”那个女人说，“他不在家。他今天去另外一个教区布道了，离这儿很远。我估计他今晚不会回奥特尔南。”

14

玛丽刚开始不信任地盯着那个女人。“不在家？”她重复道，“但这不可能啊。你确信你没搞错？”

她很有信心，所以本能地拒绝这一突如其来对她计划的致命打击。那个女人露出不悦之色，她想不出这个陌生女人为什么怀疑自己说的话。“教区牧师昨天下午离开了奥特尔南，”她说，“吃过饭之后骑马走的。我应该知道，因为是我在给他料理家务。”

那个女人肯定发现了玛丽脸上非常痛苦的失望表情，变得温和起来，说话也客气了不少。“如果你有什么消息，想让我在他回来时转达给他……”她说。玛丽绝望地摇了摇头。在获知教区牧师不在的消息后，玛丽的精神和勇气顷刻间崩溃了。

“那就来不及了，”她绝望地说，“这事关生死。戴维先生不在，我不知道该怎么办了。”

那个女人眼睛里再次流露出好奇的眼神。“有人生病了？”她问道，“我能告诉你我们的医生住在哪儿，如果那能帮到你的话。你今晚是从哪儿过来的？”

玛丽没有回答。她在拼命地想摆脱困境的办法。来奥特尔南，然后又在没有获得帮助的情况下回到牙买加旅馆，这是不行的。她无法信任村民，他们也不会相信她的说法。她必须找到一个有权有势的人，一个多少了解乔斯·梅林和牙买加旅馆的人。

“离这儿最近的治安官是谁？”她终于问道。

那个女人皱起眉头，思考着这个问题。“没有哪个治安官离我们奥特尔南这儿近，”她有些迟疑地说，“哎，最近的应该是北山的巴萨特老爷，离这儿肯定有四英里，或多或少。我说不准，我从没去过那儿。你今晚一定要去那儿吗？”

“我非去不可，”玛丽说，“我别无选择。我也必须抓紧时间。请原谅我这么神秘，可我遇到了大麻烦，只有你们的教区牧师或哪位治安官才能帮我。你能不能告诉我，去北山的路好不好找？”

“好找，很容易。你沿着去朗瑟斯顿的路走两英里，然后在收税关卡那儿右拐。但是，像你那样的姑娘，很少有谁会在天黑之后步行。我自己从没步行过。沼泽地有时会有暴徒出没，你可不能信任他们。我们这些日子都不敢冒险离家太远，就连公路上都有人抢劫，还总有暴力事件发生。”

“谢谢你的同情。我非常感激，”玛丽说，“可我这辈子都住在一些偏僻的地方，我不怕。”

“你想怎样就怎样吧，”那个女人回答说，“可你最好待在这里等牧师回来，如果可以的话。”

“那不可能，”玛丽说，“不过等他回来，你能不能告诉他，也许……不过，等一下。如果你有纸和笔，我会给他写个解释的纸条。那样更好。”

“来我的小屋吧，你可以写下你想写的东西。等你走了，我会立刻把条子拿到他的房子，放到他的桌子上，他一回到家就能看到。”

玛丽跟着那个女人去了小屋。当那个女人在厨房里找笔的时候，她不耐烦地等待着。时间正在迅速流逝，多出来的去北山的旅途已打乱此前的所有计划。

她很难在见了巴萨特先生后立即返回牙买加旅馆，也很难寄希望于她的离开没有被发现。姨父会因为她的逃走而警觉，在预定时间之前离开旅馆。如果出现这种情况，那么她的任务就徒劳无益了……那个女人现在拿着纸和羽毛笔回来了，玛丽不顾一切地动笔了，没时间停下来斟酌词语。她潦草地写道：

> 我来这儿是想寻求你的帮助，但你不在。你现在应该已像全国的人那样，怀着恐惧听闻了圣诞节前夕海岸上发生的船只失事事件。那是我住在牙买加旅馆的姨父干的，还有他的同伙。你可能已经猜到了。他知道要不了多久就会遭到怀疑。出于这个原因，他计划今晚离开旅馆，越过塔玛尔进入德文郡。发现你不在，我现在只好尽快去找北山的巴萨特先生，把一切都告诉他，通知他我姨父要逃，让他立即派人去牙买加旅馆抓我姨父，以免来不及。我将把这个条子交给你的管家，相信她会把它放在你一回来就能看见的地方。匆匆不能尽意。
>
> 此致
>
> 玛丽·耶伦

玛丽把纸条叠好，交给旁边的那个女人，向她致谢，并让她放心，说自己不害怕走那条路。然后，她便踏上了那条四英里或者更长的去北山的路。她从奥特尔南登上山丘，心情沉重、沮丧，有一种孤立无援之感。

她对弗朗西斯·戴维太信任了，甚至迄今为止也很难意识到，他的不在会使她如此失望。当然了，他并不知道她需要他。但纵然他知道，他的计划说不定还是在她遇上麻烦之前就定好了。她什么也没做成，就把奥特尔南的灯光抛在了身后，难免感到沮丧、痛苦。也许，就在此刻，姨父正在咚咚地敲她的房门，喊她答话。他会等一会儿，然后破门而入。他会发现她已经走了，破碎的玻璃窗会让他明白她是怎么走的。至于这是否会严重破坏他的计划，只能靠猜了。她无法获知。她担心的是佩兴丝姨妈。想到姨妈浑身颤抖地踏上旅途，像一条狗那样被主人拴着，玛丽不由得攥紧拳头，仰起脸，在空荡荡的白色道路上飞奔起来。

她终于抵达了收税关卡，然后按照奥特尔南的女人告诉她的那样，转向那条狭窄、弯曲的小径。高高的树篱遮挡了她两边的原野，昏暗的沼泽远离了她的视线。小径七拐八弯，犹如她在赫尔福德时走的那些小径。绕过荒凉阴沉的公路，眼前的景致大有不同，也让她重新燃起了信心。为了使自己振作，她想象巴萨特一家和蔼可亲、彬彬有礼，就像特雷洛瓦伦的维维安一家那样，会怀着同情和理解听她讲述。她以前见到那位乡绅时，他并非处在最佳状态。他当时是气冲冲地来到牙买加旅馆的。想到和姨妈合伙欺骗了他，她感到后悔。至于他的妻子，她现在肯定知道，一个盗马贼在朗瑟斯顿的市场上耍了她。所幸在马被重新卖给它原先的主人时，她并没有站在杰姆旁边。她一边想象着巴萨特一家，一边继续赶路，尽管如此，她还是想起了一些小事。想到即将到来的会见，她内心深处惶恐不安。

地形又一次发生了改变。山丘耸立在远处，树木丛生，黑黢黢的。不远处，一条小溪欢唱着撞击石头。沼泽不见了。月亮现在已经升起，挂在远处的树梢上。她充满信心地走着。月光为她照亮了小径，领着她下到河谷。在河谷里，树木亲切地把她围了起来。她终于到了几间乡间小屋的门前和马车道的入口处。在她前面，小径继续延伸，通向一个村庄。

那肯定就是北山。这座庄园肯定就是那位乡绅的宅邸。她走上了那条通往宅邸的马车道，听见远处一座教堂的钟敲响了七点。距她离开牙买加旅馆已三个小时。随着离宅邸越来越近，她又紧张起来。宅邸矗立在黑暗之中，很大，阴森森的。月亮升得还不够高，尚不能亲切地洒下清辉。她摇响门铃，猎犬立即汪汪地叫起来。她等待着，不久就听见里面传来脚步声。一个男仆打开了门，厉声呵斥那些朝门口伸着鼻子的狗，它们还想嗅玛丽的脚。在这个等着她开口的男人面前，她觉得自己既卑微又渺小，意识到身上的裙子和围巾是那么旧。“我想见巴萨特先生，有要紧的事，”她对他说，“他应该不知道我的名字，但如果他能和我说几分钟话，我会解释清楚的。事情非常重要，否则我也不会在星期天晚上的这个时候打扰他。”

“巴萨特先生今天上午就去朗瑟斯顿了，”那个人回答道，“他是急匆匆地被叫走的，到现在还没回来。”

这一次，玛丽已不能控制自己，绝望地喊叫起来。

“我跑了老远的路才到这儿的，”她激动地说，仿佛她的痛苦能让乡绅出现在她身边，“如果我在一个小时里见不着他，可怕的事情就会发生，一个穷凶极恶的罪犯就会逃脱法律之手。你面无表情，可我说的都是实话。要是我能再找到一个人……”

“巴萨特夫人在家，”好奇心使那人有些不安，他说道，“也许她会见你，如果事情真像你说的那么紧急的话。你跟着我去书房吧。不用担心那些狗，它们不会咬你的。”

玛丽像做梦一样穿过了门厅。她只知道，计划十有八九又失败了，一切都是机缘巧合，她现在已无力自助。

书房宽敞，炉火熊熊，在她眼里显得有些不真实。由于习惯了黑暗，当光的洪流涌向她时，她不由自主地眨起了眼睛。一个女人坐在火炉前的椅子上，正在给两个孩子朗读一本书。玛丽立即认出，她就是那位朗瑟斯顿市场上优雅的女士。玛丽被领进房间时，她吃惊地抬起头来。

仆人开始有些激动地解释起来：“这个年轻女人有重要消息要向老爷报告，夫人，我觉得最好直接领她来见你。”

巴萨特夫人立即站了起来，书从她膝盖上掉落下去。

“是不是和马儿有关？”她说，“理查兹对我说，所罗门一直咳嗽，钻石不肯吃东西。有这么个马夫，什么事情都有可能发生。”

玛丽摇了摇头。“你家里没问题，”她严肃地说，“我带的是别的消息。如果我能单独和你说……”

得知她的马没有问题，巴萨特夫人似乎放心了。她连忙让她的孩子出去。他们跟着男仆，跑出了房间。

“我能为你做些什么？”她亲切地说，“你看上去脸色很苍白，还有些疲惫。你不坐吗？”

玛丽不耐烦地摇了摇头：“谢谢你，但我必须知道巴萨特先生何时回家。”

“我不知道，”那位夫人回答说，“他接到了个紧急通知，今天上午不得不离开家。给你说实话吧，我非常担心他。如果那个可怕的旅馆老板动武的话，像他那种人肯定会动武的，那么尽管有士兵帮助，巴萨特先生也可能受伤。”

“你什么意思？”玛丽连忙问道。

“唉，老爷出去执行的是一项非常危险的任务。我不熟悉你的长相，但你肯定不是北山的，否则你应该听说过这个姓梅林的男人，他在博德明的路上经营着一家旅馆。这段时间以来，老爷一直怀疑那个男人犯有严重的罪行，直到今天上午，他才掌握了充分的证据。于是他立即动身去了朗瑟斯顿召集帮手。从他走之前和我说的话来看，他打算在今天晚上包围旅馆，抓住里面的人。当然了，他会全副武装地过去，还会带一大批人，但他不回来，我就放不下心。”

玛丽脸上的某种东西肯定让她警觉了起来，她的脸色变得煞白，从炉火旁向后退去，伸手去够悬在墙上的那根沉重的拉铃绳。“你就是他提到过的那个女孩，”她说，语速很快，“那个旅馆里的女孩，老板的外甥女。你不准动，否则我就喊人了。你就是那个女孩。我知道了。他给我描述过你。你找我干什么？”

玛丽伸出了手，脸色和火炉旁的那个女人一样白。

“我不会伤害你的，”她说，“请不要拉铃。听我解释。没错，我就是牙买加旅馆的那个女孩。”巴萨特夫人并不相信玛丽。她不安地盯着玛丽，手始终没有松开拉铃绳。

“我这儿没钱，”她说，“我无法为你做任何事情。如果你来北山是为了给你姨父求情，那么已经来不及了。”

“你误会我了，”玛丽平静地说，“牙买加旅馆的老板不过是我的一个姻亲。我为什么一直生活在那里现在并不重要，要说起来，话就太长了。我比你，比这一带的任何一个人都要害怕、厌恶他，而这是有原因的。我来这儿是为了通知巴萨特先生，老板打算今晚离开旅馆，逃脱司法的惩罚。我有他犯罪的铁证，我觉得巴萨特先生并不拥有这样的证据。你对我说他已经走了，说不定现在就在牙买加旅馆。这样看来，我来这儿算是白来了。”

然后，她坐了下来，双手放在膝上，眼神茫然地盯着火苗。她已穷尽她的才智，眼下无法再放眼未来了。她疲倦的脑子告诉她，她今晚的辛劳已失去意义，变得枉然。她真希望自己从没离开过她在牙买加旅馆的卧室，因为巴萨特先生无论如何都会去的。如今，由于她偷偷摸摸的干涉，她已经铸成她原本希望避免的大错。她外出的时间太久了。姨父现在应该已经猜到真相，并很有可能逃走了。巴萨特老爷和他的手下将扑向一座空无一人的旅馆。

她再次抬起眼睛，望向女主人。“我来这儿算是干了一件非常愚蠢的事情，”她绝望地说，“我觉得那是个聪明的主意，到头来却只是成功地把我自己耍了，把别人也都耍了。我姨父发现我的房间没人，便会立即猜到是我出卖了他。他会在巴萨特先生抵达之前就离开牙买加旅馆。”

乡绅的夫人现在放开了拉铃绳，朝她走去。

“你的话很诚恳，我一看你的脸就知道你是个老实人，”乡绅的夫人亲切地说，“如果说我刚开始看错了你，那我向你道歉，但牙买加旅馆的名声太可怕了。我相信，突然面对旅馆老板的外甥女，任何人都会做同样的事情。你被放在一个吓人的位置上了。你一个人跑了那么远的路，来这儿通知我丈夫，我觉得你很勇敢。问题是你现在想让我做什么。我愿意按照你认为最好的方式帮你。”

“我们什么也做不了，”玛丽一边说，一边摇头，“我觉得，我必须等在这儿，直到巴萨特先生回来。当他听说我如何铸成大错，他会很不高兴，不愿意见我。上帝知道，无论受到什么责备，我都不冤枉……”

“我会替你说话的，”巴萨特夫人回答道，“你不可能事先知道我丈夫已经接到通知。如果需要的话，我很快就能把他安抚好。而且，看到你安全地待在这儿，他会感到欣慰的。”

“老爷是怎么突然知道真相的？”玛丽问道。

“我不清楚。就像我已经告诉你的那样，他今天上午突然被叫走。在他上马离开之前，他几乎什么都没给我讲。现在，你就休息一下，暂时忘了这件令人厌恶的事情，好不好？你还没吃饭吧，肯定饿了。”巴萨特夫人再次靠近壁炉。这一回，她拉了三四下铃。尽管她很焦虑、苦恼，但仍不由自主地发现了这种情景的嘲讽意味。女主人要款待她。而就在不久前，女主人还打算让仆人抓住她；现在，仆人则将给她带来食物。她还想起在集市上，女主人披着天鹅绒斗篷，戴着装饰有羽毛的帽子，为自己的马付了一大笔钱。她想知道，女主人是否已发现自己受骗了。如果她在那次欺骗中扮演的角色暴露，想必女主人很难如此大方地款待她。

就在此时，先前的那个仆人出现了，一脸好奇。女主人让他给玛丽带一盘晚餐。那几条狗跟着他进了房间，现在和玛丽交上了朋友，摇着尾巴，将柔软的鼻子伸到她手里，把她当成了家庭的一员。她出现在北山宅邸仍让她觉得有些不真实。虽然她尝试了，但她还是不能抛开焦虑，放松下来。她觉得自己没有权利坐在红彤彤的炉火前，因为在外面的黑暗中，在牙买加旅馆，生与死正短兵相接。她机械地吃着，一边强迫自己把她所需要的食物往下咽，一边听着女主人在旁边和她闲聊。女主人虽然亲切，却错把漫无目的地说个不停当作缓和焦虑的唯一方式。她没有意识到，闲聊会增加焦虑。玛丽吃过晚餐，再次坐在那里，手放在膝上，盯着炉火。为寻求合适的使玛丽分心的方式，巴萨特夫人拿出她画的一册水彩画，翻页展示给玛丽看。

壁炉架上的时钟以刺耳的声响报告了八点钟的到来。玛丽再也无法忍受了。这种慢吞吞的无所作为比危险和追捕还要糟糕。“请原谅，”她一边说，一边站起来，“你待我很好，我感激不尽，但我很焦急，无比焦急。我满脑子都是我可怜的姨妈，她现在也许正在遭受地狱般的折磨。我必须知道牙买加旅馆现在的情况，今晚我得再步行回去。”

巴萨特夫人苦恼地扔下她的画册：“你肯定很着急。我从一开始就看出来了，于是想试着分散你的注意力。情况该有多可怕呀！我和你一样担忧，为了我丈夫。但是，你现在不大可能一个人回到那里。唉，等你到了那里，午夜已过。再说，天知道你在路上会不会出事。我会吩咐人把那辆两轮马车备好，让理查兹和你一起去。他是最值得信赖的，最可靠的，必要的话还可以带上武器。如果战斗仍在继续，你最好在山脚下看着，不要靠近，直到战斗结束。我其实想和你一起去，可我身体不太好……”

“你肯定做不了那种事，”玛丽连忙说，“我习惯了危险和在夜里赶路，你不习惯。要是现在让你套上你的马，叫醒你的马夫，那我就给你添大麻烦了。请你放心，我一点儿都不累了，我能步行。”

但是，巴萨特夫人已经拉了铃。“去告诉理查兹，让他把那辆两轮马车备好，”她对感到惊讶的仆人说，“等他到了，我会给他进一步的指示。”然后，她给玛丽准备了带兜帽的厚斗篷、厚毯子和暖脚炉，并一再解释说，如果不是她的健康不允许，她说什么也会和玛丽一起去。玛丽对此深感欣慰，若要完成如此不顾后果、危险、不合常规的行动，巴萨特夫人很难算得上一个理想的同伴。

一分钟后，理查兹赶着那辆两轮马车来到了门口。玛丽立即认出，他就是那个当初和巴萨特先生一起骑马去牙买加旅馆的仆人。他原本不愿意在星期天晚上离开他的火炉，但获悉了他的任务后，他的不情愿消失了。在腰间别上两把大手枪、接到可以向任何威胁马车的人开火的命令后，他脸上立即不知不觉地露出了粗暴、舍我其谁的神色。玛丽爬上车，坐在了他的旁边。那几条狗齐声叫唤，仿佛是在道别。在马车拐了个弯，房屋消失不见后，玛丽才意识到，她所采取的行动很可能非常鲁莽、危险。

在她离开牙买加旅馆的五个小时里，什么情况都有可能发生。即使乘坐马车，也几乎不可能在十点半以前到达。她无法制订计划，只能见机行事。月亮现在高挂天空，清风拂面，她感到自己勇气倍增，能够面对任何即将来临的危险。无论前往行动现场的路途多么危险，都比像个无助的孩子那样坐着听巴萨特夫人东拉西扯要好。这个理查兹配备了武器，必要时她自己也可以使用一把枪。他无疑非常好奇，但她对他提出的问题只做了简短回答，没有鼓动他。

接下来的旅途一片沉默。在多数时间里，除了路面上不断响起的马蹄声，以及从寂静的树林里不时传来的猫头鹰叫声，再无其他声响。当马车驶上通往博德明的公路时，灌木树篱的沙沙声和乡间低语被抛在了身后。黑暗的沼泽再次在两侧伸展，包围着道路，宛如一片沙漠。在月光的照射下，公路就像一条白色的缎带。它蜿蜒曲折，消失在远山的怀抱之中，一览无余，杳无人迹。除了他们自己，今晚公路上再无旅人。圣诞节前夕，当玛丽坐车抵达这里时，风恶狠狠地鞭笞着车轮，雨重重地砸在车窗上。而现在，空气依旧寒冷，静得出奇，沼泽安卧于月亮之下，银光闪闪。石山黑黢黢的，向着天空仰起它们瞌睡的脸。参差不齐的花岗岩沐浴在月光之中，变得柔和、光滑、安详。古老的神祇熟睡着，没有什么打扰他们的清梦。

马拉着车，轻快地驶过了玛丽曾孤身一人行走过的漫漫长途。她现在能够辨认出道路的每一个拐弯，以及那些被沼泽里生长的草丛与扭曲的金雀花茎侵占了的地方。在离她不远的河谷里，将会亮起奥特尔南的点点灯火。五岔口的五条小径已从道路上岔出，仿佛五根手指。

穿过前面那片可怕的荒野就到牙买加旅馆了。即使是在寂静的夜里，风还是会造访这里，这四周无遮无拦，非常空旷。今晚，风从西边的拉夫石山吹来，冷如刀割，裹挟着湿地的气息，在严酷的草地和奔腾的溪流上吹过。道路穿过沼泽，起起伏伏，路上仍无人畜踪影。尽管睁大了眼睛，竖起了耳朵，玛丽还是什么也看不到，什么也听不见。在这样的一个夜晚，哪怕是最轻微的动静，也会被放大。理查兹说，巴萨特先生一行有十二人左右，两公里之外就能轻松地听见他们闹出的动静。

“他们应该在我们之前就到了，”他对玛丽说，“旅馆老板的双手被绑着，正对着老爷骂骂咧咧。如果他无法再害人，对这一带绝对是件好事。要是老爷行动顺利的话，他现在应该已经无法害人了。我们不能早点儿赶到那里，真是遗憾。我觉得抓他需要费一番工夫的。”

“如果巴萨特先生发现他的鸟飞了，就几乎不需要费什么工夫了，”玛丽平静地说，“乔斯·梅林对这些沼泽了如指掌。一旦他在一个小时或更早前察觉到什么，那么他一刻也不会停留。”

“我的主人也是在这儿长大的，和旅馆老板一样，”理查兹说，“如果要在这一带进行一场追逐，那我一定赌老爷赢。他从小到大都在这里打猎，差不多有五十年了。我敢说，狐狸跑到哪里，老爷就会追到哪里。不过，如果我没猜错的话，不等这只狐狸开始逃，他们就会逮住它。”玛丽任由他说了下去。与女主人亲切的闲聊相比，他偶尔有些结巴的话语并不让她心烦。在这个紧张的夜晚，他宽阔的后背和诚恳、粗糙的脸给了她一些信心。

他们就要抵达道路的低洼处和那座横跨福伊河的狭窄桥梁。河水在石头上迅速流过，玛丽能够听见潺潺的水声。牙买加旅馆附近那座陡峭的山丘耸立在他们面前，在月光下白花花一片。当黑乎乎的烟囱出现在山顶之上时，理查兹陷入沉默，摸着别在腰间的手枪，清了清喉咙，稍显不安地扭了下头。玛丽现在心脏跳得飞快，紧紧地靠在马车一侧。马低着头，开始专心致志地爬坡。玛丽觉得马蹄在路面上弄出的嗒嗒声太响，希望它们能轻一些。

当他们接近山顶时，理查兹转过身，冲着她的耳朵低声说：“你是不是最好坐在马车里，在路边等着？我往前走，看看他们在不在那儿。”

玛丽摇了摇头。“最好我去，”她说，“你在后面跟着，稍微拉开一点儿距离，要不就待在这儿，等我喊你。毕竟，从这样的寂静来看，老板已经在老爷和他的手下来之前就逃了。不过，假如他，也就是我姨父，还在这儿，我能冒险与他撞见，你不能。给我一把手枪，这样我就不怕他了。”

“我不认为让你一个人去是对的，”理查兹有些怀疑地说，“你也许正好会撞见他，那我恐怕就再也听不见你的声响了。就像你说的，这种寂静有些不对头。我曾预料到会有喊叫和搏斗，我主人的喊声会最大。无论如何，现在这样太不正常了。他们肯定有事在朗瑟斯顿耽搁了。我觉得吧，如果我们转到那边的小径上，等着他们来，也许更明智。”

“我今晚等够了，等得快要疯了，”玛丽说，“我宁可迎头撞上我姨父，也不愿躺在这儿的沟里，什么也看不见，什么也听不到。我担心的是我姨妈。她没有参与这种事情，清白得像个孩子。要是可以的话，我想照顾好她。给我一把手枪，让我走吧。我能像猫那样走路，我也不会把头伸进套索里，我向你保证。”她脱掉那件曾替她抵御夜晚寒气的带兜帽斗篷，抓住他不情愿递给她的手枪。“不要跟着我，除非我大喊，或发出某种信号，”她说，“如果你听见枪响，那还是最好跟过来。虽然如此，跟过来时也要小心。我们都不需要像傻瓜那样使自己身处险境。在我看来，我相信我姨父已经逃走了。”

她现在希望姨父已驾车进入德文郡，整个事件就可以得以结束。如果是那样的话，这一带将可能以最小的代价摆脱他。他甚至会像他说过的那样，重新开始生活，或更有可能的是，藏匿在某个距离康沃尔五百英里的地方，酗酒而死。她现在对抓捕他不感兴趣了。她只想结束这一切，把一切甩到脑后。最重要的是，她希望过她自己的生活，忘掉他，远离牙买加旅馆。报复没有什么意义。看着他被五花大绑，可怜巴巴，被乡绅和手下包围，也几乎不会让她心满意足。她刚才还信心满满地向理查兹保证，但就算她手里有枪，她还是害怕与姨父碰上。想到她有可能在旅馆走廊里突然遇见他，他会准备发动攻击，他充血的眼睛盯着她，她不由得在院子前停下了脚步，回头瞥了一眼沟渠里的黑影。那是理查兹和马车。然后，她端起手枪，手指扣住扳机，绕过石墙的角落，望向院子。

院子里空荡荡的。马厩门关着。旅馆和她七小时前离开时一样黑暗、寂静，门窗上着闩。她抬头望向她卧室的窗户，发现玻璃窗的裂口宽阔，空空如也，自打她下午从那爬出以来就没变过。

院子里没有车辙印，也没有为离开做准备的迹象。她悄悄走向马厩，把耳朵贴在门上，等了一会儿，然后听见矮种马在他的隔间里不停地动，蹄子把鹅卵石踢得叮当响。

这样看来，他们没有离开，她的姨父仍在牙买加旅馆。

她的心沉了下去。她考虑要不要回到理查兹和马车那里去，按照他的建议等待乡绅巴萨特带着人到来。毫无疑问，如果姨父打算离开，那他现在应该已经走了。单单装车就需要一个小时，出发时间应该在将近八点。他也许改变了计划，决定步行，但那样一来，佩兴丝姨妈绝不可能和他一起走。玛丽犹豫了。情况现在变得非常奇怪，让人感觉不太真实。

她站在门廊边，聆听着。她甚至想试着拧一下门把。毫无疑问，门是锁着的。她冒险绕过房屋的角落，向前走了几步，经过酒吧的入口，通向厨房后面的菜园。她蹑手蹑脚，始终躲在阴影里，来到一个烛光会从厨房百叶窗缝隙中射出的地方。但现在那里没有光。她靠近百叶窗，把一只眼睛贴到缝隙上。厨房里暗如地窖。她把手放在门把上，慢慢扭动它。让她感到惊讶的是，门把动了，门开了。她完全没有料到进入会这么容易，一时间蒙了，不敢进去。

如果她的姨父坐在椅子上，枪放在膝头，等着她，该怎么办呢？她现在也有枪，但她心里还是没底。

她非常缓慢地把脸伸进门缝，没有听见声响。透过眼角的余光，她能看见炉火的灰烬，但火焰的红光几乎不见了。于是她知道，那里没有人。直觉告诉她，厨房已经空了几个小时。她把门完全推开，走了进去。房间里又冷又潮。她等待着，直到眼睛习惯了黑暗。她能够分辨出餐桌的轮廓，以及旁边的那把椅子。桌子上有一根蜡烛。她拿起蜡烛，把它伸进微微泛红的炉火中。蜡烛被点亮了，烛光摇曳。等烛火燃烧得够旺，玛丽把蜡烛高举过头顶，环视四周。厨房依然留有为离开做准备的痕迹。椅子上放着佩兴丝姨妈的一个包裹。地板上堆着一堆没被卷起的毯子。姨父的枪像过去那样，还竖在房间的角落里。那么，他们应该是决定再等一天，现在正在楼上房间的床上睡觉。

通向走廊的门大开着。寂静变得比以往更加令人压抑，静得是那样离奇、恐怖。

哪里有些不对头。只有缺少了某种声响，才有可能解释这种寂静。玛丽意识到，她没有听见时钟发出的声响。时钟嘀嗒的走动声已经停了。

她步入走廊，再次聆听起来。她是对的。房子之所以那么静，是因为时钟停了。她慢慢向前走去，一只手举着蜡烛，一只手端着手枪。

她转过了角落。长长的幽暗走廊在那里分了个岔，通到了门厅。她看见了那座时钟。时钟一直靠着客厅门边的墙放着，如今却倒在地上。玻璃碎了一地，木质构件摔裂了。曾经放时钟的墙面现在露了出来，光秃秃的，让人感到陌生。留着深黄色污迹的壁纸与墙上褪色的图案形成了鲜明对比。倒下的时钟横在狭窄的门厅里。直到来到楼梯口，玛丽才看见了时钟另一边的情况。

牙买加旅馆的老板脸朝下躺在破碎的东西之间。

倒下的时钟刚开始遮住了他，他趴在阴影里，一条胳膊高甩过头顶，另一只手紧抓着破裂的门。由于叉着腿，一只脚压着护壁板，他的身形看上去比活着时更大，魁梧的身躯把入口堵得严严实实的。

石头地板上有血。血迹位于他的肩膀之间，现在已经发黑，几乎干了。刀子应该就是刺中了那里。

当他从后面被刺中时，他肯定伸出了双手，然后拽着时钟，一起跌倒了。当他的脸撞到地面上时，时钟也跟着他倒下。他手抓着门，死在了那里。

15

玛丽花了很长时间，才离开了楼梯。她丧失了某种力量，变得软弱无力，就像躺在地板上的那个人一样。她的视线落在了一些无关紧要的小东西上，例如从破裂的钟面上崩落、沾着血的玻璃碎片，以及前面墙上那块褪色的污迹，时钟原先就靠在那里。

一只蜘蛛趴在姨父的手上。那只手一动不动，没有想摆脱蜘蛛的意思，让她觉得有些不可思议。姨父应该会把蜘蛛摇落的。然后，蜘蛛顺着他的手，爬到他的胳膊上，朝远处的肩膀爬去。等爬到了伤口处，蜘蛛迟疑了一会儿，然后又绕着伤口爬了一圈，随后好奇地返回了伤口。它爬行迅速，似乎无畏无惧，让人觉得可怕，仿佛是对死亡的亵渎。蜘蛛知道老板已无法伤害它。玛丽也知道这一点，但她并没有像蜘蛛那样丧失恐惧。

最让她感到害怕是那种寂静。时钟不再嘀嗒作响，她非常渴望它能再次响起来。那种缓慢的、类似因为窒息而发喘的声音曾经是那样让人放心，是一种一切正常的象征。

她手里的蜡烛照亮了四壁，却照不到楼梯顶部。那里的黑暗冲她张着嘴，宛如深渊。

她知道她再也不会登上楼梯，也不会踏上空荡荡的楼梯平台。无论她周围和上方的东西是什么，它们都应该不受扰动地留在那里。死亡今晚降临了这座房屋，它险恶的幽灵仍在空中盘旋。她现在觉得，这就是牙买加旅馆一直在等待、恐惧的东西。潮湿的墙壁、咯吱作响的木板、空中的低语，以及莫名的脚步声，所有这一切都是一座觉得自己长期受到威胁的房屋发出的警告。

玛丽颤抖起来。她知道，这种寂静的本质源于很久以前被埋葬并被遗忘的东西。

她最害怕的是恐慌。尖叫挤到了唇边，摸索前行的脚跌跌撞撞，手击打空气寻找走廊。她害怕自己会陷入恐慌，丧失理智。此外，最初发现姨父已死带来的震惊感有所减弱，她知道恐慌可能向她袭来，包围她，让她窒息。她的手指有可能丧失抓握的能力和触觉，蜡烛会从她手里掉落，然后她会独自被黑暗笼罩。一种强烈的逃跑欲望控制了她，但她克制住了。玛丽退出门厅，朝走廊走去，烛光在气流中摇曳。她来到厨房，看见门依旧朝菜地开着，顿时就丧失了镇定。她不顾一切地从门里跑出来，哽咽地跑到了外面寒冷的空气中。她的手轻触着石墙，转过房屋的角落，然后像个猎物那样穿过院子，来到公路上，乡绅的马夫那令人熟悉的健硕身影出现在她面前。他伸出手来扶住她。玛丽抓着他的腰带，感觉安全了些。在极度震惊的情况下，她的牙齿抖个不停。

“他死了，”她说，“躺在地上死了。我看到了。”无论玛丽怎么努力，都无法停下牙齿的咯咯作响和身子的阵阵发抖。理查兹扶着她到了路边，回到马车边上，取来那件斗篷替她穿上。玛丽紧紧裹着斗篷，对这样的温暖充满感激。

“他死了，”她重复道，“后背被刺了一刀。我还看见了他外套被刺破的地方，还有血。他脸朝下趴着。时钟和他一起倒在地上。血干了。他看上去像是在那里躺了有一阵子。旅馆又暗又静。没有其他人。”

“你姨妈离开了？”马夫低声问。

玛丽摇了摇头：“我不知道。我没看见。我必须赶快出来。”

他看着她的脸，她显然已没有力气，随时有可能倒下。他搀着她上了马车，然后坐在了她旁边的座位上。

“好了，哎，”他说，“没事了。哎，你就安安静静地坐在这儿吧。没人会伤害你。这个时候没人能。好了好了，哎。”他低哑的声音缓解了她的情绪。她蜷缩在他旁边，温暖的斗篷围到了她的下巴。

“那不是一个姑娘家该看的东西，”他对她说，“你当时就应该让我去。我真希望你没去，而是待在马车里。对你来说，看见他被杀害，死翘翘地躺在那里，太可怕了。”

他的话减轻了她的恐慌。他那同情虽然朴实，却很有益处。“那匹马还在马厩里，”她说，“我贴在门上听见了它的动静。他们根本没有做完离开的准备。厨房门没锁，那里的地板上放着包裹，还有毯子，是打算装到车上的。意外肯定出在几个小时以前。”

“我有点儿纳闷儿老爷在干什么，”理查兹说，“他应该在这之前就到了呀。他要是来了，我会轻松一些，你可以把情况告诉他。今晚这里肯定发生了什么糟糕的事。你压根儿就不该来。”

他们双双陷入沉默，看着道路，等待着乡绅的到来。

“是谁杀了老板呢？”理查兹问，他感到十分困惑，“他能对付大多数男人，至少能打个平手。不过，虽然如此，但是想杀他的人有的是。要是真有谁如此让人讨厌，那就是他。”

“有个小贩，”玛丽语速缓慢地说，“我都把小贩忘了。肯定是他，从上锁的房间里逃了出来。”

她认定了这种想法，以便逃避另外一种可能。她现在急切地把情况重新讲了一遍，讲了小贩昨天夜里来到旅馆的情形。这桩罪行似乎立即得到了证明，不可能有别的解释。

“他逃不了多远就会被老爷逮住，”马夫说，“你可以相信这一点。在这些沼泽里，没人能躲得了，除非他是当地人。我以前从没听说过小贩哈里。不过，唉，听大家说，康沃尔每个犄角旮旯都有乔斯·梅林的手下。就像你说的那样，他们就像这乡里的渣滓。”

他停了一会儿，然后又说了下去：“你要是想让我去旅馆，那我就去，亲自看看他有没有留下痕迹。可能有东西……”

玛丽抓住了他的胳膊。“我不想又一个人待着，”她连忙说，“随你把我当成胆小鬼吧，可我真受不了了。要是你进了牙买加旅馆，你就会明白，那个地方有一种非常不祥的安静，无论是不是有尸体躺在那里。”

“我还能回想起那座房屋空着的时候，你姨父那时还没来这儿，”马夫说，“我们会带着狗去那儿抓老鼠，消遣消遣。我们当时根本没有想到他会来这儿。这房子看上去就是个孤零零的空壳子，没有自己的灵魂。但是呢，你听我说，老爷一直把它修缮得很好，等着人租它。我本人来自圣尼奥塔，在服侍老爷之前从没来过这儿，但我听人说，牙买加旅馆过去欢声笑语，高朋满座，住在里面的人友善、幸福，路过的旅客总是能找到休息的地方。那时候客运马车都在这里停留，现在却再也不是那样了。在巴萨特先生小的时候，猎狗每个星期都会在这里聚一次。也许这样的景象还能再次出现。”

玛丽摇了摇头。“我只见过罪恶，”她说，“我只在这里见过苦难、残忍和痛苦。在我姨父来到牙买加旅馆时，他肯定把他的阴霾投向了原本美好的东西，于是那些东西就死了。”他们的声音低得就像耳语。他们几乎无意识地扭过头，瞥了一眼那些高高的烟囱。那些烟囱直插天空，灰蒙蒙的，在月光下清晰可见。他们都在想同一件事，谁也没有勇气先开口。马夫是出于关怀和得体，玛丽则仅仅出于恐惧。然后，她终于说话了，声音沙哑、低沉：

“我姨妈也出事了。我知道这一点。我知道她也死了。那就是我害怕上楼的原因。黑暗中，她躺在那里，在上面的楼梯平台上。那个杀了我姨父的人也杀了她。”

马夫清了清喉咙。“她说不定逃出去了，逃到了沼泽地里，”他说，“她说不定沿着路去求助了。”

“不，”玛丽低声说，“她永远不会那么干。她只会和他在一起，躺在那里的门厅里，蜷缩在他身旁。她死了。我知道她死了。要是我不离开她，这一切就绝不可能发生。”

那个男人沉默了。他帮不了她。毕竟，他和她不熟，也不关心她住在旅馆时那里的屋顶下发生的事情。今晚的责任对他来说就够沉重了，他盼着他的主人到来。若只是打斗怒骂，他还招架得住，毕竟他有些经验。但如果真像她说的那样，发生了谋杀，老板躺在那儿死了，他的妻子也死了，他们像这样蜷缩在沟渠里就显得很不明智。现在最好赶紧离这儿远点，沿着公路找个有人的地方。“我是按照女主人的指示来这儿的，”他尴尬地开口说，“可她说老爷会在这儿。看样子他没……”

玛丽抬起一只手，以示警告。“听，”她厉声说，“你能听见什么吗？”

他们朝着北方，竖耳倾听。没错，是微弱的马蹄声，从河谷外面传过来的，在远处的丘顶。

“是他们，”理查兹激动地说，“是老爷。他总算来了。现在等着吧。我们会看见他们沿着公路过来，进入河谷。”

他们等待着。不一会儿，第一个骑手就出现了。在坚硬白色道路的映衬下，他就像一块黑色的污迹。第二个骑手接踵而至，然后是第三个……他们鱼贯而出，飞驰而来，越来越近。那匹在沟渠旁耐心等待着的马竖起耳朵，转过头，想一探究竟。马蹄声更近了，理查兹放心地跑到路上迎接他们，一边喊叫，一边挥手。

带头的掉转方向，拉住了缰绳。在看见马夫后，他吃惊地叫了起来。“你在这儿干什么呀？”他喊道。他就是乡绅本人。他举起手，提醒他后面的随从。

“老板死了，被杀死的，”马夫喊道，“他的外甥女和我在这儿，在车里。是巴萨特夫人亲自把我派到这儿的，先生。最好让这个姑娘亲自给你讲吧。”

在主人下马时，理查兹牵着马。主人连珠炮一样问了一连串问题，他则尽可能地回答着。那一小队人马也聚在他周围，急于获悉消息。他们中的一些人也下了马。为了取暖，他们在地面上跺着脚，吹着手。

“如果真像你说的，那家伙被杀了，那上帝做证，他罪有应得，”巴萨特先生说，“虽然如此，我还是宁愿亲自给他戴上镣铐。你没法儿和一个死人算账。你们先进去吧，我要看看能不能从那个女孩那里了解一些情况。”

理查兹卸下了心头重担，立即被众人包围起来，受到了英雄般的待遇，仿佛他不仅发现了谋杀，还单枪匹马抓住了凶手，直到他不情愿地承认，在这场冒险中，他扮演的只是个小角色。乡绅思维有些迟缓，没有意识到玛丽在马车里干什么，以为她是理查兹抓来的俘虏。

听到她步行了很远去北山，希望找到他，在没找到他之后，非要再次返回牙买加旅馆，他感到吃惊。“这完全出乎我的意料，”他喘着粗气说，“我还以为你和你姨父狼狈为奸呢。这个月早些时候我来这儿时，你为什么要对我撒谎？你当时说，你什么都不知道。”

“我撒谎是因为我姨妈，”玛丽疲惫地说，“无论我那时对你说了什么，都只是为了她。我那时知道的情况也不如现在多。有必要的话，我愿意在法庭上解释一切，但我现在告诉你，你是不会明白的。”

“我现在也没有时间听，”乡绅回答说，“你步行那么远去奥特尔南通知我，真够勇敢的。我将记住这一点，日后会对你有利的。但如果你以前就对我坦率相告，所有这些麻烦都可能被避免，平安夜发生的骇人罪行也就能够被阻止。”

“不过，这一切以后再说吧。我的马夫告诉我，说你发现你姨父被杀了，但除此之外，你对那桩罪行一无所知。你要是个男人，我就会让你和我进去，但我就不难为你了。我看得出来，你受够了。”他扯起嗓子，召唤他的仆人，“把车赶到院子里，在我们冲进旅馆时，你和这位姑娘待在一边。”然后，他又转身对玛丽说：“我必须让你待在院子里，如果你的勇气还允许你这么做的话。你是我们里面唯一多少了解情况的人，也是最后一个看见你姨父活着的人。”玛丽点了点头。她现在不过是一个被动的听从法律的工具，必须按照要求去做。他至少没让她受折磨再次进入空荡荡的旅馆，看着她的姨父的尸体。她上次进入时，院子还躺在阴影里，如今却一派繁忙景象。马踏着鹅卵石，马嚼子和马辔头哐啷哐啷地响。人们的脚步声和说话声嘈杂纷乱，乡绅粗哑的命令声则盖过了一切。

在玛丽的指引下，乡绅带头绕到了后面。阴森、静寂的房屋现在不再门窗紧闭。酒吧、客厅的窗户被哐哐地打开了。一些人上了楼，去检查上面的空客房，那些窗户也被打开了。只有沉重的入口处的门还关着。玛丽知道，老板的尸体横着躺在门槛边。

房屋里突然有人高声呼叫起来，然后响起了一阵低语，乡绅问了句什么。那些声音穿过开着的客厅窗户，清晰地传到了外面的院子里。理查兹瞥了一眼玛丽，看见她脸色苍白，知道她也听见了。

一个人站在马旁边，没有和其他人一起进入旅馆。他冲马夫喊了起来。“你听见他们说啥了吗？”他有些激动地说，“那里还有一具尸体，在楼上的平台上。”

理查兹没有回答。玛丽把披在肩头的斗篷拉紧了一些，用兜帽盖住了她的脸。他们默默地等待着。不久，乡绅从屋子里出来了。

他穿过院子，走向了马车。

“我很遗憾，”他说，“我给你带来了坏消息。也许你已经料到了。”

“是的。”玛丽说。

“我觉得她根本没遭罪。她肯定很快就死了。她就躺在走廊尽头的卧室外面。被刺死的，和你姨父一样。她可能什么都不知道。请相信我，我很遗憾。我真希望你不用听到这些。”他站在她旁边，既尴尬又悲痛。他又重复了一遍，她姨妈可能没遭罪，什么也不知道，立即被杀死了。然后，他发现，最好的办法是让玛丽一个人静一静。他也爱莫能助，就又迈着沉重的步伐，穿过院子，向旅馆走去。

玛丽裹着斗篷，一动不动地坐着。她用自己的方式祈祷着，希望佩兴丝姨妈会原谅她，她现在已经安息；无论去了哪里，生活沉重的锁链都会离佩兴丝姨妈而去，让姨妈获得自由。她还乞求姨妈能理解她试着去做的事情，至少她的母亲也会在那里，姨妈不会感到孤独。这些想法只能给她带来些许安慰。她知道，只要把最后几个小时的情况再细想一遍，她就会得到一个结论：假如她没有离开牙买加旅馆，佩兴丝姨妈也许就不会死。

一阵激动的低语声再次从房屋里传了出来。这一次，有人在喊叫，有人在奔跑，有几个人的说话声同时响起。于是，理查兹兴奋得忘记了他的任务，跑向敞开的客厅窗户，飞脚踹向窗台。顿时，一阵哗啦啦的木头碎裂声响起，百叶窗被从钉了木条的房间的窗户上扯了下来。很显然，到目前为止，还没人进入过那个房间。人们正在挪开堵住门的木头。有人举着火炬，以便照亮房间。玛丽看见火焰在气流中舞动。

然后，光消失了，人们的说话声也听不见了。她听见有人走向了屋后，然后转过墙角，朝院子走来。有六七个人，领头的是乡绅，中间夹着一个身影。那个身影扭动着，挣扎着，想挣脱束缚，还发出嘶哑、困惑的叫喊。“他们逮住他了！他就是凶手。”理查兹冲玛丽喊道。她转过身，把盖住脸的兜帽拂到一边，俯视着那群向马车走来的人。被擒获者仰起脸盯着她，照在他脸上的灯光使他不停眨眼。他的衣服上盖了一层蜘蛛网，胡子没有刮，黑乎乎的。原来是小贩哈里。

“他是谁？”他们喊道，“你认识他吗？”乡绅绕到马车前面，吩咐他们把那个人带得离玛丽近一些，好让她看清。“你知道这个家伙的情况吗？”他对玛丽说，“我们在那边那个钉了木条的房间里发现了他，他正躺在地板上。他说他对谋杀案毫不知情。”

“他跟我姨父是一伙儿的，”玛丽慢吞吞地说，“他是昨天晚上来到旅馆的，和我姨父吵了一架。我姨父控制住了他，把他锁在了那个钉了木条的房间里，还威胁要杀了他。他完全有理由杀害我姨父，除了他，不可能有别人了。他在撒谎。”

“可他房间上着锁啊。我们三四个人才从外面把它撞开，”乡绅说，“这个家伙根本就没从房间里出来过。你看看他的衣服。看看他的眼睛，见到光还晃眼呢。他不可能是凶手。”

小贩偷偷瞄一眼这个守卫，又偷偷瞄一眼那个守卫，卑贱的小眼睛从左看到右。玛丽马上知道，乡绅说的是实情。不可能是小贩哈里干的。自打老板一天前把他关在那个钉了木条的房间起，他就待在那里。他躺在黑暗之中，等着获释。在那漫长的几个小时里，肯定有人来过牙买加旅馆，在寂静的夜里干完了活儿，然后就离开了。

“无论是谁杀了人，他都对这个被锁在房里的恶棍一无所知，”乡绅接着说，“照我看，我们无法把这个恶棍当证人来用，因为他什么也没听见，什么也没看见。可我们还是要把他关进监狱，如果他罪有应得的话，他该被吊死。我敢肯定他罪有应得。但他首先要提供对同伙不利的证据，向我们提供同伙的姓名。他们中的一个已经为了报复杀死老板了，这点可以确定。如果我们派出康沃尔所有的猎犬来追踪他，我们会逮到他的。来人，把他带去马厩，看住他，其他人和我回旅馆。”

他们把小贩拖走了。小贩这才意识到某桩罪行已被发现，罪名可能会落到他的头上，于是开始费尽口舌，胡扯他是无辜的，乞求宽恕，并以圣父、圣子、圣灵的名义发誓，直到有人揍他，让他闭嘴，并威胁他要当场在马厩门上把他吊死，他这才安静了下来。小贩开始低声咒骂，并不时地转动他的老鼠眼，瞥一下玛丽。她坐在马车里，离他有好几码远。

她等在那里，手捧着下巴，兜帽从她的脸上滑落下来。她既没有听见他的咒骂，也没有看见他鬼鬼祟祟的眯缝眼，她在想的是另一个人，他曾在凌晨时分盯着她的眼睛，平静、冷酷地说：“他将因此而死。”那个人说的是他的哥哥。

她还想起，在去朗瑟斯顿集市的路上，那个人曾漫不经心地对她说过“我从未杀过人”；在市场上，那个吉卜赛女人也曾说过“你手里有血，你将来会杀一个人”。她想起了所有那些对他极其不利、她原本会忘掉的小细节，例如他憎恨他哥哥，他有极端残忍的倾向，他缺乏温情，他身上有梅林家肮脏的血液。

那种肮脏的血液会首先让他成为嫌疑人，先于其他一切东西。物以类聚，都差不多。他已按照他的承诺来到了牙买加旅馆，并且他的哥哥就像他诅咒的那样死了。她觉得自己仿佛洞悉了整个真相，那么丑陋，那么恐怖。她现在希望她先前就待在这儿，让他把自己也一并杀了。他就是个贼，趁着夜色来往。她知道对他不利的证据会一个个累积起来，她自己就是证人。他将被证据团团包围，无法逃脱。只要她现在去找乡绅，对他说“我知道是谁干的。”他们就都会听她的。他们会像一群渴望追捕的猎狗那样围住她，然后循着踪迹，经过拉希福德，穿越特雷瓦萨沼泽，直到十二人泽。他现在也许正在那儿睡觉，将犯下的罪行忘得一干二净，躺在他和他哥哥出生的那座孤零零的小屋的床上。到了早上，他也许会吹着口哨，跨上马，永远离开康沃尔。他是个杀人犯，就像他父亲一样。

在她的想象中，她听见他的马在道路上蹄声嗒嗒，在寂静的夜里传得很远，仿佛在演奏一首道别的曲子。但是，想象变成了推测，推测变成了确定。她听见的声响不是出自她想象的梦幻之声，而是真的有一匹马在公路上奔跑而来。

她转过头，聆听着，神经绷到了极点。她抓着斗篷的手出了汗，又黏又冷。

马蹄声越来越近。马迈着稳当、均匀的步子小跑着，不疾不徐。马蹄在道路上慢跑形成富有节奏的曲调，回响在她怦怦直跳的心里。现在不止她一个人在听，那些看押小贩的人低声相互交谈，并望向了公路。和他们一起的马夫理查兹犹豫了一会儿，然后迅速走向旅馆，去叫乡绅。马现在爬上了坡，蹄声很响，仿佛是在挑战这静寂的夜。当马登上山顶并绕过墙进入视野时，乡绅从旅馆出来了，身后跟着他的手下。

“停下！”乡绅喊道，“我以国王的名义命令你。我问你，你这么晚了在路上干什么？”

骑手勒住缰绳，拐进了院子。他披着黑色的披风，让人无法辨认他的身份，但当他弯下腰并摘下帽子的时候，浓密头发的光圈在月色下闪着白光。他答话的声音既温和，又悦耳。

“想必你是北山的巴萨特先生。”他说，他在马鞍上俯身向前，手里拿着一个纸条，“我这里有牙买加旅馆的玛丽·耶伦写的纸条。她遇到了麻烦，求我帮忙。但是，从聚在这里的一群人来看，我来晚了。你肯定记得我，我们以前见过。我是奥特尔南的教区牧师。”

16

玛丽一个人坐在教区牧师住宅的客厅里，看着闷燃的泥炭火。她睡了很久，现在已充分休息，精神焕发。但是，她所渴望的安宁还没有到来。

他们对她很亲切，也很有耐心。也许太过亲切，长期的紧张后突然到来的这种亲切，令人猝不及防。巴萨特先生伸出手，就像怕会伤到一个孩子一样，好意但笨拙地拍了拍她的肩膀，用粗鲁但亲切的口吻对她说："你现在必须睡觉，忘掉你经历的这一切。记着，那些现在都过去了，结束了。我可以向你保证，我们将很快找出那个杀了你姨妈的人，非常快，在下次巡回审判时就把他吊死。等你从最近这几个月受到的惊吓中稍微恢复过来，你可以说说你想干什么，以及你想去哪儿。"

她已经无所谓了。他们可以替她做决定。当弗朗西斯·戴维提议她住在他家时，她温顺、麻木地接受了，清楚她有气无力的感谢会让人觉得自己忘恩负义。她再次感到了生而为女人的卑微：体力和精神的垮掉会被人当作毋庸置疑的自然之事。假如她是个男人，人们就会粗暴地对待她，充其量也不过是漠不关心，并且会要求她立即骑马去博德明或朗瑟斯顿作证。人们还会认为，等到所有问题都被问完，她应该自己找住处；如果她愿意，去天涯海角都行。在他们不需要她之后，她会离开，在某个地方登上一艘船，在桅杆前干活，挣她的旅费，要么就揣着一枚银便士，在路上流浪，自由自在。现在，她在这里以泪洗面，头还隐隐作痛。人们说着安慰的话，打着温和的手势，匆匆把她带离罪案现场。因为她是个麻烦，是个耽误事儿的因素，就像灾难发生后的每个女人和儿童那样。

教区牧师是亲自驾车把她带走的，乡绅的马夫骑着马跟在后面。牧师至少具有沉默的天赋，他根本没有问她问题，也没咕哝一些既无用也不会被听进去的同情话，而是驾着车，迅速驶向奥特尔南，在教堂的时钟敲响一点时到了那里。

他从附近的小屋唤来了女管家，也就是与玛丽下午曾说过话的那个女人。他要求女管家一起回去，为客人准备一个房间。她立即照做了，没有唠唠叨叨，也没有惊奇地喊叫，还从她家里拿来晾干的亚麻床单，铺在了床上。她在壁炉里生起一堆火，在火堆前面烘羊毛睡衣，玛丽则在脱衣服。等到床铺好了，光滑的床罩被折回去，玛丽被领着向床走去，就像一个孩子被领向摇篮。

她本想立即闭上眼睛，但一只胳膊突然抱住了她的肩，一个人的说话声钻进了她的耳朵："把这个喝了。"冷静的腔调循循善诱。弗朗西斯·戴维站在床边，手里端着一个杯子。他奇怪的眼睛盯着玛丽的眼睛，显得苍白，不动声色。

"你现在可以睡了。"他说。玛丽从苦涩的滋味判断出，在他为她调制的热饮里，掺进了某种粉末。他那么做的原因，是他知道她不安、受到折磨的头脑需要休息。

她记得的最后的事情是，他把手放在她的额头上，依旧发白的眼睛告诉她要把一切忘掉。然后，她就按照他的吩咐，睡着了。

她醒来时已是下午近四点。十四个小时的睡眠正如他所愿，减轻了悲伤，抑制了痛苦。失去佩兴丝姨妈产生的悲痛缓和了，怨恨也是如此。理智告诉她，她不能把罪责揽到自己头上，她只是做了良知要求她去做的事情。正义首先抵达了她的心。她有些愚钝，没有预见到悲剧的发生，她有错。她还是有些后悔，但再怎么后悔，佩兴丝姨妈也回不来了。

这是她起床时的想法。但是，当她穿戴整齐，下到客厅，发现壁炉烧着，窗帘拉着，教区牧师外出办事去了，过去那种令人烦恼的不安全感又回来了。她似乎觉得，之所以发生灾难，完全是因为她。杰姆的脸不断重现，和她最后一次看见时一样紧绷着，在容易造成错觉的灰色光线里显得格外憔悴。他的眼睛和嘴当时都表现出某种企图，但都被她固执地忽视了。他自始至终都是未知因素，从他第一次去牙买加旅馆的酒吧的那个上午起就是这样，而她却故意对真相视而不见。她是个女人，毫无道理地爱上了他。他吻了她，她就永远和他绑到了一起。她觉得自己堕落了，身心都很虚弱，但在以前，她是强大的。她的自尊和她的独立都已离她而去了。

只要对教区牧师说一声，或给乡绅写一封信，佩兴丝姨妈就会沉冤得雪。杰姆会像他父亲那样，脖子套上绳索而死。她会返回赫尔福德，寻找她旧生活的丝丝缕缕。那些生活现在甚至成了一团乱麻，被埋葬在泥土里。

她从火炉旁的椅子上站起来，开始在房间里来回踱步，心里的那个念头在和她的终极问题激烈搏斗，但即使如此，她也知道，这样的行为只是一个掩饰，一个为抚慰她的良知而采用的拙劣花招。她绝不能说这样的话。

杰姆不会受到她的伤害。他将骑马离开，嘴里唱着歌，嘲笑她，忘掉她，忘掉他的哥哥，忘掉上帝，而她则将度日如年，闷闷不乐，心怀苦涩，沉默寡言，到头来被当作一个讨人厌的老处女，遭人耻笑。这个老处女一辈子只被吻过一次，却一直念念不忘。

玩世不恭和多愁善感是两个需要被避免的极端。玛丽在房间里徘徊着，她的头脑也像她的身体那样动个不停。她仿佛觉得，弗朗西斯·戴维在盯着她，冷冷的眼睛直视她的心灵。房间毕竟留有他的痕迹。虽然他现在不在这里，但她还是能够想象，他站在角落里的画架旁，手拿画笔，眼睛盯着窗外那些已死、已逝的东西。

有几张画被翻了过去，正面对着画架附近的那堵墙。玛丽好奇地把它们翻过来。其中一幅画的是一座教堂（她觉得应该是他的教堂）的内部，好像是在仲夏的暮色中画的，中殿在阴影里。一道奇异的绿色晚霞映在穹隆上，并伸展到了殿顶。这道晚霞显得非常突兀，出人意料。在她把画放在一边后，它仍在她的脑海里挥之不去。于是，她又拿起它，再一次细细端详。

这道绿色的晚霞也许是一种忠实的再现，是奥特尔南的教堂特有的东西，但即使如此，它还是给那幅画投射了一种阴森、怪诞的光影。玛丽知道，假如她有一座房子，她是不会把那幅画挂在墙上的。

她无法用语言形容她的不安，但仿佛有某个幽灵，不了解教堂本身，摸索着进入教堂之内，把一口格格不入的空气呼到了被阴影遮蔽的中殿。随着她把那些画一幅接一幅地翻过来，她发现它们以同样的方式受到了损害，受损害的程度也一样。有一幅也许是习作，非常引人注目，画的是春日里布朗威利山下的沼泽，高高的云堆积在石山后面。但是，沼泽被云的暗淡色调和轮廓破坏了。云的轮廓使画面显得矮小，淹没了景色，那种同样的绿光则主宰了一切。

玛丽怀疑，由于生而为一个白化病人、一个异类，他的辨色力是否受到了彻底损害，他的视力既不正常，也不真实。这也许就是解释。但即使如此，在她把那些画正面朝墙重新放好后，她的不安感仍然存在。她继续检查房间，但收获甚微，因为房间里家具不多，完全没有装饰品和书。他的书桌上连封信件也没有，貌似很少被使用。她用手指敲击光亮的桌面，怀疑他是否曾坐在这里写他的布道词。突然，她做了件不可原谅的事，她打开了书桌下狭窄的抽屉。抽屉里空无一物，她立即感到羞愧难当。正要关上抽屉时，却突然注意到抽屉里铺的那张纸的一个角卷了过来，另一面画着一幅素描。她拿起那张纸，盯着素描。它描绘的还是一座教堂的内部，但这一次教众坐在长椅上，教区牧师本人则站在布道坛上。她刚开始没有看出这幅素描有什么不对头的地方。对一位熟练用笔的教区牧师来说，这是一个再正常不过的主题。但是，当她更加仔细地看时，她才意识到他究竟画了什么。

这根本不是一幅素描，而是一幅漫画，既可笑又恐怖。教众们戴着软帽，围着围巾，穿着他们星期天才穿的最好的衣服，但他在他们肩膀上画的不是人脸，而是羊头。他们张着羊嘴，傻傻地对着牧师打哈欠，脸上挂着有些愚蠢、茫然的严肃表情，蹄子合在一起祈祷。每只羊的面部特征都得到了精心描绘，仿佛代表着一个活生生的灵魂，但每只羊的表情都一样，像既无知也不在乎的白痴。布道者穿着黑色的长袍，头发周围有一圈光圈，正是弗朗西斯·戴维，但他给自己画了一张狼脸，正在嘲笑他下面的羊群。

当她听见他的脚步声在外面的小路上响起时，她赶忙站起来，把灯从椅子上移开。这样一来，当他进入房间时，她就会处在阴影里，使他无法看清她的脸。

她的椅子背对着门。她坐在那里，等着他，但等了很久，也没有发觉他进来。她终于转过身，想听听他的脚步声，却看见他就站在椅子后面，原来他已悄无声息地从门厅进入了房间。她吃了一惊。他向前走，进入光线之中，为他的突然出现道歉。

"不好意思，"他说，"你没想到我会来得这么快吧，我打扰了你的梦。"

她摇摇头，并结结巴巴地表示原谅他。然后，他立即询问她的身体状况，睡得如何。他一边问，一边脱掉他的厚大衣，穿着黑色牧师服站在壁炉前。

"你今天吃饭了吗？"他问道。她说她没吃。他掏出表，看了看时间，发现已将近六点。然后，他把表和桌上的时钟对了对。"你以前和我共进过晚餐，玛丽·耶伦，你现在又要和我共进晚餐了，"他说，"但是，这一次，要是你不介意，要是你休息够了，就有劳你摆桌子，把托盘从厨房拿来。汉娜离开前肯定准备好了晚餐，我们就不要再麻烦她了。至于我，我有东西要写。就是说，如果你不反对的话。"

她向他保证她休息好了，很高兴自己能派上用场。他点点头，说了声“六点三刻”，就转过了身。她明白，他这是要让她离开。

她去了厨房。与刚才相比，她的神色稍缓。她很高兴他又给她留了半个小时，因为在他突然到来时，她还没想好怎么和他交谈。晚餐说不定很快就会结束。他会再次转向书桌，留下她一个人想事情。她真希望她没有把那个抽屉打开。那幅漫画在她的脑海中挥之不去，令她感到不快。她感觉自己像个孩子，知道了父母禁止她知道的东西，然后心虚、惭愧地低着头，生怕她的舌头会出卖她。如果她能独自在厨房里用餐，被他当成女仆而非客人，她可能会更轻松一些。事实上，她的地位并不明确，他的谦恭和他的控制奇怪地混合在一起。她麻利地做好了晚餐，厨房里熟悉的气味让她非常惬意。然后，她不情愿地等待着时钟的召唤。等到时钟敲响六点三刻，让她无法继续拖延时，她才端着托盘去了客厅，希望她内心的感受不要表现在脸上。

他背对壁炉站着，餐桌也已拉到壁炉前，布置完毕。虽然她没看他，但能够感觉到他在打量着她，她的动作因此变得有些僵硬。她也清楚，他给房间做了一些改动。透过眼角的余光，她发现他已拿走画架，靠墙堆着的画也不见了。书桌头一次显得有些凌乱，上面堆着纸张和信件。他还烧掉了一些信，泥炭下的灰烬里满是发黄、变黑的碎片。

他们一起坐到了餐桌旁。他把冷馅饼递给了她。

“难道玛丽·耶伦的好奇心死了，怎么也不问问我今天都干了什么？”他终于温和地嘲讽道。由于心虚，她的脸立即红了。

“你去哪儿又不关我的事。”她回答说。

“你错了，”他说，“和你有关。我一整天都在忙活你的事儿。是你求我帮你的，不是吗？”

玛丽有些惭愧，几乎不知道怎么回答。“你那么快就到了牙买加旅馆，我还没有谢你，”她说，“也没有谢你昨晚给了我一张床，今天还让我好好休息。你肯定觉得我忘恩负义。”

“我可从来都没这么说。我只是对你的耐心感到好奇。我今天凌晨要你睡觉时还不到两点，现在已经是晚上七点。多长的时间啊！事情不会自个儿止步不前。”

“那你从我那儿离开后，没去睡吗？”

“我睡到八点，然后吃了早餐，就又离开了。我那匹灰马脚跛了，没法骑。所以我骑了那匹矮种马，慢得很。它就像个蜗牛那样爬到了牙买加旅馆，然后又从牙买加旅馆爬到了北山。”

“你去了北山？”

“巴萨特先生邀请我吃午餐。在场的一共有八个人，也可能有十个。每个人都在大声嚷嚷着自己的看法，邻座的耳朵都要被震聋了。那顿饭吃了很长时间。等到它终于结束，我甭提有多高兴了。不过，我们一致认为，杀害你姨父的凶手不会逍遥法外太久。”

“巴萨特先生怀疑到谁了吗？”玛丽谨慎地问道，眼睛盯着她的盘子。食物吃到嘴里就像锯末儿一样。

“巴萨特先生打算自己解开这个谜团。他把方圆十英里内的居民问了个遍，询问过的昨晚外出的陌生人都能组成一个军团。要从每个人嘴里问出真相，可能需要一个星期，甚至更长，不过没有关系，巴萨特先生不会善罢甘休。”

“他们是怎么对待……对待我姨妈的？”

“他们，他们俩，今天早上都被运到了北山，准备埋在那里。一切都安排妥当了，你不用操心。至于剩下的事情……唉，我们就等等看吧。”

“小贩呢？他们没有放他走吧？”

“没有，他被牢牢地关着，正对着空气骂呢。我不在意那个小贩。你也不在意吧，我觉得。”

玛丽把举到嘴边的叉子放在一边，又把没尝过的肉放下了。

“你这话说的是什么意思？”她有些戒备地问道。

“我再说一遍，你不用在意那个小贩。我完全能理解你，毕竟他是个令人厌恶的家伙，我从来都不拿正眼看他。巴萨特先生的马夫理查兹告诉我，你怀疑小贩是凶手，你对巴萨特先生也是这么说的。正是因为这样，我才要告诉你，你不必在意他。虽然我们都很遗憾，但钉了木条的房间证明了他的清白，不然他就可以成为一个不错的替罪羊，省去不少麻烦。”

教区牧师继续津津有味地吃着晚餐，但玛丽只是摆弄着眼前的食物。当他再次递给她食物时，她拒绝了。

“小贩究竟做了什么，让你这么讨厌他？”他问道，揪着这个话题不放。

“他攻击过我一次。”

“我也想到了。他真是个很特别的家伙。你肯定反抗他了吧？”

“我想我伤到他了。他再没有碰过我。”

“是呀，我也认为他不敢。这是什么时候发生的事儿？”

“平安夜。”

“在我从五岔口离开你之后？”

“是的。”

“我总算明白了。这么说，你那晚没有回牙买加旅馆？你在路上碰见了老板那伙人？”

“是的。”

“他们带着你去了海岸，供他们消遣？”

“求你了，戴维先生，不要再问我了。我不愿意再提那晚的事，无论是现在还是将来，再也不想提了。有些东西最好埋在心里。”

“你不用再提了，玛丽·耶伦。我很自责，我不该让你一个人回去。现在看看你——眼神清澈，皮肤光洁，抬着头，下巴轮廓分明——那些可怕的遭遇几乎没有在你身上留下痕迹。一个教区牧师的话也许没多大用处，但你显示出的坚强令人惊讶。我佩服你。”

她抬起头看了看他，然后又把视线移开，开始捏她手中的一片面包。

“在我想到小贩时，”过了一会儿，在给自己舀了很多炖李子后，他接着说，“我觉得凶手太疏忽大意了，居然没有到那个钉了木条的房间里面看看。也许是他时间紧迫，但一两分钟几乎无碍大局。这样的话，他就最有可能把整件事干得更彻底些。”

“用哪种办法呢，戴维先生？”

“啊，就是和小贩把账算清啊。”

“你的意思是，他可能会把小贩也杀了？”

“正是。小贩活着不能给世界增光添彩，死了至少可以给蛆虫当食物。这就是我的看法。还有就是，假如凶手知道小贩攻击过你，他可能把小贩杀死两回都不解气。”

玛丽虽然不想吃，但还是切了一片蛋糕，硬塞到她的两唇之间。通过假装吃东西，她可以让自己保持镇定。然而，她握刀的手颤抖了，切的那片蛋糕也不均匀。

“我不明白，”她说，“我为什么一定要在其中扮演什么角色呢？”

“你太小看你自己了。”他回答说。

他们继续默默地吃着。玛丽低着头，眼睛死死地盯着她的盘子。直觉告诉她，他在玩弄她，就像钓鱼者玩弄钩上的鱼。终于，她再也等不下去，直接脱口而出：“这么说，巴萨特先生和你们其他人几乎没有取得任何进展，凶手仍逍遥法外？”

“不，我们的进展也不算慢。已经有了一些进展。比如说，小贩在绝望中为了保住自己的小命，尽其所能地供出了对同案犯不利的证据。不过，他对我们的帮助不大。从他口中，我们获悉了平安夜海岸上发生的罪案的详细情况。他说他没有参与其中。此外，我们还拼凑出了此前那几个年头的一些情况。除了那些情况，我们还知道了夜里去牙买加旅馆的货运马车，以及那些同伙的名字。就是说，他所知道的那些同伙。这个犯罪组织比人们想象的大多了。”

玛丽一言不发。他要给她舀李子，她摇了摇头。

“实际上，”教区牧师继续说，“他甚至暗示牙买加旅馆的老板只是名义上的头目，你姨父要奉上面的命令行事。当然了，这让问题变得更加复杂。绅士们很兴奋，也多少有些不安。关于小贩的说法，你怎么看？”

“当然有可能。”

“我觉得你也向我暗示过同样的意思。”

“可能吧。我忘了。”

“如果真是这样，那个不知名的头目和凶手肯定是同一个人。你认为呢？”

“嗯，是的，我觉得是。”

“那将大大缩小范围。我们也许应该无视那群乌合之众，而去寻找某个有脑子、有个性的人。你在牙买加旅馆见过这样的人吗？”

“没有，从没见过。”

“他肯定是秘密地来来往往，也许是趁着夜深人静，在你和你姨妈上床睡觉的时候。他不会走公路，不然你应该会听见他嗒嗒的马蹄声。但是，他很有可能步行呀，是吧？”

“没错，正像你说的，有这种可能。”

“如果真是这样，那这个人肯定熟悉这些沼泽，至少对这一带比较了解。有位绅士提出，这个人就生活在附近，就是说，步行和骑马都不远。因此，巴萨特先生打算询问方圆十英里内的每个居民，正如我在晚餐开始时给你解释的那样。你将看到一张紧紧套住凶手的大网。如果他再耽搁下去，一定会被抓的。我们都深信这一点。你吃完了吗？你吃得不多呀。”

“我不饿。”

“我很遗憾。汉娜会觉得她的冷馅饼不受欢迎的。我是不是没给你说，我今天看见了你的一个熟人？”

“没有，你没说。除了你，我没有别的朋友。”

“谢谢你，玛丽·耶伦。这恭维话真好听，我很受用。但是，你也知道，你说的不完全是实情。你有个熟人。你亲口对我说的。”

“我不知道你说的是什么意思，戴维先生。”

“得了吧。老板的弟弟不是带着你去朗瑟斯顿集市了吗？”

玛丽的手在桌子底下紧紧握在一起，指甲扎进了肉里。

“老板的弟弟？”她重复了一句，以争取时间，“我从那时起就没见过他。我觉得他逃走了。”

“没有。他圣诞节以来一直在这附近。他亲口给我说的。其实吧，他听说你住在我这儿，就来找我给你带个口信。他说：‘告诉她我有多么难过。’我猜他指的是你姨妈。”

“他就说了这么多？”

“我觉得他还有话要说，可巴萨特先生打断了我们。”

“巴萨特先生？他和你说话的时候，巴萨特先生在场？”

“嗯，当然了。房间里有好几位绅士。就是今天傍晚，在我要离开北山之前，当时我们的讨论因为天色结束了。”

“为什么杰姆·梅林也参加了讨论？”

“作为死者的弟弟，我觉得他有权参加。他看上去并没有因为失去亲人而太难过，不过他们也许不这么认为。”

“那，那么，巴萨特先生和那些绅士询问他了？”

“他们讨论了一整天，说的话不少。小梅林似乎还算聪明。他的回答非常机敏。他脑子肯定比他哥哥的好使多了。我记得你对我说过，他的生活不太稳定。我想，他大概以偷马为生吧。”

玛丽点了点头。她的手指抚摸着桌布上的一个图案。

“他好像是在没有更好的事可做时才那么做的，”教区牧师说，“但当他有机会利用他的才智时，他就会抓住机会。这没什么好指责的，我觉得。他无疑获得了丰厚的回报。”

牧师温和的话语折磨着玛丽的神经，他说的每个词都如芒刺背。她知道他击败了她，她再也无法假装漠不关心。她抬起头看着他，眼睛里充满克制的痛苦，她摊开她的手，以示恳求。

“他们会对他做什么，戴维先生？”她说，“他们会对他做什么？”

戴维苍白、不露声色的眼睛也盯着她。她第一次看到，他的眼睛里飘过一种阴影，显得有些吃惊。

“你说什么？”他说，显然有些困惑，“他们为什么要对他做什么呀？我觉得他和巴萨特先生达成了和解，没有什么好害怕的。在他为他们出过力后，他们不大可能再追究他以前的过错。”

“我不明白你说的话。他为他们出过什么力？”

“你的脑子今天晚上不太好使呀，玛丽·耶伦，就像我在说谜语一样。难道你不知道，杰姆·梅林告发了他哥哥？”

她傻傻地盯着他。她的脑子堵塞了，拒绝工作。她重复他说的话，像个学了一课的孩子。

“杰姆·梅林告发了他哥哥？”

教区牧师把他的盘子推到一边，开始把东西规整到托盘上。“嗯，当然了，”他说，“是巴萨特先生告诉我的。好像就是在平安夜吧，乡绅本人在朗瑟斯顿逮住了你的朋友，有了新想法，把他带到了北山。‘你偷了我的马，’乡绅说，‘你是个和你哥哥一样的恶棍。我有权明天就送你去吃牢饭，你好几年都甭想再看见一匹马。但是，如果你能给我提供证据，证明你在牙买加旅馆的哥哥就是我认为的那种人，你就可以获得自由。’

“你那位年轻的朋友要求给他一些时间。等时间到了，他摇了摇头。‘不，’他说，‘你要是想抓他，那你就必须亲自抓他。我要是被抓了，那是我活该。’但是，乡绅把一份告示推到了他鼻子底下。‘看看吧，杰姆，’他说，‘然后说说你是怎么想的。平安夜发生了沉船事件，是自去年冬天格洛斯特夫人号在帕德斯托搁浅以来最血腥的沉船事件。你现在会改变主意了吧？’至于剩下的情况，乡绅说的我大多没听清，因为你知道，一直都有人走来走去。但是，我推测，你那位朋友晚上挣脱枷锁逃走了。到了昨天上午，等他们认为他们再也见不着他了，他又回去了。乡绅当时正要走出教堂。他径直走向乡绅，异常冷静地说：‘好吧，巴萨特先生，你将获得你想要的证据。’我刚才之所以对你说，杰姆·梅林的脑子比他哥哥的脑子好使，原因就在这里。”

牧师已清理好桌子，把托盘放在了角落里。但是，他继续把腿伸在壁炉前，坐在高背椅上休息。玛丽没有留意他的动作。她呆呆地凝视前方，整个脑子似乎都被他提供的信息搞乱了。她曾非常恐惧和痛苦地构建了不利于她爱的那个男人的证据，如今这些证据就像一副牌那样，彻底崩塌了。

“戴维先生，”她语调缓慢地说，“我觉得我是康沃尔有史以来最大的傻瓜。”

“我也觉得你是，玛丽·耶伦。”教区牧师说。

他的语调干巴巴的，显得非常严厉，不再是她熟悉的那种温和的声音，其自身就是一种谴责。她顺从地接受了这种谴责。

“无论发生了什么，”她接着说，“我现在都能勇敢地面对未来了，勇敢地，毫不羞愧地。”

“我对此感到高兴。”他说。

她把垂在脸上的头发向后甩去，自他认识她以来第一次露出了笑容。她终于不再感到焦虑和恐慌了。

“杰姆·梅林还说了什么，做了什么？”她问道。

教区牧师看了看他的表，叹了口气。

“我真希望我有时间告诉你，”他说，“可已经快八点了。时间对我们来说都过得太快。我觉得，就目前来说，关于杰姆·梅林，我们谈得够多了。”

“就告诉我一件事：你离开时，他在北山吗？”

“他在。实际上，促使我匆匆回家的，是他说的最后那句话。”

“他对你说什么了？”

“他不是对我说的。他对众人宣布，他打算今晚骑马去找沃乐甘的铁匠。”

“戴维先生，你这是在耍我。”

“我十分肯定我没有。从北山到沃乐甘的路很长，也不好走，但我敢说，他就是摸黑也能找到路。”

“他去找铁匠和你有什么关系？”

“他会给铁匠看一枚钉子，那是他在牙买加旅馆下面田野里的石楠丛中捡到的。钉子是从一个马掌上掉下来的。当然了，马掌钉得很粗心。钉子是新的。作为一个盗马贼，杰姆·梅林熟悉沼泽上每个铁匠的手艺。‘看这儿，’他对乡绅说，‘这是我今天早上在旅馆后面的田野里发现的。你们现在已经讨论完毕，再也不需要我了。如果你同意，我将骑马去沃乐甘，把这个粗制滥造的东西扔到汤姆·乔里脸上。’”

“好吧，然后呢？”玛丽说。

“昨天是星期天，对吧？铁匠星期天不干活，除非他非常尊敬他的客户。昨天只有一个行人经过了汤姆·乔里的铁匠铺，请求为他的瘸马钉个新钉子。至于时间，我觉得是晚上将近七点。在此之后，那个行人继续赶路，去了牙买加旅馆。”

“你是怎么知道这个情况的？”玛丽问道。

“因为那个行人正是奥特尔南的教区牧师。”他说。

17

一阵寂静降临了房间。虽然火苗仍稳定地燃烧着，但空气中出现了一种此前从未有过的寒意。他们俩都在等待对方开口。玛丽听见弗朗西斯·戴维咽了一下口水。终于，她看向了他的脸。不出她所料，他正隔着桌子盯着她。他苍白、一成不变的眼睛再也不是冷冰冰的了，终于像活物那样在他白色面具般的脸上燃烧。现在，她终于知道了他想让她知道的东西，但她还是一言不发。她依靠无知来保护自己，以争取时间这个唯一有利于她的因素。

他的眼神迫使她说话了。她继续在壁炉前暖着手，挤出了一丝微笑："你今晚喜欢玩神秘呀，戴维先生。"

他没有立即回答。她听见他又吞咽了一次口水。然后，他在椅子上俯身向前，突然改变了话题。

"在我今天回来之前，你就对我失去了信任，"他说，"你去了我的书桌，发现了那幅画。你感到不安。不，我没看见你。我不是个会从锁眼里偷看的人，但我看见那张纸被动过了。你对自己说，就像你以前说的那样，'这个奥特尔南的教区牧师究竟是哪种人啊？'当你听见小路上响起我的脚步声，你就蜷缩在椅子上，在壁炉前面，不敢看我的脸。不用躲着我，玛丽·耶伦。我们再也不需要装模作样了。我们可以坦诚以待，你和我。”

玛丽转向他，然后又转过去了。他的眼神里透着一种她害怕解读的信息。“我很抱歉我翻了你的书桌，”她说，“这样的行为是不可原谅的。我到现在也不知道，我为什么翻了你的抽屉。至于那幅画，我对这样的东西一窍不通，它是好是坏我说不上来。”

“不用在意它是好是坏。问题是，它吓着你了？”

“是呀，戴维先生，它的确吓着我了。”

“于是你再次对自己说，‘这个人是个怪人，我和他格格不入’。你是对的，玛丽·耶伦。我活在过去，那时人类还不像今天这样卑微。啊，我说的不是你以为的历史上那些穿紧身衣、长筒袜、尖头鞋的英雄，他们从来都不是我的朋友。我说的是很久以前，在时间的开端，那时河流和海洋是一体的，往昔的诸神在山丘上行走。”

他从椅子上站起来，站在壁炉前，身形瘦小，一身黑衣，头发和眼睛却是白的。他的声音又变得柔和了，和她第一次听见他说话时一样。

“假如你是个学者，你就会明白的，”他说，“可你是个女人，且已生活在十九世纪。出于这个原因，你对我的语言感到陌生。没错，我是个怪人，不仅性格怪，还生错了时代。我不属于这儿，我天生就仇视这个时代，仇视人类。在十九世纪，很难找到安宁。寂静已经消失，即使是在山丘上。我想在基督教会里找到它，但教条让我感到恶心，它们都被建立在一个神话故事上。基督本身就是个船头雕像，是个由人类创造出来的傀儡。

“不过，我们以后再谈这个吧，等我们不再受追捕的热度和骚乱困扰的时候。我们前面的时间无穷无尽。至少有一点是可以肯定的，那就是我们没有行李，可以轻装上路，就像他们在过去做的那样。”

玛丽抬头看着他，双手抓着椅子的两侧。

“我不懂你说的是什么意思，戴维先生。”

“哦不，你非常明白我的意思。你现在已经知道，我杀了牙买加旅馆老板，还有他老婆。要是我知道小贩存在的话，那他也活不成。在我刚才说那番话时，你已在头脑里把整个情况拼凑在了一起。你知道是我指挥了你姨父的所有行动，他不过是个名义上的头头。我曾在许多晚上坐在这儿，而他坐在那边你坐的椅子上，康沃尔的地图摊在我们前面的桌子上。乔斯·梅林是这一带让人闻风丧胆的人物，但在我对他说话时，他手里捏着帽子，摸着他的额发。他就像个游戏中的孩子，没有我的命令就无能为力。他是个可怜的、大叫大嚷的恶霸，蠢得要死。他的虚荣心是联系我们之间的纽带。他在他的同伙中越臭名昭著，他就越高兴。我们取得了成功，他也算对我唯命是从。其他人都不知道我们是同伙这个秘密。

“玛丽·耶伦，你就像块石头，让我们碰伤了脚指头。你瞪着好奇的眼睛，开动着你喜欢刨根究底的脑子，来到我们中间。我知道，末日近了。无论如何，我们都把游戏玩到了极限，也该做个了断了。你不断用你的勇气和良知纠缠我，我是多么钦佩你呀！当然了，你肯定听见我在旅馆那个空客房里的动静，也肯定溜进了厨房，看见了悬在梁上的绳索：那是你面临的第一个挑战。

“然后，你偷偷地溜了出去，走进沼泽，跟踪你姨父。他在拉夫石山和我见了面。你在黑暗中跟丢了他，碰见了我本人，把我当成了知己。嗯，我成了你的朋友。我不是给你提了许多中肯的建议吗？请你相信我，就算是治安官本人，也不可能提出更好的建议。你姨父对我们奇怪的联盟一无所知，就算知道，他也不会懂的。他违抗命令，他的死是自找的。我对你的决心也还算了解，知道你一有理由就会告发他。因此，他不应该给你任何理由，单靠时间就能平息你的怀疑。但是，你姨父在平安夜那天肯定喝疯了酒，就像野蛮人和傻瓜那样，铸成大错，让整个国家怒火熊熊。我当时就知道，他暴露了他自己；如果绞索套在他脖子上，他会打出他最后一张牌，供出我是他的主人。因此，他非死不可，玛丽·耶伦，还有你姨妈，她就是他的一个影子。假如我昨晚经过时，你也在牙买加旅馆，那你也……不，你不会死的。”

他朝她俯下身，抓住她的手，把她拉起来，让她站着和他一样高，看着他的眼睛。

“不，”他重复道，“你不会死的。你那时会和我一起走，就像你今晚会和我一起走那样。”

她也盯着他，看着他的眼睛，但她什么也看不出来。那双眼睛还是那么清澈、冷静，一如既往。但是，他紧紧抓着她的手腕，没有松开的意思。

“你错了，”她说，“你当时就会杀死我，你现在也会杀死我。我不会跟你走的，戴维先生。”

“耻辱地死去？”他一边说，一边微笑着。那一缕细细的微笑打破了他的面具。“我不会让你面临这样的问题。你对世界的认识是从旧书里获取的，玛丽，那里边的坏人用斗篷盖着他的尾巴，鼻孔里还会喷火。你已证明你自己是个危险的对手，我更愿意把你争取过来。哎，那是一种恭维。你还年轻，还具有一种我不愿意毁灭的优雅。此外，我们要不了多久就会重续我们最初的友谊，它今晚迷路了。”

“你把我当成孩子和傻瓜对待是对的，戴维先生，”玛丽说，“自从我在十一月撞见你的马以来，我一直既是个孩子，又是个傻瓜。即使我们曾经有过友谊，那也是一种嘲讽、一种耻辱。你是给我提出了建议，可你当时手上沾的无辜者的血还没干。我姨父至少还算诚实。无论是醉了还是清醒，他都会向四面来风大声说出他的罪行，在夜里梦到那些罪行时，也是惊恐不已。可是你，你披着上帝使者的外衣，来保护你自己免遭怀疑。你躲在十字架后面。你还给我谈什么友谊……”

“你的反抗和厌恶令我更加高兴了，玛丽·耶伦，”他说，“你拥有过去女人才拥有的火一般的激情。我不会把你的友谊弃之不顾。哎，我们不要探讨宗教了。等你更加了解我了，我们再探讨它。我会给你讲讲我是怎样在基督教中为自己寻求庇护的。我发现它建立在仇恨、基督、贪婪之上，建立在一切人为的文明属性之上，而旧时异教徒的野蛮则是赤裸裸的，干干净净。”

“我的灵魂已经病了……可怜的玛丽，你的脚牢牢地站在十九世纪里。你仰着你那困惑的、半人半羊的脸看着我，认定我是个怪人，是你小小的世界的耻辱。你准备好了吗？你的斗篷在门厅里挂着，我在等着你呢。”

她向墙边退去，眼睛盯着时钟，但他仍抓着她的手腕，并且抓得更牢了。

“放聪明点儿，”他温和地说，“你知道，房子是空的。纵然你叫得再凄惨，声音再大，也不会有人听见。善良的汉娜在她自己的小屋里，在她自己的火炉边，在教堂的另一侧。我比你想象的还要强壮。一只可怜的白鼬看上去很脆弱，误导了你，是吧？但是，你的姨父知道我的力气。我不会伤害你，玛丽·耶伦，也不会把你拥有的那点儿美给毁了，如果你能保持安静的话。但是，要是你反抗我，那我就不得不动手了。来吧，你所拥有的那种冒险精神在哪儿？你的勇气在哪儿？你的豪迈在哪儿？”

她看了一眼钟。她知道，时间肯定已经超过了他能接受的余地，留下的时间所剩无几。虽然他很好地掩饰了他的急躁，但在他闪烁的眼神里和绷紧的嘴唇上，那种急躁还是暴露了出来。现在已经是八点半，杰姆应该和沃乐甘的铁匠谈过了。他们之间也许有十二英里，但不可能再多了。杰姆没有玛丽本人那样傻。她飞快地转着脑子，估算着失败和成功的概率。如果她现在跟着弗朗西斯·戴维走，那么她将会成为他的累赘，降低他的速度。这是不可避免的，他肯定想搏一把。人们将对他紧追不舍，她的存在最终会使他暴露。但若她拒绝跟他走，那她将必死无疑。就算他一再甜言蜜语，他也绝不会让一个受伤的同伴拖累自己。

他刚才才说她勇敢，拥有冒险精神。好吧，他应该看看她的勇气能让她往前走多远，她可以像他那样，用她的生命赌一把。如果他疯狂（她相信他疯狂），哎，那他的疯狂将导致他的毁灭；如果他不疯狂，那她也会凭借她那可与他匹敌的女孩的智慧，仍然是他的绊脚石，正如刚开始那样。她与正义同在，她信仰上帝，而他则是他自己创造的地狱里的一个无赖。

她又微微一笑，看着他的眼睛。她已做出决定。

“我会和你一起走，戴维先生，”她说，“可你会发现我是肉中刺，是你道路上的一块石头。你到头来会后悔的。”

“无论是敌是友，都没多大关系，”他对她说，“你将成为套在我脖子上的磨石。你越这样，我越喜欢你。你很快就会把你的矫揉造作抛到一边，把你孩提时就吸收到脑子里的所有那些可怜的文明装饰抛到一边。我会教你怎么生活，玛丽·耶伦，因为男人和女人在一起生活还不到四千年呢。”

“你不用指望我会成为你道路上的旅伴，戴维先生。”

“道路？谁说道路了？我们沿着沼泽和山丘走，踏着花岗岩和石楠，就像我们之前的德鲁伊教徒那样。”

她原本可能当着他的面笑出来，但他转过身，为她打开了门。她嘲讽地冲他鞠了一躬，走进了走廊。她满脑子都是疯狂的冒险精神，她不怕他，也不怕黑夜。现在一切都不重要了，因为她爱的那个男人是自由的，手上也没有沾血。她可以毫不羞愧地爱他。她还可以大声说出来，如果她想那样的话。她知道他为她做了什么，他会再次来找她。在她的想象中，她听见了他在路上策马追着他们，听见了他的搏斗，听见了他胜利的呐喊。

她跟着弗朗西斯·戴维去了马厩。他已经装好了马鞍。她根本没料到会是这样。

“你不打算乘马车？”她问道。

“就算没有别的行李，你不也是够大的累赘吗？”他回答说，“玛丽，我们必须轻装上路。你会骑马。出生在农场的每个女人都会骑马。我将抓住你的缰绳。我不敢保证速度，哎，这匹矮种马今天跑过一趟了，接下来怕也出不了什么力。至于那匹灰马，你也知道，它跛了，跑不了多远。唉，小慌张[1]，这趟逃亡一半都要怨你，你肯定知道这一点。当你把掌钉掉在石楠丛里时，你的主人就暴露了。因此作为赎罪，你必须驮一个女人。”

夜色黑暗，空气阴冷潮湿，寒风刺骨。天空云朵低飞，月亮被遮住了。路上不会有光，马走起来不会被人看见。行程之初仿佛对玛丽不利，黑夜似乎更青睐于奥特尔南的教区牧师。她登上马鞍，想知道如果她高喊一声，或疯狂地大声求助，会不会惊醒沉睡的村庄。可这种想法刚在她脑中一闪而过，她就感受到他的手放在了她的脚上，把她的脚往马镫里放。她低头俯视，看见他斗篷下闪着一道金属的光。他抬起头，笑了笑。

“那是傻瓜的把戏，玛丽，”他说，“奥特尔南的人早早就上床了。等到他们起床，揉着他们的眼睛，我早就到了那边的沼泽上，而你呢……你会脸朝下躺着，以又长又湿的草为枕，你的青春和美丽毁于一旦。来吧。如果你手冷脚凉，骑马会让它们暖和起来，小慌张骑起来挺稳的。”

她什么也没说，只是用手抓住了缰绳。她现在已在这场概率游戏中走得太远，必须玩到底了。

他骑上那匹栗色马，灰马被一根引导缰绳和它系在一起。他们踏上了怪异的旅途，宛如两个朝圣者。

他们经过了寂静的教堂，并继续向前走。教堂影影绰绰，门窗

1 马的名字。

紧闭。教区牧师挥舞着黑色的铲形帽，露出了他的头。

“你真应该听听我布道，”他温和地说，“我在画他们的时候，那些人就像羊那样坐在隔间里，张着嘴，灵魂麻木。教堂是他们头上的一个屋顶，有四堵石墙。只是因为最初有人用手给它画过十字，他们就觉得它神圣。他们不知道，在奠基石下面，躺着他们的异教徒祖先的尸骨；在基督死在他的十字架之前很久，那些古老的花岗岩祭台上就举行过祭祀。我曾在午夜站在教堂里，聆听着空气中响起的喃喃声以及一种不安的低语。那种低语是在泥土深处被孕育的，对教堂和奥特尔南一无所知。”

他的话在她脑海里回响，把她的思绪带回了牙买加旅馆黑暗的走廊。她想起她站在那里，她死去的姨父躺在地板上，四壁笼罩着一种阴森恐怖的氛围。他的死无足轻重，不过是以前发生过的事情的重复。那是很久很久以前，牙买加旅馆如今矗立其上的山丘还光秃秃的，只有石楠和石头。她还记得那种浑身颤抖的感觉，仿佛受到了一只冰冷、非人类的手的触摸。现在，看着弗朗西斯·戴维，看着他的白头发、他望向过去的白眼睛，她又颤抖起来。

他们来到沼泽边缘通向浅滩的小径，然后越过这里，涉过溪流，进入沼泽庞大、黑暗的心脏地带。那里没有小径，只有一丛丛杂草和死去的石楠。马儿时常在石头上蹒跚而行，或陷入与湿地接壤的柔软地面，但弗朗西斯·戴维熟练地找到了路，宛如空中的一只鹰，迅捷地在下面的草地上方翱翔、盘旋，然后又突然转向，俯冲到坚硬的地面上。

石山在他们周围拔地而起，遮住了后面的世界。两匹马迷失在起伏的山丘之间。它们并肩而行，迈着不寻常的碎步，穿过了死去的羊齿丛。

玛丽的希望开始动摇。她回过头来，看着那些让她显得矮小的黑色山丘。她和沃乐甘相距遥远，北山也已经属于另一个世界。这些沼泽里有一种古老的魔法，人难以进入，使得这些沼泽进入永恒。弗朗西斯·戴维知道它们的秘密。他抄近路穿越了黑暗，就像盲人在自己家里似的。

“我们要去哪儿？”她终于开口了。他转向她，铲形帽下的脸露出了微笑，指了指北方。

“时候一到，执法的官员就将巡视康沃尔的海岸，”他说，“我在上次行路中告诉过你，当时你和我一起坐车从朗瑟斯顿出来。不过，今晚和明天，我们不会遇到这样的阻碍。在从博斯卡索到哈特兰的悬崖上，只有海鸥和野鸟出没。大西洋以前是我的朋友。它也许凶悍，比我以为的更加残忍，但依然是我的朋友。我觉得，你听说过船吧，玛丽·耶伦，尽管你最近没有谈起过它们。一艘船将把我们带离康沃尔。”

“这么说，我们要离开英国，是吧，戴维先生？”

“你还有别的建议吗？今天过后，奥特尔南的教区牧师将会离开神圣的教会，再次成为一名逃亡者。你将看见西班牙，玛丽，还有非洲，了解一下阳光。如果你愿意，你还可以感受一下你脚下的沙漠。我几乎无所谓去哪儿，你说去哪儿就去哪儿。你为什么发笑，摇头呢？”

“我笑是因为你说的一切都是异想天开，戴维先生，这不可能实现。你和我一样知道，我一有机会就会从你身边逃走，说不定是在第一个村庄。我之所以跟着你，是因为如果不这样你就会杀死我，但到了光天化日之下，到了有人的地方，听得见他们的说话声，你就会像我现在这样束手无策。”

“随你的便，玛丽·耶伦，我防着你这一手呢。你未免太得意忘形，别忘了，康沃尔北方的海岸和南方的海岸完全不一样。你对我说过，你来自赫尔福德，那里的怡人小径在河边蜿蜒，村庄彼此相接，串成了串儿，路上还有小屋。不过在北方，你将发现，海岸可没这么宜居。它就像这些沼泽那样荒凉，人迹罕至。在抵达我选定的避难所之前，除了我，你将看不见一张人脸。”

“那就走着瞧吧，”由于恐惧，玛丽怒喝道，“我要让你看看，即使到了海边，上了你等在那里的船，把海岸抛在了身后，我也能逃走。哪个地区都没关系，无论是西班牙还是非洲。你以为我会跟你去那儿，而不告发你这个杀人凶手？”

“到那时，你就会把这件事忘了的，玛丽·耶伦。”

“忘记你是杀死我母亲妹妹的凶手？”

“是的，还不止于此。忘了沼泽，忘了牙买加旅馆，还会忘了你误入我道上的小脚丫。忘了你从朗瑟斯顿一路上流的眼泪，还有那个让你流泪的年轻人。”

“你喜欢搞人身攻击，戴维先生。”

“我很高兴戳中了你的痛处。啊，不要咬嘴唇，皱眉头。我能猜出你的想法。我告诉过你，我年轻时候听过许多忏悔，了解女人做什么梦，比你自己还要了解。在这方面，我可比旅馆老板的弟弟强。”

他又笑了，脸上浮现出一缕细细的笑容。她转过身，不想看见他那双让她感到屈辱的眼睛。

他们默默地骑行着。过了一会儿，玛丽似乎觉得夜色更浓，空气更密，她无法再看见周围的山丘。马小心翼翼地走着，不时停下来喷鼻子，仿佛害怕，不知道蹄子该往哪儿落。地面现在湿透了，充满危险。虽然再也看不见两边的陆地，但通过那些柔软、易于弯曲的草，她知道他们被湿地包围着。

这解释了马的恐惧。她瞥了一眼她的同伴，想知道他的情绪。他坐在马鞍上，身体前倾，瞪大眼睛，看着变得越来越浓、越来越难以穿透的黑暗。通过他紧张的侧面，以及闭得像夹子一样紧的细细的嘴，她看得出来，他正全神贯注于危险重重的小径。她感受到了她骑的这匹马的焦躁不安。她想起来，她曾在白天看见过这些湿地，棕色的草丛随风摇摆。远处，哪怕有一丝风，那些又长又细的芦苇也会颤抖，发出“沙沙”的声响，聚在一起，宛如一体那样摆动。在芦苇下面，一潭黑水正默默等待着。她知道，沼泽里的人们也有可能迷路，脚步蹒跚，若有人充满信心地行走，马上就可能被绊倒，在毫无预兆的情况下陷进去。弗朗西斯·戴维了解这些沼泽，但就连他也并非绝对有把握，他也有可能迷路。

一条小溪汩汩地流淌着，一英里之外都能听见溪流涌过石块的声音，也许还不止一英里，但沼泽地里的水是悄无声息的。第一次滑倒就可能是最后一次。玛丽的神经绷紧，几乎是无意识地准备好，一旦她骑的马突然摇摇晃晃，瞎了眼般朝着令人窒息的杂草丛中一头猛扎，她就将迅速从马鞍上跳下来。她听见她的同伴又吞咽了一次口水，这种小小的习惯让她感到恐惧。他费力地左右扫视，摘下帽子拿在手中以开阔视野。小水滴在他头发上发亮，沾在他的袍子上。玛丽看见地面上升起潮湿的雾气，嗅到了杂草酸臭的腐烂气息。然后，一道大雾从夜色中涌出，仿佛一堵白墙，横亘在他们面前，挡住他们的去路，掩盖了所有的气味和声响。

弗朗西斯·戴维勒住缰绳，两匹马立即服从了他的指令，颤抖着，喷着鼻子。他们身子两侧的热气和迷雾融为一体。

他们等了一会儿，沼泽地的雾来去倏忽，但这一次，雾气丝毫没有变得清晰，也没有消散的迹象。它悬挂在他们周围，好似一张蜘蛛网。

“众神居然也和我过不去，”他说，“我熟悉这些雾，这场雾几个小时后才会散开。如果现在要继续在湿地里前进，那比回去还要疯狂。我们必须等到天亮。”

她一言不发。她最初的希望又回来了。但就在她产生这种想法时，她立即想到：雾会阻碍追捕，它不仅是猎物的敌人，也是猎人的敌人。

“我们现在在哪儿？”她问道。话音未落，他就再次抓住她那匹马的缰绳，催促马向左边走，离开低洼之地，直到他们走出一踩就陷的草丛，步入比较结实的石楠和石块堆。与此同时，雾跟着他们移动，寸步不离。

“你勉强还可以休息一下，玛丽·耶伦，”他说，“洞穴可以提供遮挡，花岗岩可以当作床铺。也许明天世界会再次出现在你面前，但今晚你要在拉夫石山睡觉了。”

那些马累了。它们迈着缓慢、沉重的步伐向上攀登，出了迷雾，向远处的黑色山丘走去。

后来，玛丽裹着斗篷，像个幽灵一样背靠着一块凹陷的石头。她用膝盖顶着下巴，胳膊紧抱着膝盖，但即使如此，阴冷的空气还是从她斗篷的褶皱之间钻了进去，舔着她的皮肤。石山怪石嶙峋的顶部仰面向天，犹如迷雾之上的冠冕。在他们下面，云稳稳地悬着，一成不变，像一堵巨大的、难以穿透的墙壁。

这里的空气很纯净，就像水晶般清澈，与下面世界的情况截然不同。在下面的世界里，活物们肯定在迷雾中摸索着，蹒跚而行。风在这里的石头间沉吟，摇动石楠。微风冷如刀割，吹拂着祭台表面，在洞穴中回响。这些声响彼此会合，空气中好像有些喧嚣。

然后，喧嚣逐渐低沉，消失，死一般的沉寂再次降临。马靠着一块大圆石站着，寻求遮蔽，头紧紧地凑在一起，但就连它们也有些心神不宁，不时地转向它们的主人。他在一边坐着，距离他的同伴有几码远。有时候，她觉得他的眼睛正若有所思地盯着她，似乎在掂量着成功的概率。她则一直保持着警惕，时刻准备发动攻击。当他突然移动，或在他坐的石板上转身，她的手就会松开膝盖，攥成拳头，等待着。

他要求她睡觉，但她今晚无法入眠。

假如睡意不知不觉地向她袭来，她会和它搏斗，用手击退它，努力战胜它，正如她必须战胜她的敌人。她知道，睡意有时候可能不等她反应过来，就会突然把她抓住。等到她醒过来，她会发现他冰凉的手掐着她的咽喉，他苍白的脸伏在她的脸上。她会看见他白色的短发像光圈那样围着他的脸，他一动不动、不露声色的眼睛闪着她以前见过的那种光。这里是他的王国，孤立于寂静之中。怪石嶙峋的花岗岩山顶为他提供遮蔽，下面的白雾把他裹住。有一次，她听见他清了清喉咙，仿佛要说话。她觉得，他们已经远离任何一个居民区，就像两个被一起抛入永恒的生灵。这是一场噩梦，并且永远没有醒来的时候，她很快就会因此失去自我，消失在他的阴影里。

他一言不发。风再次打破寂静，低语起来。风儿起起落落，令石头发出呻吟。这股新来的风吹过之后会响起呜咽和哭泣。它不知来自哪里，也不知去向何处。它从石头中升起，从石头下的泥土中升起。它在凹陷的洞穴和石头缝隙中歌唱，先叹息一声，继而悲鸣。它在空气上弹奏，宛如死者齐唱。

玛丽裹紧斗篷，用兜帽盖住耳朵，不想听见那种声响，但是就在她这么做时，风势加大，拖拽着她的头发。一小股气流尖叫着，扑向她身后的洞穴。

这种扰动不知来自何处，石山之下，浓雾紧贴着地面，寸步不让，一如既往，也从无气流从云团中涌出。山顶上，风焦躁地哭泣，飒飒风声令人恐惧，因古老的流血和绝望记忆而呜咽。在拉夫石山的山顶，玛丽头顶上方，一种凄厉、令人迷失的曲调在高耸的花岗岩中回荡，仿佛诸神站在那里，朝着天空仰起硕大的头颅。在她的想象中，她能听见一千个人的低语和一千只脚的踩踏，能够看见石头在她旁边变成了人。他们的脸不是人脸，一副未老先衰的模样，花岗岩一般布满皱纹、坑坑洼洼。他们说着一种她不懂的语言，他们的手和脚被雕刻成了鸟的爪子。

他们转动着他们的石眼，越过她望向远方，根本没有注意到她。她知道她好比风中枯叶，飘来荡去，不知最终落向何方，而他们活着，经久不衰，是古代的怪物。

他们朝她走来，肩并着肩，既不看她，也不听她说话，而是瞎了一般，要把她毁灭。她突然大叫一声，猛地站起，体内的每根神经都在剧烈颤动。

风小了。拂在她头发上的风轻如呼吸。花岗岩石壁矗立在她的周围，黑乎乎的，一动不动，一如既往。弗朗西斯·戴维手托着下巴，看着她。

“你睡着了。”他说。她回答说她没睡着，但她对自己的说法感到怀疑。她的头脑仍在和那场似梦非梦的幻象搏斗。

“你累了，但你仍坚持等待黎明，”他说，“现在还几乎不到半夜，还要等很长时间。顺其自然吧，玛丽·耶伦，放松些。你以为我想伤害你？”

“我什么都没想，但我不能睡。”

“你冻僵了，蜷缩在斗篷里，枕着石头。我自己也没好多少，但这里没有从石头缝隙里涌出的气流。如果我们能相互依偎着取暖，会好很多。”

“不，我不冷。”

“我提这个建议，是因为我对夜晚还算了解，”他说，“黎明前的几个小时最为寒冷。你一个人坐着不太明智。过来靠着我吧，背靠背，然后如果你愿意，可以睡觉。我既没有碰你的念头，也没有碰你的欲望。”

她摇摇头表示拒绝，在斗篷下面把双手合在一起。她看不见他的脸，因为他坐在阴影里，侧身对着她，但她知道，他正在黑暗中微笑，嘲笑她的恐惧。她冷，正如他说的那样。她的身体渴望温暖，但她不会过去寻求他的保护。她的手现在麻木了，脚也失去知觉，仿佛花岗岩已成为她的一部分，紧紧地控制着她。她的脑子时断时续地陷入梦境。他进入了她的梦，巨大、怪异的人影，白头发，白眼睛，触着她的喉咙，冲着她的耳朵低语。她来到了一个新世界，那里到处都是他那样的人。他们伸出胳膊，阻挡她前进。然后，她会再次醒来，被吹在脸上的冷风刺痛，回到现实。什么都没改变，无论是黑暗，还是迷雾。黑夜自身也是如此。时间仅仅过去了六十秒。

有时候，她感觉正和他走在西班牙。他一边给她采摘硕大的、有紫色花须的花朵，一边冲她微笑。当她打算把花扔掉时，那些花就会像卷须一样缠绕她的裙子，爬上她的脖子，恶毒地缠住她不放。

她也会和他一起在一辆行驶的马车里，蹲伏着，黑得像一只甲虫，四壁紧紧地压在他们上面，把他们挤在一起，把生命和气息从他们体内压出，直到他们被压平，破裂，毁灭，相互叠压，安静地进入永恒，就像两块花岗岩板。

她从这最后一个梦里彻底清醒过来时，感觉他的手放在她的嘴上。这一次不是她游荡的头脑产生的幻觉，而是严酷的现实。她想和他搏斗，但他牢牢地抓着她，粗暴地冲着她的耳朵说话，命令她不要动。

他把她的手扭到她背后，用带子绑住了她的手。他的动作既不匆忙，也不粗暴，而是非常冷静，不疾不徐。他绑得够牢，但不让人觉得疼痛。他把一根手指伸到带子下面，以确保不擦伤她的皮肤。

她无助地看着他，用她自己的眼睛感知着他的眼睛，仿佛这样一来，她就可以预判他的脑子发出的信息。

然后，他从他的外套口袋里掏出一块手帕，叠好，塞进她的嘴里，在她头后面打了个结。这样一来，她就无法说话和喊叫了。她只好躺在那里，等他采取下一步行动。在完成这一切后，他扶着她站了起来，因为她的腿没被绑住，她还可以行走。他领着她离开那些花岗岩圆石，来到了山坡上。“我不得不这么做，玛丽，这对我们都好，”他说，“昨晚我们开始这趟远行时，我没料到这场迷雾。如果我现在迷路了，那都是因为它。听听这个，你就会明白我为什么要绑你，明白为什么你的沉默有可能会救了我们俩。”

他站在山丘边缘，拽着她的胳膊，指着下面的白雾。“听，”他又说了一遍，“你的耳朵也许比我的好使。”

玛丽这时才知道，她睡的时间肯定比她以为的长，因为黑暗已经散开，清晨到来了。云层低低的，在天空中蔓延，仿佛和迷雾交织在一起。东边有一抹微光，预示着苍白的、不情愿的太阳即将出现。

他们周边的雾仍未消散，像一条白毯子那样遮住了下面的沼泽。她循着他的手的方向望去，除了迷雾和湿漉漉的石楠茎一无所见。然后，她按照他说的侧耳倾听。远远地，从迷雾下面，传来一阵介于喊叫和呼唤之间的声音，仿佛有人在空中召唤。那种声音最初微弱难辨，但音调高得出奇，既不像是人声，也不像是男人的喊叫。它离得更近，用些许震荡撕裂了空气。弗朗西斯·戴维转向玛丽，他的睫毛和头发上的雾依然是白色的。

“你知道那是什么声音吗？”他问。

她也盯着他，摇了摇头。她无法告诉他，她不能说话。她以前从未听见过这种声响。然后，他笑了。冷酷的笑容慢慢展开，像是在他的脸上划出了一道伤口。

“我听见过一次，不过我忘了。北山的乡绅在他的狗舍里养着一群警犬。我以前没有想起来，玛丽，这对我们俩都是一件憾事。”

她明白了。在突然明白了远处急切的喧闹之后，她抬起头，眼睛里充满恐惧，看着她的同伴，然后又把视线从他身上移开，望向了那些马。它们仍安静地站在石板旁边。

“没错，”他一边说，一边循着她的视线望过去，“我们必须把它们放开，赶到下面的沼泽里。不过它们帮不了我们太久，只会把那伙人带到我们身边。可怜的小慌张，你会再次出卖我的。”

她盯着他，心里感到厌恶。他放开那些马，领着它们朝山丘的陡坡走去。然后，他弯下腰，捡起一些石块，雨点一般地投在它们背上。于是，两匹马闪开了，在山坡上湿漉漉的羊齿丛中蹒跚而行。接着，随着攻击持续，它们在本能的激发下，害怕地喷着鼻子，逃下石山陡峭的斜坡，在跑动的过程中带起石子和泥土，就这样冲出视线，跑进了下面白茫茫的雾中。犬吠现在离得更近了，音调低沉，持续不断。弗朗西斯·戴维跑向玛丽，脱掉滑到他的膝盖附近的长长的黑外套，并把他的帽子也扔进了石楠丛中。

“来吧，”他说，“无论是友是敌，我们现在都面临着共同的危险。”

他们穿过圆石和石板，向山丘攀登。他一条胳膊搂着她，因为她的手被绑着，行进困难。他们在缝隙和石块中进进出出，膝盖以下没入湿透的羊齿丛和黑石楠中，越登越高，终于登上了拉夫石山巨大的山顶。在山顶上，花岗岩怪异地扭曲起来，形成了一个看上去很像屋顶的东西。玛丽躺在巨大的石板下面，气喘吁吁，血从她的擦伤处流了下来。他攀登到了她上方，在石头窟窿中找到立足点，朝她伸下了手。她摇摇头，表示她走不动了。虽然如此，他还是弯下腰，再次把她拖起来，割断绑着她的带子，从她嘴里拔出了手帕。

“那你自救吧，如果你能的话。”他喊道。他的眼睛在他苍白的脸上闪动，他头发的白色光圈在空中拂动。她靠着一个离地大约十英尺的石桌，喘着粗气，精疲力竭。与此同时，他在她的上方攀登，越来越远，他瘦削的黑色身影宛如一只吸附在光滑岩面上的水蛭。犬吠从下面的雾毯传来，显得非常冷酷，令人毛骨悚然。除了它们的吠叫，现在又有了人们的喊叫声。人喊狗吠，空气中充满喧嚣。这种喧嚣是看不见的，因此更为可怕。云团迅捷地飘过天空，太阳的黄光出现在一团雾气上面。迷雾分开，消散，变成一个盘旋的烟柱，从地面上升起，被正在飘过的云抓住。被雾笼罩了很久的大地获得新生，一片苍茫，向上凝望着天穹。玛丽向下望着倾斜的山坡，看见一些小圆点一般的人站在齐膝深的石楠丛中，阳光照在他们身上。在灰色的石头映衬下，棕红色的警犬分外亮眼。它们吠叫着，在人们前面奔跑，跑入大圆石中间，酷似一群耗子。

它们迅速地寻迹而来。参加追捕的人有五十多个。他们一边喊叫，一边指着那些大石板。随着他们越来越近，犬吠声在石缝中回荡，在洞穴里悲嗥。

云也像雾那样消散了，他们头顶上方露出一块巴掌大的湛蓝天空。

有人又喊叫了一声。一个人跪在距离玛丽几乎不足五十码的石楠丛中，把枪顶在肩膀上，开火了。

子弹落在花岗岩圆石上，没有碰到她。那个人站了起来，她这才发现他是杰姆。他没看见她。

他又开了一枪。这次子弹贴着她的耳朵呼啸而过，她感受到了子弹经过时的气流。

警犬正在羊齿丛中慢慢地进进出出，其中一只跳到了她下面的那块突起的岩石，用巨大的鼻子嗅着石头。然后，杰姆又开了一枪。玛丽向前看去，看见弗朗西斯·戴维高高的黑色身影的轮廓映衬着天空，站在一块犹如祭坛的宽阔石板上，高耸于她的头顶之上。他像一座雕像那样站了一会儿，头发在风中飘舞。接着，他张开手臂，鸟儿展翅欲飞一般，突然身体一歪，倒了下去，从他所在的花岗岩顶峰跌下，跌向了潮湿的石楠和小小的碎石。

18

那是一月初的一个晴冷的日子。公路上，通常积着几英寸厚泥水的车辙和坑洼的表面覆盖了一层薄冰。轮轨因下霜而变得灰白。

霜也降落在沼泽上，宛如一只巨大的白手。沼泽向地平线延伸着，颜色苍白、模糊，在上方湛蓝天空的映衬下，未免相形见绌。地面酥脆。脚踩上去，浅草嘎吱嘎吱地响，就像踩在碎瓦片上一样。在一个小径和灌木篱墙的国度里，太阳会暖暖地照着，和煦如春，但在这里，空气似刀面如割，大地处处都是冬日严酷、呆滞的痕迹。玛丽在十二人泽上踽踽独行，冷风掴着她的脸。她感到好奇，左边的吉尔玛山依然如故，现在却为何不再让人感到凶险，不过是天空下一座岩石磊磊的小山。也许是焦虑蒙蔽了她的眼睛，令她对美视而不见。在她的头脑中，她曾经把人和自然混淆了。沼泽的严酷与她对姨父的恐惧、仇恨奇异地交织在一起。沼泽萧瑟依然，群山冷淡如故，但它们的恶意已经消失，她可以漫不经心地漫步其中。

她现在自由了，想去哪里就可以去哪里。她的思绪转向了赫尔福德和南方的绿色峡谷。她思乡情切，渴望看见那些温暖、熟悉的脸。

宽阔的河流奔腾入海，河水拍击两岸。她痛苦地想起了每一种曾在那么长的时间里属于她的气味和声音，想起小溪就像任性的孩子，从母亲河分流出去，在树丛和低语的狭窄水流中迷失了自我。

树林给疲倦者提供了休憩之所。在夏日里，树叶的沙沙声清脆、悦耳；即使在冬日，光秃秃的树枝也给人们提供了庇护所。她渴望见到鸟儿，见到它们在林间飞翔。她渴望听见农场亲切的呢喃，听见母鸡沉闷的咯咯、公鸡号角般的喔喔、鹅慌里慌张的嘎嘎。她想再次嗅到棚子里浓郁、温暖的粪便，感受母牛喷到她手上的暖融融气息，听见院子里响起的沉重脚步、井边水桶的叮当。她想靠在大门上，望着一条乡村小径，向经过的朋友道声晚安，看见烟囱里冒出袅袅炊烟。她渴望听见熟人虽然粗鲁但亲切的说话声，听见从某个厨房窗户里飘出的笑声。她会挂念她农场的事务，早早起来去井边打水，自信、安然地在她那一小群家畜、家禽中移动，弯腰劳作，以苦为乐，以苦消愁。她将欢迎所有季节，因为它们会带来收获。她的头脑将变得安宁、满足。她属于土壤，也将再次归于土壤，像她的祖先那样把根扎在土壤里。赫尔福德给了她生命。等她死了，她会再次融入它。

孤独微不足道，她没有考虑过。劳动者不在意孤独，忙完了一天的活儿就睡了。她已决定她要走的路，并且它好像非常美好、易行。一个星期以来，她软弱无力，犹豫不决。她不会再这样拖延，她决定要在吃过午餐返回时，告知巴萨特夫妇她的计划。他们很亲切，提了不少建议，也许有些过分。他们恳请她和他们待在一起，至少度过冬天，不要觉得自己是他们的负担。他们还亲切、得体地向她提出，他们会雇用她做家务，例如照看孩子，陪伴巴萨特夫人。

对于这些话，她顺从但不情愿地听着，什么也没承诺，彬彬有礼得有些刻意，不停地感谢他们为她做过的事情。

乡绅直率，脾气不错，在用餐时拿她的沉默打趣。“哎，玛丽，微笑和感谢话已经够了，可你必须打定主意。你也知道，你太年轻，一个人过日子不合适。我还要当着你的面对你说，你太漂亮了。你可以把北山当成你的家，你知道这一点，我妻子和我一起恳求你留下来。可干的活儿很多，你知道的，可干的活儿很多。有花要修剪，有信要写，有孩子要骂。啊，你手里的活儿会满满当当的，我向你保证。”在书房里，巴萨特夫人会亲切地把手放在玛丽的膝上，说同样的话：“我们很想让你待在家里，你为什么不无限期地待在这里呢？孩子们喜欢你。亨利昨天还对我说，只要你说句话，他就把他的矮种马让给你！我们会让你过得愉快、无忧无虑，不用担心，不用操心。什么时候巴萨特先生不在家，你还可以和我做伴。你还惦记你在赫尔福德的家吗？”

然后，玛丽会笑笑，再次感谢巴萨特夫人，但她无法用言语形容赫尔福德的记忆对她究竟有多么重要。

他们觉得过去几个月的紧张情绪依旧影响着她，于是想通过他们的亲切，努力补偿。但是，巴萨特先生经常在北山开门纳客，接待方圆数英里之内的邻居，自然会谈到一个话题。巴萨特老爷把他的故事讲了至少有一百五十遍，单是奥特尔南和牙买加旅馆这两个名字玛丽都听厌了，只想一劳永逸地摆脱它们。

她之所以决定离开，还有一个原因，那就是她经常会成为人们好奇地谈论的目标。巴萨特夫妇多少有些自豪，会把玛丽当成一个女英雄一样介绍给他们的朋友。

出于感激，她尽其所能，但在他们中间，她从来没有感到过自在。他们和她不是一类人。他们属于另外一种人，另外一个阶层。她尊敬他们，喜欢他们，对他们友好，但她无法热爱他们。

当有客人在场时，出于发自内心的亲切，他们会拉她一起聊天，努力不让她在一边坐着。与此同时，她却渴望着她自己卧室的宁静，或是马夫理查兹朴素的厨房的宁静。理查兹那脸红似苹果的妻子会欢迎她。

有时候，为了开玩笑，乡绅会向她寻求建议，并由衷地因为自己说的每一句话而哈哈大笑。“奥特尔南的教区牧师职位会空缺一阵子。你愿意成为教区牧师吗，玛丽？我敢保证，你会比上一个干得好。”碍于情面，她不得不微笑一下。她很好奇，他为什么这么迟钝，居然没有料到他说的话会勾起痛苦的回忆。

“哎，牙买加旅馆不会再有走私了，”他会说，“还有，如果我能随心所欲，也不会有酗酒了。我会把那里打扫干净，连一个蜘蛛网都不剩。等我把这事儿做成以后，没有哪个偷猎者或吉卜赛人敢到里面露脸。我会给那里派个老实人，一个这辈子从没闻过白兰地的老实人。他将系个围裙，在门上写上‘欢迎’两字。你知道谁会第一个去拜访他吗？啊，玛丽，你和我呀。”他会拍着他的大腿，哈哈大笑。玛丽则被迫微笑作答，而非让他的笑话失灵。

当她独自走在十二人泽里时，她想起了这些事。她知道，她必须马上离开北山，因为她和这里的人不是同类。只有身处赫尔福德河谷的树林和溪流之间，她才会再次获得安宁和满足。

一辆两轮马车从吉尔玛山的方向向她驶来，像只野兔那样在白茫茫的霜上留下了轨迹。它是寂静的原野上唯一移动的东西。她怀疑地看着它，除了柳条溪旁边峡谷里的特雷瓦萨，这片沼泽上没有小屋，并且她知道，特雷瓦萨的小屋现在空着。小屋的主人曾在拉夫石山向她开枪。从那时起，她就没见过他。“他是个忘恩负义的无赖，和他家其他人一个德行，”乡绅说，“要不是因为我，他现在会蹲监狱，蹲很多年，磨光他的性子。我捏着他的短处，他才不得不服软了。我承认，从那以后，他表现得不错。要不是因为他，玛丽，我们也追不上你和那个穿黑外套的恶棍。但是，他从没因为我洗脱了他的罪名而对我感激不尽。据我所知，他已经跑到了天涯海角。梅林家就没出过一个好人，他可能会走上他们家其他人的老路。”这么说来，特雷瓦萨已经空了。那些马和它们的伙伴们跑野了，在沼泽上自由地撒欢儿。它们的主人已经嘴里哼着歌，骑马离开了，正如她所了解的那样。

马车接近了山坡。玛丽用手遮住阳光，看着它驶来。马奋力地拉着车。她看见马儿拉了一车奇怪的东西，其中包括锅碗瓢盆、床垫、棍子。有人正在把他的家背在背上，走向远方。即使在那时，她也没有察觉到真相。直到马车行驶到她面前，车夫走在车旁，抬头看着她，冲她挥手，她才认出了他。她摆出一副漠不关心的样子，朝马车走去。杰姆则踩着车轮下的一块石头，把它楔入地面，以确保安全。

“你好点儿了吧？”他在马车后面喊道，“我听说你病了，卧床不起。”

“你肯定听错了，”玛丽说，“我待在北山的房子那里，在地上走得好好的。我根本就没有生病，只是有些讨厌这个地方。”

“听人说，你要在那里住下，和巴萨特夫人做伴儿。这更像实话，我觉得。哎，我敢说，和他们在一起，你会活得很惬意。不用说，等你了解了他们，你就会发现，他们挺和蔼的。”

“自我母亲去世以来，在康沃尔，再没有比他们对我更亲切的人了。只有这件事让我放在心上。不过，虽然如此，我也不会待在北山。”

“啊，你不在那里待？”

“是呀。我要回家，去赫尔福德。”

“你去那儿干什么？”

“我要试着重新开始经营农场，或至少向那个方向努力，因为我还没有钱。可我在那儿有朋友，在赫尔斯顿也有，那在刚开始的时候能帮到我。”

“你住在哪儿呀？”

“如果我愿意，我可以把村里的任何一座农舍当成家。我们南方邻里和睦，你知道的。”

“我从来都没有邻居，所以我也没办法反驳你，可我一直有个感觉，在村子里住着就像住在盒子里。你把你的鼻子伸过门，就进了另外一个人的菜园。要是他的土豆比你自己的土豆大，那你们就会聊聊这个，争论一番。你也知道，要是你炖了只兔子当晚餐，那他在他的厨房里就能闻到味儿。见鬼，玛丽，那种日子可不好过。”

她冲着他哈哈大笑，他的鼻子因为厌恶而皱了起来。然后，她扫了一眼他装满东西的马车，还有他弄的那一堆乱七八糟的东西。

“那你弄那些东西干什么呢？”她问他。

“我和你一样，也厌恶了这个地方，”他说，“我想摆脱泥炭和沼泽的气味儿，不想看那边的吉尔玛山。从黄昏到黎明，它那张丑八怪的脸一直冲着我皱眉头。这就是我的家，玛丽，我曾经所拥有的一切东西，都在车上。我要带着它，想去哪儿就去哪儿，到了地方就把它支起来。我打小就到处流浪，从来就没和谁有过瓜葛。我没有根，很长一段时间没有喜好。我敢打赌，我将作为一个流浪汉死掉。这是这个世界上唯一适合我的生活。”

“流浪的生活安宁不了，杰姆，心也静不下来。老天知道，就算不增加负担，存在本身就是一趟够漫长的旅途。会有一个时候，你想拥有你自己那片地，你的四堵墙，你的屋顶，以及一个放置你可怜、疲倦的骨头的地方。”

“到了那一步，整个国家都是我的，玛丽，天为屋顶地为床。你不懂。你是个女人，你的家就是你的王国，还有天天发生的那些熟悉的小事情。我从没过过那样的生活，将来也永远不会。我这一夜睡在山上，下一夜就睡在城里。我喜欢到处碰运气，与陌生人为伴，和过路人交友。今天我在路上碰见一个人，那我就和他同行一个小时，甚至一年。到了明天，他就又离开了。我们说不到一块儿，你和我。”

玛丽继续拍着马。在她的手的下面，马的皮肉结实、温暖、潮湿。杰姆看着她，嘴唇上挂着一丝微笑。

“你要走哪条路？”她说。

“塔玛尔东边的某个地方吧，对我来说无关紧要，”他说，“我再也不会往西走，直到我老了，头发白了，忘了一大堆事都不会。我想在过了甘尼斯莱克后折向南边，去中部。他们那的人挺富有的，比任何人都富。那里有财，等着人去发。说不准我哪天兜里有钱了，就买几匹马图个乐子，而不是偷它们。”

“中部是个又丑又黑的地方。”玛丽说。

“我才不管那里是什么颜色呢，”他回答道，“沼泽泥炭是黑的，对吧？雨下到你在赫尔福德的猪圈里，也是黑的。有什么区别吗？”

“你说话就是为了吵架，杰姆。你说的话不明智。”

“当你靠在我的马上，你乱糟糟的头发和它的鬃毛缠在一起，我怎么可能明智呢？我也知道，再过五分钟，或者十分钟，我就要翻过那边的山离开你了。我的脸转向塔玛尔。你也走回北山吧，去和巴萨特老爷喝茶。”

“那就推迟你的行程吧，也去北山算了。”

“别他娘的犯傻了，玛丽。你怎么可能看见我和老爷喝茶，让他的小崽子们在我膝盖上蹦？我和他不是一类人，你也不是。”

“我知道这一点。我要回赫尔福德，就是因为这个。我想家了，杰姆。我想再闻闻那条河，在我自己那片土地上走走。”

“那就请吧，转过身，现在就开始走。你走上大约十英里，就会走上一条路。顺着那条路，就走到了博德明。从博德明到特鲁托。从特鲁托到赫尔斯顿。一旦到了赫尔斯顿，你就会找到你的朋友，在他们的帮助下安个家，直到你有了农场。”

“你今天说话难听，听着让人难受。”

“要是我的马不听话，不受控制，我也会对它们不客气，但那不意味着我对它们的爱少了。”

“你这辈子就没爱过什么东西。”玛丽说。

“我以前很少说这个字，这就是原因。”他对她说。

他转到马车后面，把石头从轮子下踢开。

“你要干什么？”玛丽说。

“现在中午已过，我该上路了。我在这儿瞎扯的时间够长了，”他说，“你要是个男的，我就邀请你和我一起走。你会把腿摆到座位上，手插在兜里，给我揉揉肩膀，随你揉多长时间。”

“如果你带着我往南走，我现在就会那么做。”她说。

“是呀，可我准备去北边。而且你不是男人，你只是一个女人。你要是跟着我，你知道你会付出什么代价。从路上挪开，玛丽，不要拽缰绳。我现在要走了。再见。”

他用手捧住她的脸亲吻，她看见他在笑。“等你在赫尔福德成了一个求爱遭拒的老处女，你就会想起这个，”他说，“它肯定会支撑着你，一直到你死。‘他偷马，’你会对自己说，‘他不喜欢女人，可我还算荣幸，因为我和他在一起过。’”

他登上马车，低头看她，扬起鞭子，打了个哈欠。“我今晚之前要赶五十英里路呢，”他说，“到头来会在路边的帐篷里，睡得像条小狗。我会点一堆火，煎咸猪肉当晚餐。你会不会想我？”

然而，她没有听他说话。她站在那里，脸冲着南方，扭着手，犹豫不决。过了那些山丘，荒凉的沼泽就变成了草地。过了草地，就是峡谷。过了峡谷，就是溪流。在奔腾的河流边，安静的赫尔福德等待着她。

“那不是荣幸，”她对他说，“你知道那不是荣幸。我心里充满思乡之情，我想念所有那些我失去的东西。”

他什么也没说，而是用手拽住缰绳，冲着马低语。“等等，”玛丽说，“等等，别让它动，把手给我。”

他放下鞭子，伸手拉住她，把她拉到驾驶座上，让她坐在他的旁边。

“现在怎么办？”他说，“你想让我把你带到哪儿？你现在背对着赫尔福德，你知道吧？”

“是呀，我知道。”

“你要是跟着我，日子可是够苦，有时候还很动荡，玛丽，没地方住，几乎不得休息，不得安宁。如果男人控制不了自己的脾气，他们就会成为很坏的伴儿。上帝知道，我是最糟糕的男人之一。你用我来交换你的农场可太不划算了，你将可能再也无法享受你渴望的安宁。”

“我愿意冒那个险，杰姆，我倒要看看你的脾气。”

“你爱我吗，玛丽？”

“我觉得爱，杰姆。”

“胜过爱赫尔福德？”

“我真说不上来。”

“那你为什么在我旁边坐着？”

“因为我想那样。因为我必须那样。因为这是我现在所属的地方，也将是我终身所属的地方。”玛丽说。

他又笑了，然后拉起她的手，把缰绳给了她。她脸冲着塔玛尔，再也没有回头望。

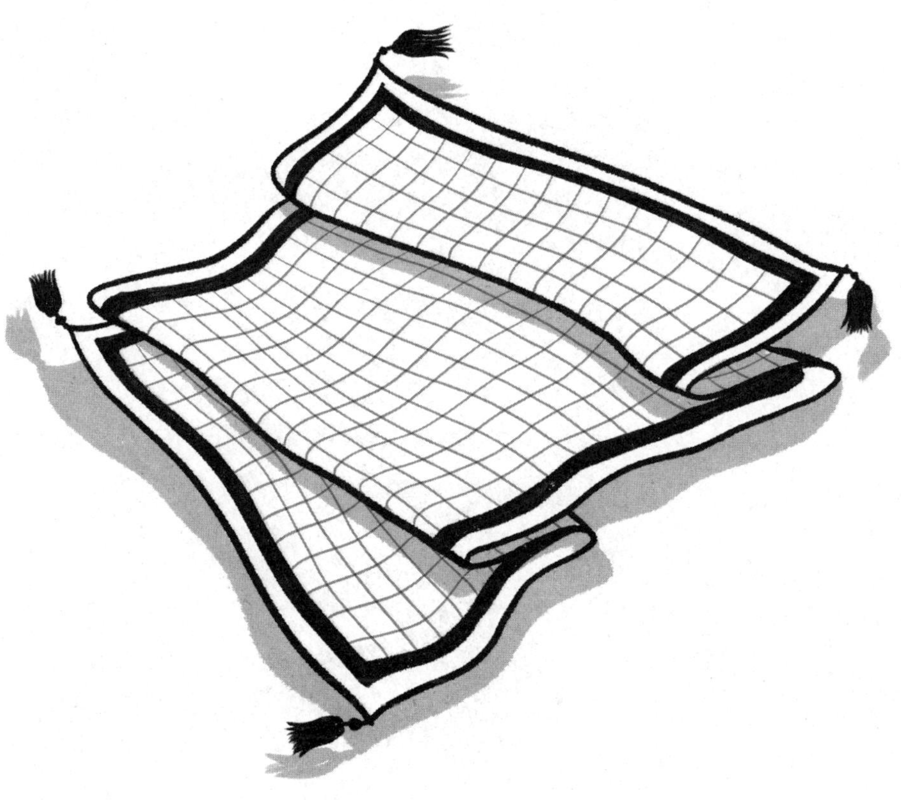